Fleur de roche

DE LA MÊME AUTRICE

Sur le toit de l'enfer, *Robert Laffont 2018 ; Pocket, 2019*
La Nymphe endormie, *Robert Laffont 2019 ; Pocket, 2021*
À la lumière de la nuit, *Robert Laffont 2021 ; Pocket, 2022*
Fille de cendre, *Robert Laffont, 2022*

Ilaria Tuti

Fleur de roche

roman

Traduit de l'italien
par Johan-Frédérik Hel Guedj

Stock
la cosmopolite

TITRE ORIGINAL
Fiore di roccia

Questo libro è stato tradotto grazie a un contributo
del Ministero degli Affari Esteri e della Cooperazione
Internazionale Italiano.
Ce livre a été traduit grâce à une aide du ministère
des Affaires étrangères et de la Coopération internationale
italien.

Illustration de couverture : Paolo Barbieri
Maquette couverture : Raphaëlle Faguer

ISBN : 978-2-234-09135-1

À papa.
Je comprends maintenant pourquoi tu éprouvais
un tel orgueil d'être un Alpin.

À Maria Gabriella Tuti,
exemple lumineux de force et d'amour

« Anin, senò chei biadaz ai murin encje di fan. »
« Allons, sans quoi ces pauvres garçons mourront aussi de faim. »
Maria Plozner Mentil (1884-15 février 1916)

Mai 1976

Il enfonça les rides de ses mains dans celles de la terre, avec un geste qui recelait toute la tendresse du retour aux origines, la recherche des racines au fond du terreau humide, le geste d'y nouer les doigts et de tirer à soi ce qui en subsistait, dans une partie du monde qui avait percé une brèche depuis la vallée jusqu'aux sommets.

*La Carnie avait tremblé, le Frioul s'était déchiré et saignait dans le silence de la poussière. L'*Orcolat*, c'était ainsi que les fils de la terre fracassée par la boucherie l'avaient déjà rebaptisé : l'ogre qui selon la légende vivait dans ces contrées reculées s'était réveillé, délesté du poids de l'humanité. Le tremblement de terre avait imprimé sur les sismographes un tracé que les journaux télévisés repassaient en boucle. Si des doigts imaginaires avaient saisi la ligne de ce tracé hérissé de pics et l'avaient étirée, elle aurait dessiné l'électrocardiogramme d'un cœur profondément* *atteint. Encore une petite tension, et elle aurait enregistré le profil de toutes ces montagnes.*

La femme leva les yeux vers les cimes et ce fut comme retrouver une habitude jamais éradiquée, comme se sentir recomposée entre des sillons lointains, abandonnés depuis longtemps.

Elle n'avait plus revu sa terre depuis des décennies. Elle avait traversé des océans pour retourner là où tout avait commencé, maintenant que tout semblait avoir été effacé. Et pourtant ses yeux parvenaient encore à suivre les anciennes tranchées des fortifications grâce aux fenaisons de couleur plus claire qui s'accrochaient jusqu'aux maigres herbages d'altitude. Le pal *était là-haut, au-delà des bois, avec sa couronne de roches et de fossés. Ce ne serait désormais plus jamais un simple pâturage misérable, mais un sanctuaire béni.*

Les débris glissèrent avec le terreau entre ses doigts.

Elle reconnut dans le murmure du vent l'appel de la vallée.

Et le souvenir de ce qui avait été revint couler dans ses veines.

1

Juin 1915, la Guerre

Enfant, sur ces montagnes, je vis une horde de loups.

Mon père me les désigna entre les branches chargées de neige, au-delà du mamelon qui nous masquait. Ils formaient une procession errante sur l'autre rive du ruisseau.

Il me convainquit que j'étais capable de percevoir leur odeur dans le vent. Je m'en souviens encore : pelage trempé et vie errante, chaude âpreté, sang sauvage.

Le fusil resta sur l'épaule de mon père.

« Les loups ne se mangent pas entre eux », me dit-il dans un murmure qui portait les accents de sa voix de stentor. Il avait le torse large, que j'adorais sentir se soulever sous ma joue à chaque éclat de rire.

Par ces quelques mots, il sut tout m'expliquer, il m'arma d'une règle de vie et d'une conscience que je n'ai plus jamais perdue. Il a toujours compris quelle était la place de l'homme en ce monde.

Les bêtes qui grattaient la glace de leurs griffes usées ne ressemblaient pas à celles des fables. Elles étaient maigres et voûtées. Elles avaient des yeux dorés sur un museau affûté par la faim, comme les nôtres. Cet hiver-là, le gel frappait toutes les créatures de Dieu.

Le loup qui précédait ses congénères boitait, la femelle qui le suivait avait des mamelles épuisées qui frôlaient la terre. Les deux individus plus jeunes n'étaient guère que des louveteaux, leur façon d'avancer trahissait leur inquiétude : ils savaient qu'ils ne seraient pas capables de se débrouiller seuls. Leur fourrure portait les marques de la privation et de la fatigue : de grandes taches révélaient le relief des côtes sous la peau.

Ma peur se transforma en pitié. C'était une meute mourante.

Je n'ai jamais revu de loups sur ces terres. Aujourd'hui encore, devenue adulte, je me demande quel a été leur sort. Et pourtant, il me semble les avoir de nouveau devant les yeux. Sauf que maintenant ils ont une apparence humaine, ils habitent dans cette église où le prêtre asperge d'encens l'air qui sent le renfermé. Les bancs sont presque tous vides. Les têtes inclinées sont celles de femmes et de quelques enfants. Les infirmes sont restés dans les maisons. Il n'y a plus d'hommes valides, à Timau. La guerre a éclaté.

Le portail est secoué d'un soubresaut qui nous fait nous retourner, exactement comme des bêtes aux aguets. Un officier entre, d'un pas alerte, ses bottes martèlent le sol de ce lieu saint. Il s'approche du prêtre sans lui laisser le temps de descendre de la chaire. La guerre est profanatrice, et son fils ici présent ne l'est pas moins. Nous observons sa bouche aux lèvres fines articuler des mots que seuls eux deux peuvent entendre.

Don Nereo se tourne vers nous, il paraît troublé.

« Les bataillons déployés dans la zone de la Carnie sont en difficulté, nous annonce-t-il. Le commandant de l'unité logistique et celui du génie demandent notre aide. Il nous faut des bras, pour assurer la liaison avec les dépôts de la vallée. »

Les généraux et les stratèges du commandement suprême ont enfin compris ce que les paysans et les bûcherons savent depuis toujours : il n'y a pas de voies carrossables menant jusqu'aux contreforts, et pas davantage de sentiers pour transporter là-haut vivres et munitions à dos de mulet. Les lignes défensives sont isolées sur les crêtes, des milliers de jeunes gens sont déjà à bout de force, et ce n'est que le début. J'ai rêvé d'eux, la nuit dernière, baignant dans leur sang. Ils ruisselaient comme des fleurs pâles emportées vers l'aval par un courant pourpre.

En sollicitant notre aide, la voix du prêtre a tremblé, et je sais pourquoi. Il en éprouve de la honte.

Il sait ce qu'il nous demande. Il sait ce que cela signifie d'escalader ces versants impitoyables, pendant des heures, et de le faire sous les obus qui éclatent au-dessus des têtes comme la colère de Dieu.

À côté de lui, l'officier nous fait face sans jamais croiser nos visages du regard. Il devrait. Il se rendrait compte de ce qu'il a devant lui. Des louves exténuées, des louveteaux affamés.

Il comprendrait quelle meute mourante nous formons.

2

Nous nous sommes réunies à la nuit tombée, quand les animaux, les champs et les anciens contraints de garder le lit n'avaient plus aucun besoin à satisfaire. J'ai pensé que nous étions habituées depuis toujours à laisser les besoins de l'autre définir qui nous sommes. Et encore maintenant, nous voilà sorties de l'oubli uniquement parce que nos jambes, nos bras, nos dos fortifiés par le travail doivent servir.

Dans la grange silencieuse, nous sommes des yeux qui suivent d'autres yeux, au sein d'un cercle de femmes de tous âges. L'une a son petit accroché à son sein. L'autre est encore presque une enfant, s'il est encore admis d'en être une en des temps pareils, si tant est qu'il eût jamais été possible d'en être une sur cette terre âpre qui ne cède jamais rien pour rien. Je regarde mes mains : ce ne sont pas celles des dames dont je lis l'histoire dans les livres de mon père. Les ongles fissurés, des échardes qui ont créé des cals et un maillage de blessures qui se sont recouvertes les unes les autres. Chez certaines, le terreau a pénétré en profondeur, il est devenu chair. Le sang dont j'ai imprégné les sillons des champs, goutte après goutte, a plus que jamais fait de moi une fille de cette vallée.

Mes compagnes ne font pas exception, elles ont des corps forgés par l'effort avec lequel nous coexistons chaque jour. Nées avec une dette de labeur sur le dos, me disait ma mère, une dette qui prend la forme de la hotte, que nous utilisons autant pour bercer les enfants que pour transporter le foin et les patates.

Les lueurs de la lampe à huile nous transforment en silhouettes tremblotantes, entre l'ombre et la lumière, entre ce qui relève du désir et ce qui relève de l'obligation. Nous n'avons pas l'habitude de nous demander ce que nous voulons vraiment, mais ce soir, pour la première fois, nous allons y être obligées.

« Ils viennent tout juste de nous donner la permission de retourner dans nos maisons et maintenant nous devrions sortir risquer notre vie ? »

Viola exprime la pensée de nous toutes. Elle et moi, nous sommes nées la même nuit de Noël 1895, et nous nous sentons sœurs, mais elle a toujours eu la langue mieux pendue et plus prompte que la mienne.

« Ils ont compris que vivre dans le dernier village avant la frontière et parler un dialecte germanique ne veut pas dire que nous sommes dans le camp des envahisseurs. Il n'est jamais trop tard », murmure Caterina. Elle est la plus âgée de toutes, et en apparence la plus calme. Rien ne semble pouvoir la marquer, comme la pierre la plus résistante, et, comme une pierre, depuis qu'elle nous a rejointes, elle est restée immobile, courbée dans son habit sombre de veuve, les cheveux duveteux et striés de blanc rassemblés en un chignon attaché bas. À la vérité, sous le châle, les doigts noueux comme du bois de rivière n'ont jamais cessé de coudre et de tricoter.

« Ils nous soupçonnent encore, c'est sûr ! réplique Viola. Sinon, pourquoi envoyer nos hommes sur le plateau du Karst, et pas dans ces montagnes qu'ils connaissent si bien ?

— Toi, Viola, tu n'as pas de mari, et même pas de fiancé, rétorque Caterina, pour lui clouer le bec, sans lever les yeux de la chaussette qui prend forme sur ses genoux. C'est peut-être pour ça que tu es en colère. Maintenant, où tu le trouveras, celui qui serait disposé à vouloir de toi ? »

Les plus jeunes rient, les autres s'autorisent un sourire fugace, comme s'il était indécent d'oublier la mort, ne fût-ce qu'un instant. C'est peut-être de l'indécence, ou peut-être est-ce nécessaire, au contraire.

Viola se replie sur elle-même, piquée au vif par cette remarque cinglante qui se voulait bienveillante.

« Il y en a bien un qui est resté », dit-elle, à voix si basse qu'elle semble vouloir surtout se rassurer elle-même. Ses yeux se dérobent aux rênes de la volonté et ils me cherchent. Je sais à qui elle pense, et les autres le savent aussi : les attentions que me prodigue Francesco Maier l'obsèdent depuis des mois. Le fils du pharmacien est habitué à se servir sans rien demander et sans entendre raison. Je ne partage pas l'intérêt qu'il me porte, mais Dieu veuille que Viola ne s'éloigne pas de moi.

Restée silencieuse jusqu'à cet instant, Lucia vient à notre secours avec l'instinct maternel qui est le sien depuis le temps où, encore fillette, elle veillait sur nous, qui avions quelques années de moins qu'elle.

« Qui sait, peut-être que vous rencontrerez un bel Alpin, là-haut », dit-elle.

Nous éclatons de rire et j'ai enfin la sensation de pouvoir respirer, mais le silence revient vite se poser sur nos lèvres. Il me semble en sentir la saveur, il a la consistance visqueuse et le goût salé du doute : plus tu t'en nourris, plus tu en éprouves le besoin, et à la fin tu as les lèvres sèches, la gorge desséchée.

En cette nuit d'inquiétude, nous émergeons de l'obscurité comme si nous y étions accoutumées, mais en réalité nous ne le sommes pas du tout. Nous avons de grands yeux brillants, le ventre creux et l'échine vigoureuse, et nous nous sommes enveloppées dans le châle noir de la tradition. Les jupes des tâches quotidiennes, à l'ourlet bruni de terre, conservent encore l'odeur du lait que l'on a tiré avant le soir.

Je connais chacune d'elles depuis toujours, mais c'est la première fois que je les vois effrayées. Dans les montagnes autour de Timau, les canons tirent. C'est le diable qui se racle la gorge, a dit un jour Maria, en égrenant le chapelet dont elle ne se sépare jamais.

Je me demande comment il est possible de décider ainsi de notre destin, au milieu de cette paille pourrissante qui pendant l'été ne sera pas remplacée par la nouvelle si odorante, parce qu'aucune d'entre nous ne montera sur les coteaux pour la faucher.

Lucia serre son fils endormi dans ces bras si forts qu'ils seraient capables d'étreindre le monde entier. Malgré son jeune âge, avec sa force tranquille, elle a toujours été pour nous un exemple, et maintenant plus que jamais. Je remarque les yeux cernés de noir et je suis sur le point de lui demander si elle a mangé autre chose aujourd'hui qu'une pomme de terre. Elle touche quatre-vingts centimes par mois pour son mari soldat sur le plateau du Karst et trente pour chacun de ses quatre enfants. Cela ne suffit pas.

« Moi, j'y vais. Agata, toi, que veux-tu faire ? »

Soudain, Lucia m'a prise de court.

Sur le moment, je ne trouve pas les mots. Il est si difficile de les choisir, englués qu'ils sont dans l'incertitude et la peur, liés à un serment d'obéissance et de protection qu'aucune d'elles n'a jamais prêté à voix haute, mais qui demeure dans le sang de chacune, de mère en fille.

Qu'est-ce que je veux faire, moi ? Personne ne me l'a même jamais demandé.

Je regarde ces femmes, mes amies.

Viola, l'exubérance et l'enthousiasme.

Caterina, la sagesse apaisée et parfois rugueuse de la maturité.

Maria, un peu lointaine, le chapelet entre les doigts et toujours une prière sur les lèvres.

Je sais que ma réponse appellera aussi les leurs, comme en une chaîne, et cette conscience m'épouvante : je suis un oiseau qui sert d'appeau, et qui va peut-être chanter pour les entraîner dans une entreprise suicidaire.

Mais ensuite Lucia me sourit, l'un de ces sourires qui mènent l'âme à la docilité.

Nous connaissons ces montagnes mieux que personne, me souffle-t-elle dans son silence, nous les avons gravies et descendues tant de fois. Nous saurons nous protéger, si nécessaire.

Elles ont conscience de tout le reste : si nous ne répondons, nous, femmes, à cet appel à l'aide, personne d'autre ne le fera. Il n'y a personne d'autre.

« Je viens avec toi. »

J'entends ces mots franchir mes lèvres.

Lucia opine, un signe de tête aussi bref que solennel, avant de déposer un baiser sur le front de son petit.

« Allons, susurre-t-elle, sans quoi ces pauvres garçons mourront aussi de faim. »

3

Quand je trais la chèvre, ce n'est pas encore l'aube : un bol de lait, je n'en tire rien de plus. Son chevreau ne s'est jamais détaché de ses flancs, son museau noir et humide me renifle sans relâche. Alors que je m'éloigne, il se réapproprie une mamelle, s'assurant ainsi que chaque chose est à sa place. Je me reconnais en lui : je sais moi aussi que le bonheur, parfois, consiste seulement à constater que rien n'a changé.

Je voudrais pouvoir en dire autant de ma vie. L'étable n'accueille plus d'autre bétail depuis l'hiver dernier, un vide qui atteste l'obscénité de la misère. Pourtant, il y a cette chèvre, me dis-je, et elle a mis bas. Le bonheur, au fond, réside aussi dans une discipline mentale obstinée.

Je ferme l'étable, tandis que la fraîcheur presque coupante de la nuit alpestre me mord la peau sous le col de la robe, en me parcourant de frissons. Les ruelles du village sont désertes. Des lampadaires brillent dans le bleu violacé du temps suspendu entre l'obscurité et le jour. La nouvelle ligne électrique s'arrête peu avant notre maison. Au milieu de la brume qui recouvre la coupole des arbres, la crête du Gamspitz se détache un peu au-dessus de Timau. Ces dernières semaines, le bandeau de neige persistante dans les replis de l'ombre éternelle a fondu puis disparu.

Une lumière apparaît sur la colline, à la limite du Bosco Bandito. C'est le *stali* de Caterina la veuve – sa bergerie, en langue frioulane. Mon imagination réussit à retracer dans l'obscurité évanescente sa salle à manger bien rangée et elle, assoupie, qui repose la pierre à briquet, ses longs cheveux noirs et cendrés sur ses épaules, qu'aucune de nous n'a jamais vus dénoués. Un instant après, une autre fenêtre s'illumine quelques toits plus loin. Viola a allumé sa lampe, elle aussi.

Dans le sillage de cette nuit agitée, les femmes se réveillent comme des étoiles du matin. Leur ligne de lumière descend de Timau vers Cleulis et Paluzza. Nous avons été si nombreuses à répondre à l'appel.

Je respire ma terre à fond. Un silence irréel flotte sur la vallée du Bût. La guerre semble endormie, comme la forêt, mais quand je lève les yeux vers la crête de la frontière, le Nord rougeoie. Les cimes du Pal Grande, du Pal Piccolo et du Freikofel flamboient comme des brasiers. Ces chaînes de montagnes sont le temple où demeure un géant dévoreur d'hommes. C'est là que nous devons aller, désarmées.

La maison m'accueille dans sa tiédeur, l'odeur de roussi du fourneau sur lequel l'eau bout, la douceur des bottes de mélisse suspendues à sécher entre les poutres, au-dessus des torchons sur lesquels sont posés des capitules et des feuilles d'arnica des montagnes et de millepertuis, de menthe sauvage et de tilleul. Les lames du plancher grincent sous les *scarpetz*, c'est le seul bruit qui me tient compagnie. Les préparatifs du jour nouveau sont un daguerréotype décoloré du temps où une famille vivait ici. Dans un angle à côté du foyer, le métier à tisser attend mes doigts depuis des mois. Dieu seul sait quand j'aurai besoin de nouvelles jupes et de nouveaux chemisiers.

Entre mes mains, le bol rempli de lait diffuse une promesse de beurre et de fromage gras qui restera inaccomplie. D'une épaule, je pousse la porte qui donne sur sa chambre, derrière la *stube*, la pièce principale. Elle est orientée à l'est, afin de recevoir le premier soleil du matin, mais à cet instant seule une lampe à huile éclaire le lit et le vieux qui est couché sous les couvertures comme un ours usé par de trop nombreux hivers. Le matelas en laine a des couleurs de feuillage cuivré et porte les traces odorantes de l'huile de millepertuis avec laquelle je soigne les membres immobiles de mon père. La léthargie n'a pas disparu avec le printemps. Elle durera pour toujours.

« Papa, dis-je. Le jour se lève. »

Je pose le bol sur la commode et prends place sur le siège à côté de lui. Je serre ses mains dans les miennes : elles sont étendues sur le drap, comme quand je lui ai souhaité bonne nuit.

« Elles sont froides », lui dis-je, et je les frotte doucement. Elles étaient fortes, et maintenant on dirait du papier mâché. Petite, je les regardais pendant des heures travailler avec son canif les jeunes branches de noisetier, par les longues soirées de tempête ou de bourrasque. Elles écorçaient, elles taillaient, elles élaguaient jusqu'à obtenir de fines lanières d'osier à tresser pour fabriquer des hottes légères et durables. Il m'arrive parfois de me prendre pour une hotte : écorcée par la vie jusqu'à ce qu'il ne reste plus que le nécessaire, entamée par les deuils, élaguée par le besoin.

Les paupières entrouvertes, les yeux embués de mon père fixent un point dans mon dos. Ses livres. Ils tapissent le mur entier. Ils ont toujours été son trésor le plus précieux, il les a rangés avec minutie, par couleurs : du bleu outremer au lapis-lazuli, une vague de verts brillants qui vont en dégradé vers le jaune jusqu'à l'or et au marron, qui prennent feu dans le rouge cardinal et dans le prune le plus intense. Il n'avait pu trouver d'autre manière de les classer : il est analphabète. Ces livres appartenaient à ma mère.

C'est elle qui est là, au milieu d'eux, dans le dernier souvenir qu'elle a laissé et qui reste conservé par le temps dans une boîte de velours violet, enchâssée entre les dos des romans qui lui étaient les plus chers. Depuis qu'elle est morte, ni mon père, ni moi n'avons eu le courage de l'ouvrir.

Prisonnier d'une bouche sans voix et d'un corps qui est un cercueil, je me demande s'il est encore avec moi. Je ne le saurai jamais, et malgré cela mes lèvres ne seront pas avares de paroles d'affection et pour lui je ne garderai que de tendres caresses.

J'approche le bol et je le nourris, avec patience. Le mouvement de sa gorge est à peine plus qu'un réflexe involontaire. Plus tard, je le laverai comme je le ferais avec un enfant. Une pensée m'effleure : dans l'hiver de la vie, la présence qui prend soin de la dignité humaine est sacrée.

Je regarde le bleu du ciel claircir par l'entrebâillement entre les volets. Il est l'heure d'y aller. Il est l'heure de s'attaquer à la montagne et de monter.

« Papa, j'ai peur. »

Cet aveu se dissout dans le silence comme des ronds dans l'eau.

Quand la première lumière du jour traverse les remparts naturels et nappe d'or les eaux du Bût, nous arrivons à Paluzza, les hottes aussi vides que nos ventres et le souffle court. Lucia a pris la tête d'une colonne étrangement silencieuse. Aucune d'entre nous n'a très envie de parler, même pas Viola. Nous trouvons le village en pleine effervescence, comme par un jour de marché, nous le traversons au milieu de la poussière soulevée par de gros souliers qui martèlent le sol d'un pas pressé et d'hommes en uniforme qui lancent sèchement des ordres. Les véhicules militaires défilent sur la route d'accès chargés d'armes et de munitions. Ils se dirigent vers le magasin de la place centrale, comme nous. Deux Alpins traversent la rue en tirant des mulets récalcitrants qui, en l'absence de chemin praticable, se révèlent à peu près aussi utiles qu'un bœuf de trait qui serait boiteux. Caterina semble lire dans mes pensées.

« Aujourd'hui, les mules, c'est nous », me glisse-t-elle à l'oreille.

Viola cherche ma main et la serre dans la sienne.

« Tu les as vus ? Les Alpins... On dirait des chevaliers. Ils sont habillés comme des princes, et ces cheveux... »

Je les ai vus. Ce sont des garçons de notre âge, la vingtaine, ou peut-être encore plus jeunes, ils ont enfoncé sur leur visage sombre leur couvre-chef en feutre piqué d'une plume d'aigle et orné du pompon de leur bataillon, et certains portent un manteau couleur vert bois, malgré le soleil qui commence à réchauffer la terre. Je pense que ce sont des hommes de la patrouille nocturne à peine rentrés de leur tour de garde dans le froid humide de la forêt et des ravins. Ce ne sont pas les princes des contes de fées, ils accompagnent des mulets en les tenant par la bride, et non de blancs destriers, mais ils semblent si différents des hommes auxquels nous sommes habitués.

Cette confusion me désoriente. Jamais autant de bruits n'ont retenti dans ces vallons. Des visages inconnus s'affairent avec des mines de chefs là où il n'y avait auparavant que des frères et des sœurs, des pères et des mères. Des ordres qui claquent et des mains qui poussent avec impatience ont remplacé les lentes transformations de la nature. Le monde que je connaissais a changé au point que je me sens une étrangère. Son odeur de métal et de peur me noue le ventre.

« Courage, ne vous arrêtez pas », nous lance Lucia, et nous traversons la place d'un pas vif. Dans le fond, des chemises blanches et des croix rouges viennent se mêler aux uniformes vert-de-gris : le petit hôpital de campagne se situe dans cette direction.

Devant le dépôt militaire, des femmes du village nous reconnaissent et lèvent les bras en l'air pour nous inviter à les rejoindre. Nous sommes une vingtaine au total et d'autres vont arriver, nous disent-elles.

C'est Lucia qui va s'adresser en notre nom aux officiers, une tâche dont aucune ne voudrait s'acquitter. Je la vois demander des informations à un soldat, puis nous désigner. Peu après, ils nous rejoignent, l'homme et elle. L'expression de l'Alpin trahit une certaine inquiétude quand il avise notre tenue : le mouchoir noué dans le cou, les chemises aux manches retroussées, les jupes et jupons superposés, les pelotes de laine qui dépassent de nos poches de tablier. Et puis nos souliers, les *scarpetz* traditionnels, faits d'un velours noir brodé très léger.

Nous sommes sur le point de gravir une paroi verticale où se déroule un rituel sanglant, comme lors de l'abattage des cochons avant l'hiver, et nous le faisons comme ces montagnes nous l'ont enseigné.

Le soldat se présente, c'est un caporal et il annonce qu'avant le départ il nous faudra accomplir certaines tâches. Devant la table d'une auberge qu'ils ont traînée au milieu de la place, chacune de nous reçoit un morceau d'étoffe rouge estampillé d'un chiffre : c'est le brassard d'identification que nous devons enfiler, il indique la compagnie à laquelle nous sommes affectées. On nous met dans une main un bon de retrait et dans l'autre un livret.

« Les livraisons que vous ferez y seront notées. Vous serez payées une lire cinquante par voyage. »

Nous échangeons des regards stupéfaits de cette générosité inattendue, mais nous n'avons pas le temps de nous réjouir.

Le caporal nous scrute du regard, l'une après l'autre.

« Quel diplôme avez-vous ? demande-t-il.

— Nous avons passé le certificat d'études à onze ans, monsieur, répond Lucia.

— Moi, je n'ai pas étudié, admet Caterina, mais je sais compter et je sais écrire mon nom.

— Je sais compter... murmure l'Alpin, en se levant. Mesdames, avez-vous bien compris où vous irez ? » Devant notre silence, le ton se fait insistant. « Avez-vous compris ce qu'est la guerre et les risques qu'elle comporte ? »

Lucia ne se laisse pas effrayer. Pas elle, au moins, songé-je.

« Caporal, nous sommes peut-être des ignorantes, mais nos oreilles entendent bien. Nous avons donc entendu. »

Sans plus attendre, on nous conduit au magasin militaire, où l'on nous invite à poser au sol nos hottes. Aucune de nous ne bouge.

« Vous venez de dire que vous avez une ouïe parfaite. Posez vos paniers, on va les remplir », nous exhorte le caporal.

Lucia fait un pas en avant.

« Les hottes se chargent sur le dos, explique-t-elle avec amabilité. Ou suspendues. Autrement, il est impossible de les soulever une fois pleines. Et vous voulez les remplir le plus possible, pas vrai ? »

Le militaire acquiesce, non sans pincer les lèvres. Il nous fait mettre en rang, l'une à côté de l'autre. Des soldats que nous n'osons pas regarder en face commencent à placer les approvisionnements dans les hottes, tandis que d'autres pointent les articles sur les bons de retrait. Pas un mot de réconfort n'est prononcé, aucune question ne nous est posée pour savoir qui nous sommes. Pour la première fois de l'histoire de notre peuple, les hottes que nous utilisons depuis des siècles pour porter nos nouveau-nés, les trousseaux des jeunes mariées, la nourriture qui procure la subsistance, le bois à brûler qui réchauffe les corps et les cœurs accueillent des instruments de mort : grenades, munitions, armes.

Le poids augmente, mais nous ne nous lamentons pas.

Le poids augmente, mais personne ne nous demande si cela fait trop.

Quand ils ont terminé, ils fixent sur ma hotte et sur celle de Lucia deux fanions rouges.

« À quoi servent-ils ? » demande Viola.

Le caporal qui a suivi en silence l'opération de chargement perd un instant son sang-froid. Je le vois tergiverser et son visage s'empourpre, envahi par la gêne. Un embarras dont ni moi ni les autres ne tentons de le tirer, et nous continuons de le fixer du regard, dans l'attente de la réponse. Elle arrive enfin, aussi cinglante qu'un coup de fouet.

« Ils signalent un chargement d'explosifs, nous explique-t-il sommairement. Vous deux, vous transportez de la balistite et des poudres. »

Je l'avais cru distant de nature et de par son rôle. Je me trompais : à la vérité, il semble perturbé par ce qu'il est contraint de faire. Nous savons désormais que grâce à nous ils pourront livrer de la mèche à canon sur tous les fronts.

Je regarde Viola et nous nous comprenons.

« Donne-moi ta hotte, dit-elle en se tournant vers Lucia. Tu es maman. »

Lucia hésite, mais Caterina et moi lui abaissons déjà les bretelles sur les épaules et un instant après, non sans mal, l'échange est conclu.

Nous tentons de faire quelques pas, courbées en avant. Nous répartissons le poids sur le dos, nous trouvons l'équilibre. Il en sera ainsi pendant des heures et des heures.

Nous nous aidons à tour de rôle à enfiler notre brassard. Les mains tremblent, et la volonté aussi. Je ne réussis pas à attacher le bandeau au bras de Viola. C'est Lucia qui s'en occupe, et elle referme un instant sa main autour de la mienne pour m'insuffler du courage.

« Nous sommes prêtes », annonce-t-elle en me regardant, le visage serein. Je ne parviens pas à comprendre si elle me le dit à moi, ou au soldat qui nous attend.

Au coup de sifflet du caporal, nous nous mettons en route, mais dès le premier pas, Maria s'arrête. « Attendez ! » Elle a le chapelet dans une main et de l'autre elle agrippe la hotte de Lucia.

Nous comprenons son intention. Ignorant les ordres d'avancer, nous nous regroupons. Les yeux dans les yeux, respirant profondément, nous faisons juste le signe de la croix. Il n'y a guère de temps pour prier.

4

Nous avons été affectées au sous-secteur de l'Alto Bût, nous opérerons jusqu'à l'arrière de la ligne de front. Par groupes, nous couvrirons les tranchées qui courent de la cime du mont Coglians au col du mont Croce, en continuant du Pal Piccolo au Pal Grande, du Freikofel au Gamspitz, notre chez-nous. Seize kilomètres de lignes de crête, nous ont-ils précisé. Je sais mesurer le chemin nécessaire pour les parcourir tous – mes bras ont des milliers de fois multiplié chacune d'elles par deux fois et demie la longueur de mon pas –, mais je ne réussis pas à les dérouler mentalement pour leur donner une valeur en degrés de fatigue. Ce ne sera pas l'ampleur de ce théâtre de guerre qui nous brisera l'échine, mais sa distance par rapport au ciel. J'ai appris de la bouche des soldats à appeler par son nom l'ennemi au caractère le plus trempé : la dénivellation. Jusqu'à mille deux cents mètres d'une montée tendue face à l'abîme. Une demi-journée d'épuisement, et autant pour redescendre.

La ligne défensive est tenue par les bataillons Tolmezzo et Val Tagliamento des Alpins, les seuls qui aient eu un recrutement local. Notre espoir est de trouver là-haut un visage connu, parmi les douze mille soldats massés le long de cette barrière.

Nous traversons le fond de la vallée dans la splendide lumière du jour. La matinée regorge de chants de passereaux et d'appels de gélinottes au milieu des feuillages. Aux cris perçants du mâle succèdent les invitations roucoulées des femelles. L'herbe sauvage de la clairière est agitée par le vol vrombissant d'une multitude d'insectes, comme autant de points lumineux qui effleurent les corolles jaune vif des boutons-d'or et le bleu violacé des brunelles et des gentianes. Les épis hérissés des cynodons s'accrochent à nos robes, se laissant ainsi emporter vers des lieux lointains. La nature palpite de vie, continue de germer et d'engrosser des ventres, tandis que l'homme succombe à son frère. L'aujourd'hui semble être dans l'ignorance de soi.

Quand le plateau devient pentu, à l'entame de la montée, la colonne des trente femmes se divise, au milieu des saluts et des bénédictions. Nous poursuivrons par petits groupes et nous attaquerons à la chaîne des sommets en nous déployant comme les rayons d'une roue, chacune d'entre nous se dirigeant vers le secteur qui lui a été confié. Lucia, Caterina, Maria, Viola et moi sommes affectées au Pal Piccolo. Le visage levé vers les sommets, nous nous accordons quelques instants pour scruter le géant de pierre que nous sommes tenues de dompter.

Caterina semble lire dans mes pensées.

« Il n'est immobile qu'en apparence, murmure-t-elle. Il peut nous déloger de sa croupe quand il veut. »

Il n'est de pierre qui ne puisse rouler, les anciens nous le répètent depuis toujours. Tu mets un pied devant l'autre. Sans détacher le second si la prise du premier n'est pas bien assurée. Tout bouge. Tout peut s'écrouler et t'emporter tout en bas.

« Ces bandoulières sont un supplice. Elles me font mal, se lamente Viola.

— À moi aussi. »

Les sangles de cuir me pénètrent dans la chair, et je sais que ce n'est que le commencement. Notre chargement semble vouloir nous visser à la terre, alors que nos pieds devront au contraire voler pour rejoindre la cime.

Des cris lointains précèdent une arrivée inattendue. Nous apercevons une silhouette sombre à deux têtes qui avance, chancelante, au milieu des prés. Les deux hommes à bicyclette hurlent des mots que le vent nous apporte par syllabes émiettées, le plus costaud est dressé derrière son compagnon, qui reste attaché au guidon comme au timon d'un bateau à la merci de la tempête.

« C'est don Nereo, fait Maria, qui l'a reconnu. Et avec lui c'est Francesco Maier. »

En entendant ce dernier nom, j'ai un mouvement de recul instinctif.

Les deux hommes nous rejoignent avec des bruits de ferraille et d'essoufflement. Le prêtre est en équilibre sur le porte-bagages, un gros sac de jute à l'épaule, et Francesco penché sur le guidon, le visage écarlate. Les jambes écartées, il tente un freinage audacieux sur une butte, en plantant d'un coup les talons dans le sol. Ses pieds s'enfoncent dans le terrain imbibé de rosée et, sur le moment, l'engin semble sur le point de se cabrer par l'arrière et de les expédier tous les deux en l'air, mais la masse du prêtre brise cet élan. La bicyclette s'arrête en tremblant avec un *ding* unique de la sonnette.

Lucia et Maria tendent la main vers le curé pour l'aider à descendre, mais il ne les attrape pas à temps, se prend les pieds dans sa soutane et chute à terre, en découvrant ses jambes nues. Par respect, je voudrais regarder ailleurs, mais don Nereo est prompt à tirer sur son habit et je suis déjà trop instruite par les soins que je prodigue à mon père. Quand papa est tombé malade, j'ai perdu tout sens de la pudeur, et voilà pourquoi en cet instant mes yeux ne se sont pas dérobés. Pendant que les autres l'aident à se relever, je m'agenouille, le dos aussi droit et ferme qu'une planche, en veillant à ne pas perdre l'équilibre sous le poids de la hotte. Je ramasse les lettres cachetées tombées de la sacoche de don Nereo et ne peux m'empêcher de remarquer que les mentions écrites sur les enveloppes sont presque toutes d'une écriture élégante. Des mains de femmes ont tracé des noms masculins précédés du grade, ou suivis de la désignation de la compagnie.

Des mères, des filles, des fiancées, des sœurs, des filles.

D'autres mains rejoignent les miennes et feignent de les effleurer, comme par hasard. Je lève les yeux sur le beau visage bruni de Francesco. Il m'observe d'un regard de braise, à peine adouci par un aimable sourire que je ne réussis pas à lui rendre. Mes pensées vont aussitôt à Viola. Je n'ai pas besoin de confirmation pour savoir qu'elle nous observe.

« Quand peut-on se parler ? » me demande Francesco à mi-voix.

Je retire ma main, le cœur battant. Je baisse les yeux sur la noble courbe de son poignet, soulignée par le coton immaculé et amidonné. Je connais Francesco depuis que je suis née. Pour moi, il a toujours été « le fils de la pharmacie », et moi, pour lui, « la fille de Maddalena l'institutrice ». Mais cette institutrice, au cours des derniers mois de sa vie, avait dû repenser sa manière d'être au monde, de se rendre utile à la famille. Je reconnais aux coutures de la chemise de Francesco le geste précis et minutieux des doigts de ma mère, ou peut-être est-ce simplement moi qui le recherche dans les plus infimes détails, maintenant qu'elle n'est plus.

« On se parle, là.

— Oui, enfin... Je pensais, toi et moi. Seuls. »

Je me lève avec toute la rapidité que me permet le poids en suspens sur mes épaules et je vacille un instant entre l'équilibre et la chute. Caterina me rattrape par le coude et me soutient, et j'en profite pour mettre deux pas de distance entre lui et moi.

« C'est nous qui allons porter le courrier sur le front, don Nereo, précise entretemps Lucia. Quelques kilos de plus ne feront aucune différence », ment-elle.

Le prêtre acquiesce, on voit bien qu'il nous embrasserait toutes. Au lieu de quoi il nous bénit et récite une brève prière. Une main descend ensuite tâter sa jambe gauche, celle que je viens de voir à l'instant. Sa jambe raccourcie par la poliomyélite. S'il avait pu, don Nereo se serait proposé pour prendre la tête de notre entreprise. Jusqu'en haut, jusqu'à la crête.

Nous prenons ce sac et nous en partageons le poids. Il nous suffit d'un regard pour nous entendre, Viola et moi : ce n'est pas nous qui les porterons, ces lettres. Si pour une raison ou une autre nous explosons avec notre chargement, au moins ces propos de réconfort et d'amour arriveront à destination.

Nous nous saluons, et j'ai le temps de voir les lèvres de Francesco former en silence un seul mot.

« Reste. »

Reste, pourquoi ? Parce que ma présence fait partie de ses caprices ou parce qu'il est dangereux d'aller là-haut ?

Reste, pour qui ? Pour me protéger, ou pour me donner à lui ?

Nous continuons notre chemin et je soupire de soulagement. Je suis certaine d'être sur le point d'entrer sur un territoire que Francesco n'imagine même pas dans ses rêves. La montagne, avec son âpreté, avec la sueur qu'elle exige pour accepter de nous ouvrir la voie, c'est une frontière qu'il n'a jamais franchie. Le prestige de la famille à laquelle il appartient, la richesse qui depuis des générations leur assure des draps douillets où dormir le préservent des épreuves les plus rudes. Je ne me retourne pas pour le regarder. Je suis le pas des autres par les sentiers battus depuis des temps immémoriaux, à chaque fenaison estivale, des chemins qui reçoivent à peine nos pieds menus et que seul un œil exercé distingue de ceux tracés par le passage des animaux. Peu après, le bois m'offre un abri loin du regard de cet homme qui semble presque me réclamer, mais je continue de le sentir sur moi comme une odeur.

Quelque chose me perturbe, chez Francesco, je le reconnais : sa manière d'être étranger à toute peine, à cette lutte pour la survie, un langage qu'il n'a jamais dû apprendre. J'ai des mains plus habiles que les siennes et un dos plus fort. J'ai une peau endurcie, et des dents qui pourraient dévorer le monde, tellement c'est le néant qu'elles mâchent d'ordinaire. Y compris à la période actuelle, où des femmes âgées, des mères et des jeunettes qui sont encore presque des enfants se donnent corps et âme pour apporter leur soutien sur le front, sa naissance l'exonère du sacrifice, et c'est une marque de distinction que je ne puis tolérer. Nous sommes l'un et l'autre de deux espèces différentes. S'il avait insisté pour m'aider et si je lui avais confié cette hotte, je sais qu'il se serait écroulé sous son poids. Le chien apprivoisé d'une main bienveillante n'aura jamais la résistance féroce du loup.

Lucia et Caterina sortent quatre aiguilles à tricoter des poches de leur tablier, pour confectionner des gants, des chaussettes et des bonnets pour l'hiver. Elles se mettent à l'ouvrage sans ajouter un mot, l'âme tellement concentrée sur leur travail qu'elles ne s'accordent aucun moment de relâche, même pendant la montée. Devant moi, Viola s'est soudain assombrie. Je sens crépiter son orgueil comme une flammèche qui grimpe sur la paille sèche de ses illusions. Si cette flammèche est alimentée, elle provoquera un incendie. Au premier virage du sentier, je la rattrape.

« Viola, je n'éprouve rien pour Francesco », lui murmuré-je, essoufflée.

Je suis certaine qu'elle m'a entendue. Tous ses sens étaient en attente de cette confirmation, et son cœur aussi.

Mon ombre forme autour de mes pieds une figure en mouvement : nous quittons le monde connu des clairières et des bois. Après des heures d'ascension, je lève la tête et j'aperçois le sommet encore lointain. Comme par un sortilège destiné à nous exténuer, chaque pas que nous faisons semble l'éloigner d'autant. Ce doit être la douleur du corps qui fait monter de la pierraille ce mirage à rebours, car la preuve que nous avançons est bien là, tout autour de nous : depuis un moment, nous sommes entrées dans un lieu muet et sidéral. Le silence n'est froncé que par le vent qui, en se faufilant dans les ravines, chante d'une voix de baryton, et par le grondement lointain d'une avalanche. Plus de forêt, plus de cris et de fuites furtives d'animaux dans les sous-bois. Rien que quelques brins d'herbe qui veulent obstinément vivre là où la nature ne le juge pas nécessaire.

J'ai eu le temps de compter les rochers jusqu'à leurs fragments morcelés par l'éternité, et j'ai sans aucun doute tenté de définir toutes les nuances infinies dont se servent la lumière, l'ombre et Dieu pour les colorer. Il n'y a pas un gris identique à l'autre et même le blanc du calcaire possède ses déclinaisons singulières. Sur une toile minérale que beaucoup croient monotone, je redécouvre des caprices inattendus de bleuet des champs, de bleuté ardoise et de bronze. Le bleu froid de la campanule et l'azur diaphane de la chicorée sauvage se mélangent avec les luminescences refroidies de l'argent, quand un rayon de soleil frappe les roches fracassées par les éboulements. Nous avançons en file indienne parmi des masses dix fois plus grandes que nous. Les nervures qui parcourent le granit me font penser à des veines sous la peau d'un géant, aux monolithes idolâtres sur lesquels j'ai lu des choses dans les livres de mon père, à des têtes gigantesques de rois et à des guerriers gardiens d'une île où ne poussent plus d'arbres.

C'est un royaume penché qui possède une odeur propre, l'odeur du cœur dénudé de la terre et d'une eau ancienne qui ruisselle en gouttelettes et ne reflétera jamais la brillance du jour dans les cavités les plus reculées. C'est ainsi que, fillette, je m'imaginais le parfum de la lune.

L'air est plus frais, mais la transpiration continue de ruisseler dans mon cou et me picote quand elle rencontre les plis que les bretelles ont creusés dans la chair. Je tente par moments d'y glisser les doigts, de soulever le cuir de la blessure, mais le poids est tel que même un fil de soie n'y passerait pas. La peau me brûle, et mes membres auxquels sont imposés un effort inhumain aussi.

Lucia se retourne, mais à peine, et elle parle, ce n'est qu'un profil perdu.

« Vous voulez vous arrêter ? demande-t-elle. Le temps de manger un morceau.

— Un morceau en appellerait un autre, l'avertis-je, mais je jette aussi un coup d'œil derrière moi et j'interroge les autres.

— Une halte ?

— Si je m'arrête, j'ai peur de ne pas réussir à continuer », avoue Viola.

Caterina et Maria hochent la tête.

« On avance. »

Une simple gorgée d'eau est devenue une obsession. La fatigue ne nous laisse plus qu'une seule idée tenace en tête : celle de l'arrivée tout en haut.

Le tonnerre. D'instinct, nous regardons les cieux limpides. C'est un désert d'azur, de part en part. À l'est, il me semble voir la terre exploser vers le ciel, un éventail qui, l'espace d'un instant, obscurcit l'horizon.

« Des coups de canon ! » hurle Viola. Nous crions toutes et nous blottissons entre les pierres comme nous le pouvons. Je me rends compte qu'à cet instant nous sommes à découvert, et que le sentier serpente le long d'une petite crête sans offrir le moindre abri. Un peu plus loin, il gravit la pente entre des tourelles de roche.

« Il faut continuer », dis-je, en me relevant. Non par courage, mais par instinct de survie. J'entraîne avec moi Viola, la récalcitrante. Lucia est tout de suite derrière nous et ensuite, avec elle, Maria et Caterina.

C'est comme un de ces rêves où je cherche à courir et en fait je peux à peine avancer de quelques pas. La hotte nous maintient au sol.

« Nous allons mourir ! »

Viola éclate en sanglots, mais elle ne cède pas d'un pas, elle ne fuit pas la responsabilité dont elle s'est chargée en plus des vivres et des munitions qu'elle porte.

Je pointe du doigt les remparts naturels.

« Là nous serons en sécurité, dis-je. Les redans nous protégeront. »

Et nous avançons, entourées du sifflement des obus et autres projectiles, en nous baissant toujours un peu plus. Maria entonne une prière à la Vierge à laquelle nous nous joignons toutes. L'air est secoué de détonations qui semblent fracasser la montagne, nos voix tremblent. Pour la première fois depuis que j'ai accepté cette mission, je me demande à quoi m'attendre au-delà de la ligne de front, ce que mes yeux seront contraints de voir.

Je pense au cauchemar que j'ai fait, aux filets de sang qui maculaient de pourpre les cimes et se réunissaient pour former un torrent de corps déchiquetés et d'yeux privés de vie.

Tout à coup, ces prières me font l'effet de litanies funèbres, mais je ne veux pas recommander mon âme à Dieu et à la Madone avant que le moment ne soit arrivé. Je suis encore vivante et je me mets à chanter. Je chante contre la peur, je chante sans cesse plus fort pour ne pas entendre les pièces d'artillerie.

Je me retourne pour regarder mes compagnes et subitement nous éclatons de rire. Mon chant devient celui de toutes les autres.

Qui sait ce que penseront les soldats quand ils nous verront arriver sur le front en entonnant des couplets d'amour, avec nos longues robes couleur de corolles, nos mèches pointant en désordre sous nos foulards. Des femmes qui ne savent pas faire la guerre, qui n'ont aucun diplôme universitaire pour la comprendre. C'est une pensée qui force le rythme de mes pas, qui pousse mes membres à enjamber les rochers et me fait avancer avec une ardeur confinant à la rage.

« Agata, attends ! » me lancent les autres, mais je cours. J'abaisse mon foulard sur mon cou, je veux sentir l'air et le soleil me caresser, comme ils caressent les ailes des aigles qui dominent ces altitudes et que les bouches à feu ont éloignés.

« Ce n'est plus très loin, je vois le *pal* ! » leur annoncé-je. La prairie maigre d'altitude, agrippée à la nervure de la crête avec ses racines courtes mais aussi dures que de l'acier, est peut-être encore plus un reflet de ce que nous sommes en cet instant.

Je reviens en arrière, les *scarpetz* légères s'accrochent à la pierraille concassée, elles épousent le contour de la caillasse et je ne fais plus qu'un avec la montagne. C'est ainsi que mes congénères l'affrontent depuis des siècles, me dis-je. J'ai atteint des lieux où des grimpeurs émérites n'ont jamais réussi à monter. Les gros brodequins des soldats apprendront à respecter ces pauvres souliers, faits de couches de vieux torchons cousus ensemble avec de la ficelle.

J'aide les autres à monter, nous finissons par former une chaîne de mains qui se serrent et se lâchent, nous franchissons les derniers escarpements et nous les voyons enfin, dressés comme des bouquetins sur des parois verticales.

Ce sont les premiers postes de guet. Les Alpins.

5

Si le répit qui nous est offert depuis notre arrivée n'élevait pas une barrière contre toute autre perception, j'aurais tout de suite reconnu cette odeur.

Si la guerre m'était familière, je saurais de quels mots user pour saluer le silence qui flotte bas au milieu des fumées, après un tir d'artillerie qui a duré une éternité. Non pas la « paix », et encore moins une « trêve », mais le « décompte des morts ».

Si je n'étais pas celle que je suis, je m'enfuirais. Au contraire, je reste clouée au sol, aux côtés des autres.

« Combien y en a-t-il ? » sanglote Viola, mais je ne comprends pas à quoi elle se réfère. Est-ce aux vivants ou aux morts, aux cadavres ou à leurs morceaux ?

La voix me manque pour parler, le souffle pour crier.

Toum. Tou-toum. Toum. Tou-tou-toum.

L'ennemi n'a pas rouvert traîtreusement le feu, c'est ma poitrine qui bat dans mes oreilles, le sang qui afflue dans mes veines. Oh, mon Dieu, est-ce là ton Homme ?

La plaine devant nous s'agite d'une activité frénétique, où se traîne et se reconstitue ce qui a pu être récupéré dans cette bruine purulente. Des ombres furtives sortent des tranchées comme des petits animaux de leurs tanières, d'abord la tête, puis le corps. Elles se hissent, courent courbées en avant et ramassent ce qu'elles peuvent de leurs compagnons. Tout ce qu'elles peuvent.

Au-dessus de ces ombres, au-delà d'un brouillard de poussière et de miasmes, claque un drapeau blanc. Son drapeau jumeau riposte avec des gifles d'étoffe, depuis le versant qui est aux mains de l'ennemi. Ces drapeaux appartiennent à des armées adverses, mais ils racontent le siège avec le même alphabet, ce sont des lettres funèbres écrites sur les lambeaux d'un suaire.

L'enfer est gris et ne brûle pas. Il empeste les cadavres déchiquetés et les viscères à nu. Sous nos pieds, c'est un cloaque de sang et d'excréments.

C'est seulement maintenant que s'élèvent les lamentations, comme si les survivants avaient attendu notre arrivée pour les laisser échapper.

« Ce ne sont que des gamins. » La voix de Maria est un cri étouffé. Lucia et Caterina tournent le dos à l'horreur et la dissimulent à nos yeux. « Ne regardez pas, disent-elles, ne vous arrêtez pas ! » Encore une fois, il semble que nos dos masqués par les hottes soient la seule partie de nous-mêmes apte à s'avancer dans ce monde-là : elles nous font un bouclier, mais ne nous rendent pas sourdes aux pleurs, aux cris. J'entends quelqu'un appeler sa mère. Il crie « *mamma* », un mot qui vous déchire, quand il tremble et monte en un hurlement. Je cherche cette voix, je lève les yeux et j'aperçois un jeune garçon qui n'a plus de jambes.

« Continue, Agata. »

Les mains de Lucia me poussent en avant.

Notre arrivée suspend le temps, comme si nous étions une vague de gel soudain qui fige le moindre mouvement.

Ceux qui sont devant nous sont des hommes qui nous scrutent sans plus rien de soldatesque, ils ont l'air simplement de désespérés, ce sont seulement des survivants. Qu'ont-ils vu en plus de cela, qui va déjà très au-delà de ce qu'un esprit sain peut supporter ?

Ils ont des yeux assombris sur lesquels un voile est tombé. Au fond de leur regard se démène une promesse : même toi, tu ne seras plus la même.

Le coup de sifflet d'un caporal attire notre attention vers le campement et nous sursautons à un appel qui nous incite à nous approcher. Un Alpin nous fait signe d'avancer et désigne un groupe de tentes sur les positions les plus reculées, puis il se remet à creuser des fosses, le chapeau à plume d'aigle posé sur la terre souillée. Quel symbole pourrait être plus puissant ? Je prends ces trous pour des tranchées jusqu'à ce que du sentier en surplomb je me rende compte de ce que contiennent celles qui sont déjà terminées. La nausée me remplit la bouche d'une salive aigre.

Les tentes saillent contre le flanc de la montagne, à côté de petits bâtiments en construction, hors de portée des bouches à feu austro-hongroises. Poutres et pierres désormais abandonnées au milieu des engins et des chiffons attestent du travail laborieux des hommes du génie qui se partagent entre batailles et travaux de construction, passant des mousquets aux burins et aux truelles. L'un d'eux gravait le numéro du bataillon sur une architrave. En de tels moments, s'il a eu de la chance, il sera occupé à ramasser des cadavres. S'il a été épargné, il devra se laver les mains du sang de ses camarades, avant de reprendre le travail.

Le bivouac le plus vaste n'en reste pas moins de dimensions réduites. Son rôle est annoncé par la croix rouge cousue sur le tissu clair, mais c'est une précaution superflue: les battants de l'entrée avalent et crachent sans relâche des soldats, des infirmières et des civières. Quelqu'un s'y est agrippé, ses doigts ont laissé des traces de sang. Le petit hôpital de campagne le plus proche est à Paluzza, à presque quatre heures de trajet, par des sentiers et des ravins, beaucoup plus bas que nous. Je me demande avec angoisse ce que peuvent faire les mains de ceux qui sont demeurés là, si ce n'est fermer des yeux et creuser des sépultures.

Je le vois, le cimetière. C'est un petit terrain à la limite de mon champ visuel, de la terre remuée et des croix en fil de fer barbelé toutes renversées : les obus ennemis n'épargnent même pas les morts. Ils continuent de frapper et de les éparpiller. Le vent souffle et m'apporte leur respiration. Sur le moment, il me semble les entendre chanter.

Pourtant, il n'est pas temps de pleurer ceux qui sont tombés, parce que deux soldats nous abordent.

« Vos livrets ! » ordonnent-ils. Dans l'agitation, ces livrets nous tombent des mains, nous les confondons avec les bons de rationnement qu'on nous arrache de force.

« D'où venez-vous ? demandent-ils.

— De Timau.

— Qui vous envoie ? »

Nous, les femmes, échangeons des regards perplexes. Nous ne le savons pas et c'est seulement maintenant que nous nous rendons compte que l'appel auquel nous avons répondu, qui n'avait rien de très officiel, était grandement désespéré.

Ils lisent enfin les documents dont nous disposons et semblent commencer à comprendre. Ils confrontent les registres au chargement que nous transportons et le peu de paroles qui s'échangent sont entrecoupées de regards incrédules dans notre direction.

« Quand êtes-vous parties ? demande l'un des deux.

— À l'aube », répond Lucia, d'une voix qu'elle peine à affirmer.

Le soldat inspecte nos hottes, je l'imagine les soupeser et mesurer ainsi les efforts consentis.

« Ce n'est pas possible », l'entends-je dire.

Dès qu'ils comprennent ce que nous transportons, d'autres arrivent et leur intervention se transforme presque en agression. Des mains qui fouillent, poussent, arrachent les hottes des épaules ankylosées. Les bandoulières percent les ampoules et la douleur explose, plus fort que des bombes. Privés de ce poids à supporter, os et muscles s'affaissent, comme il arrive aussi à l'esprit quand les préoccupations cessent : le soulagement est parfois une douleur qui se propage dans des membres atrophiés, envahit les interstices abandonnés par la volonté. Mais nous accueillons cette douleur comme une libération. Nous enlaçons nos genoux et restons assises, presque collées les unes contre les autres, nous massant mutuellement le dos. Devant nous, la scène est celle d'un assaut : la discipline militaire a cédé la place à la frénésie, les rangs hiérarchiques se confondent avec les instincts humains les plus élémentaires. Ce sont des soldats et ce sont des garçons. Les uns et les autres finissent par franchir tour à tour la ligne imaginaire de leur pulsion, si confuse, si intimement liée au tempérament et à la résistance de chacun. Je les regarde avec une crainte toujours plus sourde, et l'irritation suscitée par le traitement qui nous est infligé s'estompe en une tendre indulgence, quand je m'aperçois que la marchandise la plus convoitée par ces mains rugueuses est faite de lettres. Ils cherchent leurs noms, se font aider par leurs compagnons pour déchiffrer ce qui est écrit. Je comprends que nombre d'entre eux sont analphabètes.

« Ils recherchent plus les paroles de réconfort que les rations de vivres », murmure Lucia à côté de moi. Je la vois réprimer un sourire et je pense qu'elle ne cessera jamais d'être la mère de toute créature sans défense qui a besoin d'être secourue. Qui peut sourire devant toute cette dévastation, si ce n'est celle qui veut de toute son âme continuer d'y entrevoir de la vie ? Sans cette vocation qui est la sienne, aucune de nous ne serait ici.

Pour ma part, je ne parviens pas à contenir mes frissons, mais ce qui me secoue, c'est un séisme intérieur. La matière la plus profonde dont je suis faite est remuée, elle se disloque en fragments qui entrent en collision.

Un officier sort de l'infirmerie du camp, et sa seule présence suffit à remettre les soldats au garde-à-vous. Ils sont droits comme des piquets et ne pipent mot, certains ont les bras pleins de vivres, ou les yeux fixés sur les feuillets remplis d'une écriture serrée, et d'autres encore sur le point d'extraire de nos hottes des munitions et des balles comme autant de fruits métalliques et luisants, à peine cueillis. L'officier nous voit, son regard s'attarde sur nous un instant, je comprends qu'en quelques battements de cils il a déjà pris la mesure de ce qu'il avait besoin de savoir. Ils l'appellent capitaine, c'est le commandant de cet enfer, mais il est sorti de la tente les manches relevées et les mains sales, l'uniforme débraillé et le pantalon taché de boue jusqu'à hauteur des genoux. Un soldat reçoit ses ordres, puis nous rejoint en hâte.

« Il faudra du temps, nous signifie-t-il. Le chargement doit être contrôlé. »

Nous, les femmes, nous échangeons des regards. Dans ces montagnes, ce n'est pas l'homme qui scande le temps, même s'il est capitaine. Lucia m'exhorte d'un signe à lui exprimer nos motivations. Elles s'attendent toutes à ce que ce soit moi qui prenne la parole, parce que j'ai maîtrisé cet art jusqu'à m'en faire un ami. Dans les livres de mon père, page après page, de nuit en nuit, durant de longues années, j'ai découvert la place de mondes entiers que je sais désormais appeler par leur nom, et j'ai exploré des intérieurs géographiques qui ne me désorientent plus. Je tâte ces mots-là du bout des lèvres avant de les prononcer, et ils sonnent juste.

« Nous attendrons, mais... » J'ajoute en vitesse ce dernier monosyllabe afin de le retenir. « Mais jusqu'à ce que le soleil passe derrière cette aiguille. » Mon doigt guide le regard du soldat. « Ensuite, nous devrons redescendre dans la vallée. Et si votre capitaine demande des explications, dites-lui que nous avons besoin des heures du jour. Des travaux nous attendent dans les champs et à la maison certains ont besoin de nos soins. »

Je le vois hésiter et, sur le moment, je m'attends à une réplique cinglante, qui pourtant ne vient pas. D'après l'expression du jeune Alpin, j'imagine qu'il se demande en quels termes évoquer nos intentions, ou peut-être même s'il doit le faire.

Je retourne m'asseoir près des autres, et Viola s'approche de moi.

« Allons, ils croient vraiment qu'on a volé des choses dans la montée ? chuchote-t-elle. On aurait dû les laisser mourir de faim !

— Chut ! la fait taire Lucia. Tu n'as pas déjà vu assez de morts aujourd'hui, pour en souhaiter d'autres ? »

Nous sortons de nos poches le repas que nous avons retardé jusqu'à cet instant. Quelques pommes de terre bouillies, des croûtes de vieux fromage et des restes de polenta grillée que nous nous partageons à parts égales. Un plat qui tient tout entier dans ma paume et sent le moisi. La gourde d'eau est aussitôt vidée.

« Mâchez lentement, nous conseille Maria. Cela vous donnera l'impression que c'est suffisant.

— Suffisant ? Il faudrait savoir les multiplier », rétorque Caterina.

Viola me donne un coup de son coude pointu dans le flanc.

« Le revoilà », m'avertit-elle en baissant les yeux.

Le jeune Alpin revient en effet sur ses pas, mais il y met plus de ferveur. Il a le visage écarlate. Devant moi, cette fois, il a un petit signe de tête.

« Monsieur le capitaine veut vous parler. Je vous en prie. »

Il ne fait pas de doute qu'il a ajouté ces derniers mots de sa propre initiative : ils sont le reliquat maladroit d'un coup de clairon né du souffle de ses lèvres. L'anxiété lui a coupé la respiration.

D'une tape sur l'épaule, je rassure Lucia, je range mon repas dans la poche de ma blouse et je suis l'Alpin, en m'enveloppant dans mon châle. L'air des cimes rend la sueur glaciale. C'est ainsi que je fais mes premiers pas sur les arrières du front, qui ne sont toutefois pas si éloignés des premières lignes. Les tranchées et les baraquements sont serrés entre les flancs de la montagne et le vide. De l'autre côté, bien visibles, courent les lignes défensives ennemies. Je pourrais regarder un Autrichien droit dans les yeux, si seulement j'en avais envie, si seulement l'un d'eux osait lever la tête au-dessus des pierres et des sacs empilés.

La vision des fosses dans lesquelles vivent, combattent et résistent ces jeunes Italiens me répugne. La boue, la crasse et la déchéance les infestent autant que les rats, je suppose. Quelques soldats s'accordent une pause en s'inspectant mutuellement les cheveux. Les poux sont déjà là et ils ne consentent aucune trêve. Le terrain est jonché de boîtes de lait vides. Avant ce jour, je ne les avais jamais vues, et la nourriture qu'elles contiennent, privée de la forme et de l'odeur que je connais, m'amène à penser que j'ai atterri dans un futur triste.

Le soldat qui m'a montré le chemin s'arrête devant une tente, écarte les pans et, au garde-à-vous, me fait signe d'entrer.

L'officier que j'ai vu peu de temps auparavant sortir de l'infirmerie du camp est devant moi, de dos.

« Je suis le capitaine Colman, je commande cette compagnie », se présente-t-il, sans se retourner. Il se frotte les mains dans une bassine, impulsivement je voudrais lui dire que le sang ne s'en ira pas, jamais, parce que c'est ce que chacun de nous cherchera à faire : effacer ce qui lui a contaminé l'âme.

Il se retourne et je vois qu'il a tenté de se débarbouiller. Il a redescendu ses manches, nettoyé tant bien que mal le reste de sa tenue, s'est même peigné. La forme fait partie de la discipline et elle est l'expression du respect. Il n'a cependant pas réussi à se raser, même si le nécessaire est là, à côté d'un broc. Sur le visage, une ombre sombre hachure la mâchoire depuis le bouc jusqu'à la naissance du cou. Il est plus âgé que moi, mais je ne saurais dire de combien d'années. J'imagine que quelques semaines de guerre font autant vieillir que des décennies de paix. Sur une petite table de camp, le chapeau à plume paraît l'attendre, en étirant son ombre vers le champ de bataille.

« Comment vous appelez-vous ? demande-t-il brusquement, sans attendre que je réponde. Vous êtes volontaires, certes, personne ne vous a obligées à monter ici, et personne ne vous a demandé explicitement de vous conformer à la règle militaire, mais c'est bien ce que j'attends de vous. » Il se sèche les mains avec un chiffon propre et le lance sur la table. « Les ordres d'un capitaine ne peuvent être contestés, surtout devant ses hommes. Par conséquent, ne les contestez pas. »

Il croise les bras et je me demande si mon tour est venu de parler, mais le capitaine a encore beaucoup à dire.

« Vous êtes des femmes, il ne vous est pas demandé de comprendre les exigences de la guerre. La hiérarchie est une économie de mots et, dans la bataille, souvent, l'économie sauve des vies. Vous attendrez jusqu'à ce que je vous dise que vous pouvez vous en aller. Mes hommes contrôlent votre chargement et quand bien même cette opération peut vous sembler dénuée de sens, voire incompréhensible, vous obéirez aux ordres. Et s'il devait manquer ne fût-ce qu'une épingle, je vous en tiendrais pour responsables. »

La seule chose que je réussis à penser, c'est que cet homme possède une notion plutôt vague de l'expression « économie de mots ». Il n'a jamais rencontré personne de Timau. Et je me suis trompé sur l'idée même de respect : il vient de nous traiter de voleuses.

Maintenant, je devrais dire quelque chose. Il attend, finalement. Et pourtant, tout à coup, je sens qu'il ne comprendrait pas, il n'est pas prêt à écouter.

Je laisse un peu glisser mon châle. De quelques centimètres, juste assez pour dénuder le coup rougi par la hotte, les taches de sang sur la chemise, à hauteur des épaules.

Je pointe un pied sur l'autre et je retire mes *scarpetz*. Je pose les pieds sur la terre battue, l'air sur ma peau me permet de comprendre que j'avais vu juste : les heures de marche dans la montée ont usé la laine déjà râpée des chaussettes et mes orteils meurtris s'offrent à son regard.

Enfin, je prends la moitié de patate que j'ai gardée dans ma blouse et je la mets sur la table, à côté de son couvre-chef.

Je reste ainsi, pendant un moment qui nous semble bien trop long, à tous les deux, puis je réponds à son unique question, celle à laquelle cela ne l'intéresse pas de recevoir une réponse : « Je m'appelle Agata Primus. »

Un regard peut-il se briser ? C'est ce que vient de réussir le sien.

J'attrape mes *scarpetz* et je m'en vais. À l'extérieur de la tente, je les enfile en sautillant et puis, me retenant de courir, je rejoins mes compagnonnes. Quand elles me voient, elles se lèvent et m'entourent.

« Qu'est-ce qu'il t'a dit ? demande Lucia.

— Que nous pouvons nous en aller », réponds-je, en chargeant ma hotte sur mes épaules. Je ne la regarde pas dans les yeux, mais je sais que je n'ai pas menti.

Soulagées, nous sommes toutes revigorées et peu après, d'un pas allégé par la descente, nous laissons derrière nous les tranchées.

Viola me prend par le bras.

« Tu l'as remis à sa place ? demande-t-elle.

— Et comment ! fais-je, en opinant. Je lui ai donné une bonne leçon. »

Viola rit, me lâche et me précède dans le sentier en dansant presque.

En vérité, j'aime les mots, mais d'instinct je les préserve. J'ai appris à manier leur finesse, mais au fond de moi je garde la ferme conviction que quelques très rares sentiments n'ont pas besoin de sonorités et ne réclament pas de raisonnements. Ils prennent corps dans des gestes, ils chantent dans les sens.

« Agata Primus ! »

Je me retourne, surprise. Le capitaine Colman descend à grandes enjambées. À peine arrivé devant moi, il se courbe en avant, s'appuyant de ses deux mains plaquées sur les genoux.

« Vous n'êtes pas une femme très loquace », dit-il, le souffle court.

Je soutiens son regard. Je le vois fermer les yeux, ébloui par la lumière, peut-être désormais trop habitué à l'ombre des tranchées.

« Et maintenant encore, pourquoi ne pas répondre ? » me lance-t-il.

Je voudrais répliquer qu'il ne m'a posé aucune question, que je réserve mon souffle à la descente, qu'il a une tache sur le nez qui prêterait à sourire si elle n'était faite de sang, mais lui, comme à son habitude, il n'attend pas. Il se redresse et l'odeur de l'uniforme me cueille comme le râle d'un moribond.

« Agata, je vous demande de bien vouloir pardonner la brusquerie de mes manières, ajoute-t-il, subitement radouci. Aujourd'hui, j'ai perdu soixante-trois hommes, et nous ne sommes pas encore l'après-midi. Nous n'étions pas prêts à vous voir arriver. La seule dame que nous rencontrons dans ces montagnes, c'est celle qui porte la faux. Nous avons oublié les bonnes manières, moi le premier. Puis-je espérer que vous acceptiez mes excuses au nom de vous toutes ? »

Il me tend la main. Aucun homme ne m'a jamais demandé la mienne pour me la serrer et sceller un accord. Je regarde sa paume et j'y vois des entailles, des cals et une coupure mal cicatrisée qui la traverse de part en part. Sur sa peau, un récit est écrit que la mienne réussirait à comprendre.

Je cherche les autres du regard et les vois qui m'attendent un peu avant le virage. Je sais ce qu'elles souhaitent, je n'ai pas besoin de leur demander.

Je serre la main du capitaine, d'un bref signe de tête j'accepte pour elles toutes sa proposition d'un nouveau commencement, mais quand je me retourne pour m'en aller, il me retient.

« Si nous ne vous voyons pas revenir, nous comprendrons, me dit-il. Nous vous sommes reconnaissants car vous avez déjà fait beaucoup. »

Je détache mes doigts des siens. Je cherche les mots les plus respectueux pour ne pas lui porter offense, mais en fin de compte j'espère que les circonstances justifieront l'impudeur de ce que je suis sur le point de lui dire.

« Ordonnez à vos hommes de préparer leur linge sale pour demain, si vous désirez que ce soit lavé. »

6

Nous sommes arrivés dans la vallée en plein après-midi. Lucia a retrouvé sa fille qui l'attendait là où commencent les prés ; la fillette tenait dans ses mains un panier de silènes cueillies pour le dîner, déjà une petite maîtresse de maison, du haut de ses neuf ans. Pietro, un an de moins que sa sœur, est arrivé en courant et s'est précipité dans les bras de sa mère.

« Tu as vu les soldats ? a-t-il demandé.

— Oui, bien sûr.

— Et les canons ?

— Les canons aussi !

— Et toi, Agata ?

— Moi, j'ai rencontré le commandant.

— Et tu lui as parlé ? »

L'enfant insiste pour porter la hotte de sa mère et continue avec nous.

« Je lui ai dit certaines choses, oui. »

Pietro me prend par la main.

« Tu as arrêté de m'apprendre à écrire. Quand on recommence ?

— Bientôt, promets-je. Mais toi, continue à lire, avant de t'endormir.

— J'essaie, mais c'est difficile.

— Insiste, c'est comme cela qu'on apprend. »

Lorsque nous arrivons au village, nous nous séparons.

Caterina et Maria ont pris la route de Cleulis ; les attend un parent à la mairie pour discuter certains accords concernant le tracé d'une limite entre des champs. Viola et moi avons poursuivi notre route jusqu'à Timau, avant de nous saluer devant le seuil de sa maison.

« Prie saint Lorenzo avant de t'endormir, m'a-t-elle dit. Il protégera tes rêves contre la guerre.

— Et toi, ne pense pas trop aux Alpins, sinon tu ne te reposeras pas. »

C'est seulement au crépuscule que je réussis à dénombrer les dégâts sur ma personne, quand les tâches les plus pressantes sont accomplies. Les chaussettes ne sont pas les seules à s'être déchirées en cette journée. Je soulève ma brassière avec une lenteur exaspérée. Dessous, j'ai les épaules écorchées. Trop de poids. Trop. La peau à vif m'impressionne, non parce que je ne l'ai jamais vue, mais parce que la pensée qui me frappe, c'est que la vie, une fois effacé le possible, aurait maintenant commencé à me consumer jusqu'à l'os et bientôt il ne restera rien de moi, si ce n'est un squelette sonore.

Je rassemble mes cheveux, je les attache dans la nuque avec un ruban. Leurs ondoiements n'ont rien de lumineux, c'est une trame épaisse de filaments éteints.

Je tamponne les blessures avec un linge humide. L'eau semble allumer la douleur comme un vinaigre et la pommade que j'applique en prenant soin de ne pas frotter les plaies ne me procure pas de soulagement immédiat.

Un gargouillement sourd me rappelle en cuisine. La soupe aux orties et au pissenlit bouillonne dans la marmite. Je la retire du feu et la pose sur la table, désormais une simple planche vermoulue qui ne reçoit plus de repas conviviaux et a cessé d'accueillir les histoires du soir, depuis tellement de temps que je ne peux pas le compter sur les doigts des deux mains. Les rides du bois sont des nervures vides, ces derniers mois j'y ai déniché et mangé jusqu'aux dernières miettes.

De tout ce que j'ai vu au front et de tout ce que j'ai fait aujourd'hui, dans mon esprit une seule et unique image ne cesse de s'enrouler et se dérouler : la moitié de pomme de terre que j'ai laissée là-haut. J'ai été sotte. J'y ai renoncé par orgueil, mais l'orgueil ne remplit que la poitrine, pas le ventre.

Je prends dans le garde-manger le dernier œuf que nous a donné la femme du boulanger, « pour ton père, Agata », et un linge dans lequel je conserve une tranche de lard de l'an dernier. Je déplie le linge et les odeurs d'une autre vie m'enveloppent de volutes si consolatrices que je sens mes yeux se mouiller. La pièce de fumage est vide désormais, les murs noircis conservent quelques souvenirs odorants, rien d'autre, et je ne me rappelle que trop bien le temps où les saucisses et les jambons pendaient des poutres du plafond.

Nourriture. J'en ai l'eau à la bouche, qui se remplit d'une salive tiède.

Je découpe le lard, j'en taille une languette si fine qu'elle paraît translucide à contre-jour. Mes mains tremblent, mes dents claquent comme pour s'en saisir. Je ne le leur permets pas, je ne lâche pas la bride à cet instinct maudit qui se soucie de me préserver, mais qui ferait de moi une fille impie.

Tout ce que je m'autorise, c'est déposer cette tranche sur le bout de ma langue et inspirer à fond. La salive mousse entre mes maxillaires qui sont sur le point de se refermer dessus, et j'attends jusqu'au dernier moment avant de déglutir des saveurs (et rien d'autre). Elles explosent en chaîne, avec une déflagration plus violente que celle d'une machine infernale, dans la gorge qui les avale. J'éloigne promptement la tentation, je dispose le lard dans une assiette que je remplis de soupe fumante et qui, sous peu, rassasiera mon père. Je me contenterai de l'assiette de maigre, comme l'appelait ma mère : pas de viande, rien que le bouillon sombre et amer. Une moitié de patate, ressassé-je obstinément, l'aurait rendu plus goûteux. Je le laisse tiédir, la chaleur se dissipera en même temps que mon tourment : la fatigue, au moins, fait taire les pensées, même les plus tenaces et les plus cruelles.

Par la fenêtre, le crépuscule recouvre la vallée d'un manteau. Les montagnes forment des silhouettes pointues sur un ciel lapis-lazuli. La nuit est une teinture qui descend sur la forêt et sur les maisons comme une traînée de poudre, estompe les contours, unifie et fond ce qui se trouve à distance. Je l'appelle l'« heure bleue », mais aussi celle de la honte. C'est le moment où je sors de cette maison pour me diriger vers le lavoir du village, chargée de linges que d'autres yeux ne doivent pas voir. La maladie ne tache pas seulement les habits et les couvertures, mais aussi la dignité. Ce n'est pas ma dignité que je protège, mais celle de celui qui m'a donné la vie.

J'ai lavé mon père, j'ai massé avec des huiles d'herbes essentielles son corps, qui semble redevenir de jour en jour celui d'un enfant. J'ai changé ses vêtements et les draps de son lit, et pendant tout ce temps je lui ai décrit la guerre. Pas la vraie qui se consume au milieu des privations et des poux, mais celle des poèmes épiques que ma mère me racontait comme s'il s'agissait de fables. Pourquoi le priver du pouvoir de l'imagination, de la pensée puissante et vigoureuse des héros qui défendent ces montagnes ? Pourquoi me priver, moi, de cette illusion ?

C'est ainsi que je les lui ai décrits, étincelants plutôt que crasseux, dressés et orgueilleux et non pas croulant de peur et de fatigue. J'ai raconté Énée, Hector et Achille sous des oripeaux trompeurs, tandis que mon regard errait dans la chambre, à la recherche d'autre chose à échanger le lendemain afin de pouvoir manger.

J'allume la flamme de la lampe et je me drape du châle de laine pour protéger mes plaies. De nouveau, pour la dernière fois de la journée, je charge la hotte sur mon dos. Elle est légère, le poids des draps et des chemises de nuit est presque une caresse.

La respiration de la montagne souffle sur le chemin qui descend du centre du village et s'accompagne du pépiement des insectes nocturnes. Les parfums des prés et des pâtures en jachère embaument l'air. Un meuglement paresseux fait vibrer le calme avant de s'éteindre ; même les étables se préparent à dormir. Les rues sont désertes, les volets des maisons déjà fermés. Le bruissement de la fontaine pourrait guider mes pas dans l'obscurité.

Derrière les embrasures des portes, il n'y a pas une âme vivante qui ne soit consciente de ma présence, mais personne ne viendra me déranger. Ils savent ce que je fais.

Le lavoir accueille ma hotte avec une pierre polie depuis des générations. J'ouvre les linges et, avec des gestes rendus efficaces par l'habitude, je commence par les immerger et je les frotte, entre la cendre et la saponite. L'eau brille dans la nuit, des glaces éternelles, elle ne possède pas seulement la senteur des lichens, mais aussi le froid glacial, et elle engourdit les mains.

Voici encore quelques semaines, l'été du village aurait été animé par les conversations à voix basse dans les cours intérieures et par les rires des enfants. Dans les ruelles se serait répandu le parfum de la polenta et de la pâte suave des *cjarsons* ; un amoureux aurait pu jouer de l'accordéon, avant d'être chassé par un père jaloux.

Désormais la maison de la vieille rebouteuse aveugle a un toit en tuiles ébréchées et un volet suspendu par un seul gond : l'image d'une contagion en cours, peut-être. Personne ne s'occupe plus d'elle. La guerre a arrêté la vie avant même de la prendre.

J'immerge et je frotte. J'immerge et je frotte rageusement, un sentiment si nouveau pour moi, et pourtant déjà enraciné. Je lève les yeux vers l'horizon, je cherche à deviner parmi les ombres le col du mont Croce. C'est là que pendant un temps les femmes de la vallée accompagnaient les maris, les fiancés et les fils jusqu'à la frontière. C'étaient elles qui portaient les valises des émigrants dans leur hotte, gravissant des lacets infinis. Elles les saluaient les yeux secs et le cœur lourd. Elles ne les reverraient que plusieurs mois après, ou peut-être pas avant des années.

Désormais, les rapatriements forcés ont tari les remises d'argent tant convoitées, ils ont obligé ces hommes à retourner se sacrifier au front, ou à se morfondre dans des maisons de plus en plus désertées, sans travail. Tous, à part mes frères. Les lettres et le peu d'argent que Giovanni et Tommaso envoyaient chaque mois ont cessé d'arriver quand j'ai écrit pour les informer de la maladie de notre père. Ils nous ont laissés tomber comme si, pour nous, il n'y avait plus d'espoir. Je me suis juré de résister jusqu'à ce qu'un jour ils reviennent revendiquer la maison de nos aïeux : il ne faudra pas qu'ils la trouvent vide. Je les attendrai pour les regarder droit dans les yeux, même s'il fallait y consacrer une vie entière, et si je meurs avant, je prie Dieu de me pardonner et d'abandonner mon âme ici, afin de les maudire pour l'éternité. Des traîtres à la famille et à la Patrie.

Un claquement de sabots me coupe le souffle. Immobile, je regarde la silhouette sombre s'avancer, en claudiquant. Elle a une faux posée sur une épaule. Quand elle passe près d'une lanterne, je vois l'affiloir pendre d'un côté et je reconnais le visage rugueux de l'ancêtre. Alors c'est vrai, ce qui se dit de Tino le boiteux : par les nuits de lune, il monte faucher les prés, caché par l'obscurité aux yeux des soldats italiens et autrichiens. Il s'arrête lui aussi, mais seulement le temps de me saluer d'un signe de tête, puis il continue. Je me demande comment fait sa jambe malade pour le soutenir dans l'effort du labeur sur la pente, ou s'il s'agit d'autre chose, d'un sentiment tenace que je connais bien, qui porte le corps et la volonté. Tout le village sait qu'il le fait pour ses bêtes : deux vaches laitières mal en point qui ont plus d'années que de poils sur la croupe.

Je rince et j'essore les linges, je les plie, je les range dans la hotte et je me rends compte seulement alors de la fleur qui tourbillonne dans le bassin, un bleuet des montagnes, aux pétales comme des flammes violettes, d'un bleu profond, presque noir, au crépuscule. Elle semble avoir été cueillie depuis peu, pourtant elle doit être ici depuis un moment, échouée au milieu de la mousse et tout à coup libérée par le courant. Je la recueille et je la glisse dans la boutonnière de mon chemisier. Moi aussi, comme Tino le boiteux, j'ai toujours eu des remords à abandonner ce qui est encore vivant, même si la chose a déjà fait son temps.

Le chemin vers la maison se fait d'une démarche calme, les mouvements de l'âme se sont finalement assoupis. La lumière à la fenêtre me donne un instant l'illusion que quelqu'un, à l'intérieur, m'attend. Pas mes bras, pas mes faveurs. Moi seulement. Je me demande si cela arrivera jamais, si le destin me donnera le temps d'être quelque chose et quelqu'un de différent de tout ceci.

Un grattement nerveux arrête mes pas. Ensuite, de nouveau le silence, rompu par une respiration bestiale. Je ne suis pas seule. Un craquement de bois, sur l'arrière de la maison, vers le potager et la forêt. Lentement, je laisse glisser la hotte. Cela s'agite encore, un souffle haletant, agressif. Alors je le sens : comme un animal je flaire l'odeur des autres bêtes, et je cours vers le potager en hurlant.

Tout est arraché. Des légumes qui peinaient à pousser, il ne reste que des moignons pointant de la terre remuée. Le sanglier racle et écrase tout ce qui tombe à portée de son groin. Je ramasse un morceau de bois de la palissade renversée et me précipite vers ce mâle majestueux, sans me soucier des défenses qui pourraient m'éventrer sans difficulté, de sa fureur qui serait capable d'avoir le dessus même contre un homme. En larmes, je le frappe au flanc, mais je réussis seulement à lui arracher un grognement surpris.

La bête me fixe du regard, gronde avec irritation. Ses petits yeux luisent dans l'obscurité, me lancent presque un défi.

« Va-t'en ! File ! crié-je. Va-t'en », le supplié-je.

Il me donne satisfaction, sans se presser, et retourne probablement dans le bois uniquement parce qu'il n'a plus rien à détruire et parce que je ne suis pas une adversaire digne d'intérêt.

Je m'écroule à terre, épuisée, vidée, défaite. La nuit est clémente et n'offre pas aux regards toute la réalité du carnage. Je pense à mes plants, aux sacrifices consentis pour les obtenir. Y aura-t-il jamais quelque chose pour quoi je ne devrai pas lutter ?

Au-dessus de moi, les cimes des montagnes scintillent de reflets argentés. Les canons se taisent. C'est la première fois que je repense au front, depuis que je l'ai quitté. Les autres non plus n'en ont pas soufflé mot, pendant la descente.

Qui sait si ces hommes dormiront d'un sommeil tranquille, s'ils sont finalement rassasiés, si le capitaine Colman a mangé ma moitié de patate.

Je me relève, le dos qui gémit avec des craquements de vieillarde. La soupe m'attend enfin.

C'est en passant à côté de la fenêtre de ma chambre que je vois l'obscurité se remplir d'une sensation différente, plus ambiguë et plus dévastatrice, comme un mal-être profond, et je comprends que je viens à peine d'ouvrir les yeux dans la nuit, une nuit différente : sur l'appui de fenêtre, posé par une main que je connais, je le sais, il y a un bleuet des montagnes.

Je me tourne vers les ombres, même si Francesco ne sortira jamais à découvert.

Il m'a suivie, il était avec moi au lavoir. Caché dans l'obscurité, mais assez près pour pouvoir m'effleurer de ses mains parfaites, si seulement il l'avait voulu.

Il était ici, sous cette fenêtre, pendant que je me changeais.

Je n'ai plus faim.

7

Il ne s'est écoulé qu'une nuit, mais le sort de la bataille semble avoir déjà changé. Les Italiens ont été mis en infériorité, les Autrichiens ont pris le sommet le plus haut du Pal Piccolo et lancent des rochers sur les nôtres.

Nous l'apprenons après être arrivées auprès des renforts, à portée de vue des positions les plus avancées et des abris. Un Alpin de guet nous rejoint et nous en informe tout en nous ordonnant de nous taire. Avec l'accent traînant de la plaine vénète, il ajoute aussitôt : « Nous le reprendrons. »

Nous le suivons dans le sentier, à pas comptés pour bien sonder la solidité de chacun de nos points d'appui et prévenir le moindre éboulement : l'ennemi est à l'écoute et cherche à nous débusquer, avec l'oreille du chasseur.

La montagne a la solennité silencieuse d'un sépulcre et nos respirations laborieuses se confondent avec celle du vent. Aujourd'hui, le ciel possède la couleur du fusil que le soldat porte à l'épaule, pour l'instant encore inerte; j'espère que l'un et l'autre resteront muets, qu'ils n'éclateront pas en éclairs et en rafales de coups de feu.

D'autres femmes se sont jointes à nous, des adolescentes et des vieillardes. Avant le départ, nous les avons initiées, afin de leur épargner les blessures: nous avons toutes enfilé sous la hotte la toile de jute des lourdes charges.

Et le lourd chargement est arrivé, peut-être plus pénible que le précédent; même les épaules menues des plus jeunes n'en ont pas été exemptées. La nécessité ne peut prodiguer la clémence, même si elle n'est pas dénuée de miséricorde: quelque chose a néanmoins changé dans l'attitude de ces hommes. Le respect s'est exprimé à travers un geste délicat à la dérobée, des regards qui se croisent enfin sans détour.

Aucun d'eux ne s'attendait à nous voir revenir. Aucun n'aurait fait rouler les dés, misé contre la peur et l'épuisement. Même pas moi.

Et pourtant nous sommes ici, je suis ici, et pas pour l'argent. Quelques sous suffisent à acheter un traître, mais pas ce sacrifice exténuant qui s'enfonce entre nos omoplates. Ils ont peut-être compris pour quoi et pour qui nous le faisons.

Nous sommes dirigées vers les baraquements des troupes de réserve, où l'arrivée des nattes de jonc que nous avons apportées, nouées autour de la taille, est accueillie avec un enthousiasme désarmant;

elles serviront à leur éviter de vivre à même la terre comme des bêtes. Elles sont aussitôt déroulées et adaptées à de nouveaux usages.

La halte n'est qu'une étape vers une autre destination : ils nous disent de continuer jusqu'aux avant-postes, du troisième au premier. Viola cherche ma main, je serre la sienne. Ce geste de réconfort dure à peine un instant, parce que nous avançons dans des boyaux étroits qui imposent la file indienne.

Aujourd'hui, nous n'observons pas le front depuis l'arrière, aujourd'hui nous y pénétrons. Il est naturel de se demander si c'est dû à la confiance, ou uniquement à la nécessité. Sur notre passage, les soldats nous saluent d'un signe de tête ; les plus intrépides, d'un mot gentil et d'un sourire.

Nous les voyons enfouis dans les tranchées, des lignes qui se brisent afin de se prolonger dans différentes directions. Je les avais toujours imaginées comme de longs couloirs tout en courbes, mais elles forment au contraire des angles aigus et les tronçons se ramifient, rejoints par des boyaux et des galeries.

« Si l'ennemi fait irruption, il ne doit pas trouver d'accès libre et facile. »

Je me retourne pour chercher du regard le propriétaire de cette voix qui vient de répondre à mes pensées.

« Amos ? » fais-je, hésitante.

Mon cousin me serre dans ses bras, une étreinte rapide mais presque violente. J'ai du mal à reconnaître en lui le garçonnet avec lequel j'ai traversé une partie de mon enfance. C'est un homme, désormais, un homme aguerri. Les boucles châtaines sont tombées sous la lame du rasoir et les yeux aussi brillants que les eaux de la Fella me regardent d'un air éteint, captifs dans un maillage de rides hachurées de crasse. Un uniforme trop grand lui pend aux épaules, accentuant son allure décharnée. D'instinct, je lève la main vers ce visage souffrant, mais il la saisit, tuant la caresse dans l'œuf. Je me rends compte que ce n'est plus un petit garçon qu'il faudrait consoler. Il veut être traité en homme.

« Tes parents ? demandé-je.

— Ils vont bien. Giovanni et Tommaso ? »

En entendant le nom de mes frères, l'unique réaction que m'autorise l'orgueil est un haussement d'épaules. Faire non de la tête aurait signifié « la mort », en revanche, ce geste en dit beaucoup plus : absence, silence, manque. Peut-être même trahison. Je le vois se rembrunir et je sais à quoi il pense. « Autrichiant », c'est comme cela qu'ils appellent ceux qui sont suspects de collaboration avec l'ennemi, et moi j'ai deux frères pour lesquels il y a du tribunal militaire dans l'air.

Le caporal qui nous guide insiste pour que nous avancions, mais Amos propose de le remplacer. Quand les autres filles le reconnaissent, elles font cercle autour de lui, avec autant d'affection que de questions. À Timau, sa présence nous manque depuis des années.

« J'ai été enrôlé dans le bataillon Tolmezzo, explique-t-il en se mettant en chemin et en nous faisant signe de le suivre. Mais pour l'instant j'ai peu manié le fusil. Tout ce qu'ils veulent de moi, c'est seulement que je travaille, le baraquement qui accueillera le commandant doit être terminé.

Il lève les mains en l'air et fait tourner ses paumes. Il a toujours été habile à la construction, Amos. La pierre et le bois semblent se plier sous son toucher, mais je me demande s'il est possible en temps de guerre d'édifier quelque chose qui ne soit pas voué à détruire ou à repousser.

« Ce n'est pas une mauvaise chose », dis-je.

J'ai compris ce qui lui vaut d'être épargné pour l'heure : les artisans servent à autre chose, ils ne seront pas envoyés en première ligne comme de la chair à canon. Je le vois courber la tête, faire quelques pas les yeux baissés, qui suivent le va-et-vient de ses brodequins, et je comprends que devoir regarder ses camarades mourir alors qu'il reste en sécurité le perturbe. Une fois de plus, je ressens de la colère envers notre roi, qui instille un sentiment de culpabilité suicidaire chez des fils qu'il devrait protéger.

Les tranchées ne sont pas creusées dans la terre, ou en tout cas partiellement. Il n'est pas possible de pénétrer la dureté de la montagne. Aussi, pour les ériger, ont-ils utilisé ce qu'ils avaient à disposition : des sacs de sable et des pierres. Des torches éclairent le jour sombre des galeries et des boîtes de lait vides ont été reconverties en bougeoirs. L'odeur de l'huile couvre celle de la terre. L'artillerie ennemie se tait, mais les Italiens ne quittent pas leurs positions et ils attendent, le fusil chargé posé sur le bras.

Moi, je mange des racines, et ces hommes sortent d'antres obscurs pour assaillir d'autres hommes à la lumière des torches. Il semble que le conflit ait inversé les époques, en faisant remonter à la surface d'archaïques manières de faire. C'est une constatation qui m'inquiète, parce qu'elle suggère que nous ne sommes qu'au commencement de la barbarie.

Il leur faudra encore d'autres nattes, me surprends-je à penser, quand je me rends compte que les brodequins s'enfoncent dans la boue. Depuis quelques jours, il ne pleut plus, mais là-haut l'humidité a du mal à se dissiper. À certains endroits, des hommes ont disposé des planches sur les flaques.

L'écho lointain d'un caillou qui bascule par-dessus le parapet me rappelle que de l'autre côté, par-delà les nuages que nous respirons, les tireurs autrichiens sont postés, en attente. Alors je marche un peu plus penchée. Je me rends compte qu'hier, si le parcours s'est effectué à découvert, c'était grâce aux drapeaux blancs hissés : les morts nous ont garanti le passage, mais aujourd'hui chacune de nous pourrait être prise pour cible dans un de leurs viseurs.

Amos nous salue devant l'infirmerie et se permet de m'étreindre en une embrassade plus longue que je ne l'aurais espéré, l'un de ces moments qui me font redevenir une fillette, et notre enfance court dans nos membres entrelacés, elle grimpe à des arbres imaginaires et crée des arcs-en-ciel entre des pieds enfantins qui frappent les berges du fleuve.

« Nous devons seulement résister, me murmure-t-il à l'oreille, et chacune de ses syllabes est comme fêlée. Encore une journée de plus, et puis une autre. »

Je rouvre les yeux et, autour de moi, la guerre est réapparue. Je le regarde et je ne vois pas le trouble que j'ai senti vibrer dans sa voix. Quand il me quitte, il sourit.

« Amos », l'appelé-je, sans même savoir pourquoi. Il ne peut pas rester avec moi, il ne peut pas s'en aller. L'homme appelé à tuer son frère n'a pas d'autre choix, si ce n'est celui de mourir lui aussi, mais face à un peloton.

« Demain, je serai encore ici », promet-il, en disparaissant dans le monde exigu des tranchées. Je voudrais lui demander où et quand je le trouverai, mais je me tais. Ce n'était pas avec moi qu'il parlait, mais avec Dieu.

Devant l'infirmerie, je remarque avec soulagement que le sang de la bâche extérieure a été lavé. Quelqu'un, par intelligence ou par charité, a éloigné la mort des yeux de ceux qui sont appelés à survivre.

À peu de distance de là, le poste de commandement forme une forme battue par le vent, accrochée dans une anfractuosité de la montagne. Le capitaine Colman semble avoir disparu lui aussi. Le commandant n'est plus qu'une vague pensée, dépourvu de son pouvoir du soir précédent. Une autre urgence a pris le dessus : enfin, nous pouvons nous libérer du poids des hottes.

« Toi, non, me dit un soldat affecté aux ravitaillements. Tu vas à l'infirmerie. »

Les gestes restent brusques, mais au moins les mots ont des inflexions plus douces. Il y eut un temps où mes frères me parlaient ainsi, et je les revois maintenant l'un et l'autre dans les manières expéditives de ces garçons, un traitement que l'on réserve d'ordinaire à une petite sœur.

Aujourd'hui, je transporte des médicaments. Le fanion signalétique des explosifs a été remplacé par une croix rouge sur fond blanc. Les flacons de verre que j'apporte ont tinté à chacun de mes pas. Je me mets en route seule, pendant que Viola se dispute presque avec un artilleur. L'Alpin est obnubilé par les projectiles qu'elle transporte dans sa hotte, mais elle le tient à distance et réclame qu'on lui fasse de la place. C'est l'une des rares fois où sa beauté se trouve reléguée au second plan.

« J'ai mis une matinée pour monter jusqu'ici, lui explique-t-elle. Vous pouvez bien patienter quelques minutes. »

Et lui, docile, il attend les gestes de Viola qui, j'en suis sûre, se feront maintenant plus lents que nécessaire.

On ne peut frapper à la porte d'une tente, par conséquent j'entre dans l'infirmerie annoncée par le carillonnement des flacons.

J'étais préparée à l'odeur, je la reconnais. J'avais imaginé la sourde symphonie des soupirs qui m'accompagne dans la semi-obscurité, des thorax qui se soulèvent et s'abaissent comme des touches de clavier actionnées par la mort, maîtresse volubile qui cliquette, indécise, ne sachant s'il faut prendre ou laisser. Je marche sur la pointe des pieds pour ne pas faire se rouvrir les yeux bien trop fatigués et souffrants des blessés.

Ce à quoi je ne m'attendais pas, c'est la voix qui m'interpelle.

« Faites vite. »

Elle émane claire et nette d'une ombre qui tremble entre les lampes et les draps suspendus, au bout des rangées de grabats. Quelques-uns de ces malheureux ont pu obtenir un lit de camp, pour les autres ce ne sont que des paillasses.

Derrière le tissu presque transparent du paravent improvisé, l'ombre se penche sur celle d'un patient.

J'écarte le drap et l'odeur de la teinture d'iode devient prenante.

« Vous avez les mains propres ? » me demande l'homme debout. Par-dessus l'uniforme, il porte une blouse qui fut jadis blanche, mais qui maintenant évoque celle d'un boucher.

« Non. »

Je m'efforce de ne pas baisser le regard vers le corps du soldat blessé qui nous sépare.

« Les bandages que vous transportez me seront utiles. »

Ce n'est pas une demande qui déborde de gentillesse, mais ce n'est pas non plus brutal. C'est seulement une question pratique et cela ne me dérange pas. Je m'empresse de déposer ma hotte et je fouille dans les paquets noués.

« Avant de les ouvrir, désinfectez-vous. »

J'obéis, en me frottant les mains avec le liquide sombre qu'il me verse sur les doigts. La guerre des tranchées est pour les hommes jeunes, pensé-je en lorgnant son visage sec, les pommettes saillantes sous les taches de rousseur. Les cheveux cuivrés sont un peu clairsemés au-dessus des tempes, mais je ne crois pas qu'il soit beaucoup plus âgé que moi. Quelques pas suffisent à révéler la démarche raide du corps longiligne, une attelle au genou droit. Une cicatrice récente court sur l'avant-bras.

Il remarque mon regard.

« Une chute funeste, nullement héroïque. Je serai bientôt rétabli. »

Je trouve les pansements, j'ouvre le paquet et, sans les effleurer, je les lui tends. Avec une pince, il en soulève un et le place sur l'abdomen du blessé.

Je crois que c'est un bon signe, dans un petit monde de disette où rien ne doit être gâché, et où même la charité ne peut être trop généreuse.

« Vous êtes capable de réaliser un bandage ? Je manque de petites mains et les vôtres me seraient utiles. Les infirmiers font déjà la tournée du camp. Seuls restent ici ceux qui ne peuvent pas se tenir debout sur leurs deux jambes ni même se traîner. »

Il parle vite, il bouge vite.

« J'ai déjà fait quelques pansements, murmuré-je.

— Ah, une phrase, enfin ! Et vous êtes aussi capable de sourire ? »

Je le fixe et je le vois cligner de l'œil, derrière les verres sales des petites lunettes. Il tient une aiguille entre ses doigts rougis.

« Docteur Janes, médecin lieutenant, se présente-t-il, en coupant le fil après avoir noué le dernier point de suture.

— Agata Primus, paysanne. »

Un bref éclat de rire qui n'a rien de moqueur.

« Bien, Agata. Je soulève le blessé, vous vous occupez de son thorax. Si vous consentiez à baisser les yeux sur lui, ce serait plus facile. »

J'obéis et je sens ma peau se retirer de mon corps, comme si elle voulait s'enfuir. Ce que j'ai sous les yeux, ce n'est pas un homme.

« Il s'en sortira ? »

Le docteur Janes fait une grimace.

« Ne jamais poser la question de la vie et de la mort d'un patient quand le patient est sous votre nez, murmure-t-il, en le soulevant avec soin. Mais par chance notre soldat est vraiment hors de combat. Bandez serré.

— Je vous demande pardon. »

Je me dépêche d'enrouler la gaze autour de la poitrine du soldat blessé. Son corps martyrisé semblait fait de morceaux rapiécés, les points de suture enfoncés dans la chair comme pour y retenir l'âme.

« Plus serré, allez-y franchement. Pour répondre à votre question, Agata, la blessure la plus horrible à voir n'est pas toujours la plus forcément mortelle. Le vrai danger, c'est la septicémie. J'ai perdu des garçons rien que pour une égratignure, alors que j'en ai récupéré d'autres après les avoir réparés, et ils sont encore là. »

Le docteur Janes bavarde sur le ton aimable de celui qui discute du temps qu'il fait. Je lui en sais gré.

Tour de gaze après tour de gaze, par une alchimie que je ne réussis pas à expliquer, le corps du blessé ne suscite plus en moi de répulsion, il ne me rappelle plus la créature composée de membres inconnus et animée d'une vie peu naturelle, décrite dans l'un des romans les plus effrayants que j'aie jamais lus. Cela alimente en moi un élan qui transforme mes gestes envers un inconnu en un rite d'amour. Il est aussi le fils d'une femme, après tout : je le fais pour cette femme qui, un jour, pourrait être moi, et pour ce fils qui pourrait être le mien. C'est de l'avenir que je prends soin, mais je me demande dans quelle mesure l'œuvre d'une créature misérable comme moi pourrait compter dans les desseins du Seigneur.

« Mon père avait un frère jumeau, commencé-je à expliquer. Aux dires de tout le monde, c'était lui le plus pieux des deux frères, et aussi le plus apte à tailler dans un bois. Il est mort en donnant un unique coup de hache, écrasé par l'arbre qui s'est écroulé, à cause d'un éboulement. Personne ne s'était rendu compte des rochers en équilibre dans la pente. Le glissement de terrain l'a englouti, alors que mon père était à quelques pas de distance, réveillé depuis peu. Il avait dormi sous cet arbre, quelques instants auparavant. »

Le docteur Janes semble sous le coup de la surprise, et puis il me regarde comme s'il avait finalement déchiffré mes pensées, comme si leur portée le surprenait.

« Oui, Agata, acquiesce-t-il. Je crois moi aussi que le moment est venu de décider de notre sort en ce monde. Et que faut-il d'autre ? Juste un peu de chance et quelques grammes de cuivre, ce qui dans notre cas revient au même. »

C'est mon tour de ne pas comprendre.

« De cuivre ? »

Il me désigne une dame-jeanne au pied d'une petite armoire. Elle est remplie de balles qui luisent à la lumière de la lampe, des reflets froids et d'autres chauds, comme un trésor. Il baisse la voix, comme pour me livrer une confession.

« Une blessure à l'abdomen se conclut neuf fois sur dix par un enterrement. Une blessure aux membres a un peu plus de probabilités de conduire à une issue différente, même si elle laisse souvent le corps mutilé. Toutefois, quand j'extrais la balle, si je vois qu'elle présente une couronne de cuivre, je lâche un soupir de soulagement. Quelque chose dans ce métal semble empêcher l'infection. »

J'ai fini, j'attache le bandage avec une épingle de nourrice. Le docteur Janes vérifie du doigt la solidité de mon travail, puis il tire sur le drap et rabat la couverture à l'aspect rêche.

« Très bien, Agata. C'est vraiment très bien.

— Et lui ? Il avait du cuivre dans le corps ? »

Le médecin sourit, mais c'est comme s'il voyait la ténacité la plus aveugle lui tendre les lèvres, et rien d'autre.

« Ils en ont tous, toujours. »

Je recule d'un pas, face à ce mensonge piteux. Tout à coup, je ne sais que faire de mes dix doigts. La hotte attend d'être vidée et moi de pouvoir descendre dans la vallée, où les réalités de la vie et de la mort sont celles que je connais et que je suis capable d'affronter.

« Qui peut faire cela à un homme ? » demandé-je d'un filet de voix.

Les yeux du docteur se fixent sur mon visage, pleins de compassion.

« Qui ? Un autre homme. Vous savez quelle est la plus grande peur de ces garçons ? L'assaut à l'arme blanche, devoir planter la baïonnette dans un autre jeune gars, les yeux dans les yeux. C'est une pensée qui les tourmente. J'imagine que pour l'ennemi c'est la même chose. »

Une troisième ombre envahit l'espace délimité par les toiles, seulement annoncée par un bruissement d'étoffe. Le docteur la salue d'un signe de tête.

« J'ai trouvé une auxiliaire précieuse, lui dit-il, plus du tout si sombre. J'espère ne pas en avoir trop abusé. »

Le capitaine Colman lui répond, il est un pas derrière moi.

« Une autre dette de gratitude envers cette femme. »

Janes se rince en vitesse les mains dans une cuvette.

« Je ne m'étais pas rendu compte de l'heure. Vous allez devoir rentrer chez vous, Agata. Il va vous falloir des heures et le ciel se fait menaçant… J'expédie mes dernières tâches et je vous libère. »

Tandis qu'il fouille dans les flacons et les médicaments qu'il extrait de la hotte, le silence entre le commandant et moi devient presque palpable.

« Comment allez-vous ? » me fait-il, se décidant à le rompre, après avoir tenté d'accrocher mon regard. Je pourrais jurer d'avoir surpris une hésitation dans sa voix, comme de la gêne. « Je veux dire… vos épaules ? »

D'une main, je les effleure aussitôt. À peine je m'en rends compte que je la retire.

« Beaucoup mieux, je vous remercie.

— Je craignais que vous ne soyez pas venue, ou que vous ayez changé d'avis en chemin. »

Je secoue la tête et il me tend un petit paquet. J'en flaire le contenu en le humant brièvement et j'en ai la gorge serrée. Du pain.

« Si c'est un cadeau pour encore vous excuser, ce n'est pas nécessaire, mais je dois vous dire que je ne peux pas non plus le refuser, réponds-je, et il m'est tellement difficile de le regarder dans les yeux alors que je lui avoue être dans le besoin. Sachez toutefois que je vais le partager avec les autres.

— Chacune d'entre vous en a reçu un. »

Il s'approche, me le tend de nouveau, et alors j'accepte de le prendre.

« Il ne manquait même pas une épingle », ajoute-t-il à voix basse. Quand il sourit, il semble beaucoup plus jeune.

Janes revient auprès de nous et m'aide à endosser la hotte. Il est de nouveau loquace et de bonne humeur.

« Venez me voir, dès que vous le pourrez, propose-t-il. Si vous voulez bien, naturellement. Il ne m'arrive pas souvent d'échanger quelques mots qui ne soient pas une instruction urgente aux infirmiers.

— Ne le croyez pas, murmure le capitaine en se penchant. Il bavarde sans cesse, souvent avec lui-même, à voix haute. Même les Autrichiens s'en sont rendu compte. »

Le docteur Janes éclate de rire et je songe que c'est enfin la sonorité de la vie qui fait irruption dans ces limbes.

« Je reviendrai volontiers », lui promets-je en prenant congé, le paquet odorant serré contre la poitrine.

À l'extérieur de la tente, la lumière me fait mal aux yeux. Elle est aussi tranchante que les pics de ces cimes, que les lames montées sur les baïonnettes et qui pointent çà et là des fortins qui défendent la frontière.

Le commandant reste à mes côtés, son pas réglé sur le mien, les mains croisées dans le dos.

« Tout est silencieux, murmuré-je, me rendant compte de la banalité de cette constatation, mais sa réponse me surprend.

— Vous en êtes sûre ? Écoutez avec plus d'attention. »

Alors je m'arrête et, entre les rares rafales de vent, il me semble saisir un chant gracieux et joyeux. Un gazouillement auquel succède peu après un deuxième, puis un troisième appel.

Je regarde le capitaine.

« C'est possible ? »

Il indique la tranchée de la première ligne.

« Nous avons plusieurs couples de canaris. Vous ne les avez jamais vus ? »

Je fais non de la tête.

« Quand vous reviendrez, si c'est faisable, je vous emmènerai les voir. Ils ont des plumes jaunes comme de l'or, comme les renoncules qui recouvrent vos prés. »

Nous reprenons notre marche, mais quelque chose me dérange, un détail qui trouble l'harmonie.

« Ils vous tiennent compagnie ? » demandé-je.

Il me répond sans me regarder et je prends conscience de la présence tangible du drame que, jusqu'à cet instant, j'avais seulement pressenti.

« Ils sont ici pour nous sauver la vie, Agata. Ils sentiront les premiers la présence de gaz mortels. »

Je ne commente pas. Je ne pourrais pas. Là-haut, si près du ciel, tout ordre est subverti, la nature des habitudes ordinaires se fait elle-même perçante et meurtrière, et un chant innocent peut annoncer la mort.

À mon arrivée avec le commandant, Viola se lève d'un coup, son regard est un véritable assaut, et Lucia, Caterina et Maria ont beau feindre d'être concentrées dans leur ouvrage de raccommodage auquel elles consacrent cette longue attente, je sais que leur besoin de savoir ce que nous nous sommes dit n'est pas moins impérieux.

Le capitaine Colman se racle la gorge et indique un empilement bien rangé de paquets maintenus par une ficelle. Je peux deviner leur contenu.

Viola et moi nous regardons : est-il possible que quelques femmes aient réussi à mettre cet homme en difficulté ?

« Nous nous voyons contraints de profiter de l'offre généreuse que vous nous avez faite hier, dit-il. Pour celles d'entre vous qui veulent encore bien s'en charger, nous avons préparé les vêtements à laver. Mes hommes seront heureux de payer pour ce service, chacun en fonction de ses possibilités. Je vous demande de la compréhension, si dans la plupart des cas ce dédommagement reste symbolique, tout au plus. »

C'est Lucia qui fait le premier pas. Elle ramasse l'un des ballots et je la vois hésiter un instant, mais l'hésitation qui se lit sur son visage se dissipe aussitôt en un sourire et, avec un salut, elle se met en chemin. Une à une, nous l'imitons, et quand vient mon tour, je comprends ce qui avait figé son geste : la ficelle retient une fleur dans la boucle de son nœud, et pas n'importe quelle fleur.

Le capitaine Colman s'approche de moi.

« Nous aurions voulu vous offrir des roses, comme il conviendrait, mais vous comprendrez que cela n'a pas été possible. »

Je fais tourner la tige entre mes doigts. Dans la grisaille de cette journée, les pétales charnus et recouverts d'un duvet captent le peu de lumière en brillant comme de l'argent.

Je me sens sourire.

« Je ne connais pas les roses. Il existe toutefois une expression plus heureuse qui rend compte de la ténacité de cet edelweiss, de cette étoile alpine : nous l'appelons “fleur de roche”. »

Le capitaine Colman acquiesce.

« C'est ce que vous êtes. Des fleurs agrippées avec ténacité à cette montagne. Agrippées au besoin, je le crois, de vous maintenir en vie. »

8

C'est le sang qui est tenace, pas moi. C'est lui qui s'incruste dans la montagne, dans ces personnes, dans ces chemises qui, autant que nous frottions, ne redeviendront jamais blanches.

Le lavoir semble devenu le sabbat que décrivent les contes : des chaudrons bouillent sur de grands feux improvisés. Caterina remue avec un long bâton les linges qui gargouillent au milieu des vapeurs et des effluves d'herbes. Nous combattons les poux, par ici, et nous laissons les Autrichiens aux Alpins, sur les contreforts. Nous ressemblons à des sorcières, avec nos châles noirs et nos mornes cantilènes, nos cheveux longs que le labeur a libérés des foulards et nos robes flottant au milieu des flammes. Nos pas dansent sur la mort pour appeler la vie, alors que nous rompons le pain que les soldats nous ont donné.

Je frotte des habits de morts. Ceux qui nous les ont laissés n'avaient pas de blessures capables de faire dégorger tout ce rouge sur la vallée. Une fois encore, il ne faut rien gâcher, et pour l'heure le sang imprègne la trame la plus profonde, pénètre dans les recoins comme une épidémie, avec cette nuance de rose si particulière qui n'évoque pas l'aube ou des pétales de fleur, mais les viscères d'un corps abandonné sur le champ de bataille : l'espérance arrachée.

Je me demande de quoi est fait ce sang, en vérité, comment le voient les savants sous leur lentille grossissante. Je l'imagine comme des millions de minuscules pattes d'insectes qui, avec leurs piquants infimes, s'accrochent à tout ce qu'ils rencontrent, et c'est en même temps une vague qui envahit et remplit la poitrine d'un ardent désir d'éternité.

« Une goutte de grappa, pour se remonter le moral. »

Viola s'assied à côté de moi. J'accepte la flasque à demi vidée et j'avale une gorgée de courage.

« Sur les sommets, ils ont recommencé à tirer, dis-je.

— J'ai entendu. »

Mais il fait nuit noire, alors ces coups de canon pourraient provenir d'autres champs de bataille. Peut-être Amos est-il en sécurité, peut-être le docteur Janes ne devra-t-il pas veiller sur d'autres moribonds et le capitaine Colman ne comptera-t-il pas ses hommes pour découvrir que, quelle que soit la décision qu'il prend, la résistance est un acte de soustraction sans fin. Cette nuit, peut-être réussira-t-il à dormir.

Ici, en bas, nous raccommodons, nous nous employons à maintenir la vie autant que possible, tandis que là-haut elle est mise en pièces. Nous cousons des points bien solides, et eux, ils ouvrent des corps. Nous maintenons des lambeaux réunis, alors que sur le front certains les déchiquettent.

« Cela ne finira jamais ? » demandé-je dans un chuchotement, mais en moi-même je sais que cela vient à peine de commencer.

Viola boit une généreuse goulée.

« Mon père dit que l'Italie remportera bientôt la victoire. »

Je ferme les yeux.

Ce ne sera pas si facile. Les habits des soldats étaient enveloppés dans des pages de journal que je me suis empressée de conserver. J'ai parcouru les nouvelles : elles n'étaient pas récentes, mais certainement dignes de foi. L'armée royale pâtit encore des capitaux gigantesques engagés dans la guerre de Libye. Tous les approvisionnements se raréfient, quels qu'ils soient, et les fabriques de matériel militaire font défaut. Les pièces d'artillerie sont en nombre insuffisant. Le général Cadorna avait pris des dispositions afin que jusqu'au dernier moment aucun bataillon ne vienne se poster le long de la ligne de front, alors que l'ennemi attendait depuis des semaines, efficace et organisé, avec des troupes de réserve nombreuses et bien entraînées, un arsenal moderne et du temps à disposition pour le déployer. Ce fut un massacre.

Je rouvre les yeux et une larme me brûle la peau. Si nos soldats résistent, et c'est le cas, c'est seulement au prix du sacrifice d'un sang juvénile.

Viola semble immunisée contre les pensées néfastes.

« J'ai demandé des consignes pour demain, dit-elle. Nous apporterons d'autres munitions, et des obus pour des mortiers et des canons. Je les ai vus, tu sais, en bas, au magasin. Il y en a qui pèsent presque aussi lourd que moi. »

Ses yeux brillent, ils sont de jade réchauffé par les flammes. Elle parle et semble tresser ses cheveux noirs avec ses doigts. Cette tresse épaisse est gonflée de boucles luisantes. C'est dotées de ce visage et cette peau brune que j'imagine les antiques reines d'Orient. L'une des histoires que ma mère me racontait pour m'endormir parlait d'un parchemin millénaire où l'on célébrait une puissante souveraine nommée Cléopâtre. Combien de fois l'ai-je vue, à travers les mots maternels, remonter un fleuve à bord d'une galère à la poupe d'or et aux rames d'argent, aux voiles gonflées de soie pourpre. Je l'imaginais enfant, comme moi, et à l'époque déjà elle avait le visage de Viola.

Je pose le menton sur mes genoux et je sens qu'elle m'effleure la joue.

« Avant la fin de l'été, chuchote-t-elle, nous pourrons retourner nous baigner dans le fleuve. Je te teindrai les lèvres et les joues avec le jus des framboises. Je te laverai les cheveux et les tresserai de fleurs et de baies. Le soleil les aura éclaircis et ils sembleront de miel.

— J'ai faim, murmuré-je en frottant les dents contre ma jupe. Je pourrais les manger, ces baies.

— Et même les fleurs, tant qu'à faire.

Je lui attrape une main et la serre. Le pain ne m'a pas rassasiée, au contraire : il a ouvert un gouffre.

« J'ai tellement faim que parfois je me sens devenir folle. Tellement que, souvent, rien que de penser à ce que je pourrais être capable de faire, cela m'effraie.

— N'y pense pas, Agata. Je t'en prie. »

Viola me serre contre elle, mais elle relâche presque aussitôt cette étreinte.

« La solution est devant nous », susurre-t-elle entre un baiser rapide et la fuite.

Francesco nous observe depuis le chemin conduisant à l'église, à sa manière caractéristique, qui lui appartient et qui m'inquiète : parfaitement visible, mais fondu dans l'obscurité.

Je me lève en vitesse et j'attrape une panière remplie des vêtements que Catherine vient d'extraire du chaudron. Cela fume comme une cheminée, et j'ai quand même des frissons. Je me mets à étendre le linge sur les râteliers qui, depuis des jours, attendent en vain le fourrage qui devrait y sécher.

« Agata. »

Je ne me retourne pas.

Je l'entends respirer, ou alors c'est qu'il cherche mon odeur dans l'air. Je sais qu'il en serait capable.

Il me tourne autour, ses doigts s'agrippent à l'un des poteaux et il me regarde comme si j'étais son geôlier.

« Parle-moi », murmure-t-il.

Je continue mon travail, mais je ne peux me dispenser de répondre.

« Tu dois cesser de me suivre, de m'observer quand tu crois qu'on ne te voit pas.

— Pourquoi ? »

Je bats un pantalon avant de l'étendre.

« Parce que ce n'est pas juste que tu me traites comme si j'étais une chose qui t'appartient. »

Il m'effleure les doigts. Je les retire aussitôt. Je vois que Lucia nous regarde avec appréhension. Elle semble avoir sondé Francesco elle aussi, et y avoir décelé plus d'ombre que de lumière.

Son beau visage est comme enflammé d'une langueur qui me dégoûte, les cheveux retombent sur le front humide. Sa sueur est l'affleurement d'un désir violent.

« Tu étais devant ma fenêtre hier soir », lui dis-je.

Ce n'est pas une question, c'est une accusation. Je voudrais lui demander ce que mendiait son regard, ce qu'il m'a volé dans ses fantasmes, mais quand il passe la main sur le bois poli par le temps, le courage est moins là. C'est une caresse lente et affichée, que je sens sur ma peau.

« Si tu n'as pas de respect pour moi, tu pourrais au moins en manifester pour mon père », lui dis-je encore.

Ma voix a du mal à sortir, mais Francesco ne semble pas saisir mon état d'esprit.

« Ton père… Il a besoin de soins, Agata. »

C'est une ruse qui m'incendie les joues.

« Il n'existe pas de soins capables de me le rendre. »

Il fronce les sourcils.

« Et comment le sais-tu ? Parce qu'un vieux prêtre qui joue au docteur te l'a dit ? »

Francesco est devant moi, tout près, il n'y a plus rien qui nous sépare et sa main sur mon bras, c'est comme entrer en contact avec des orties.

« Il existe de nouveaux médicaments en mesure de l'aider, mais ils sont très chers. Je peux t'en procurer, seulement si tu me permets de t'aider. »

Je le vois comme si c'était la première fois.

« Qu'est-ce que tu veux, en échange ? » lui demandé-je.

Ses doigts cherchent ma peau sous la manche et c'est comme si un vent glacial qui ne souffle pas remontait sur mon corps.

« Ce serait si horrible ? » me glisse-t-il, d'un filet de voix.

« Agata, viens ! J'ai besoin d'aide », me lance Lucia en le fusillant d'un regard chargé de mépris. Elle n'a pas oublié le jour où sa cousine a accepté l'invitation de Francesco à descendre au bord de la rivière et elle en était revenue bouleversée, au point de ne rien vouloir en dire.

Il lève les yeux au ciel. À son sourire, je comprends qu'il n'a pas oublié, lui non plus.

« Tu es sauve, dit-il, comme si la passion obsessionnelle qu'il éprouve envers moi n'était qu'une plaisanterie. Bonne nuit, Agata. »

Les mains dans les poches, il disparaît dans l'obscurité qui semble prête à l'accueillir, mais quelque chose de lui demeure et persiste. Une pensée limpide me traverse : je ne me sentirai plus jamais seule. Non parce que quelqu'un sera toujours prêt à me protéger, mais parce qu'il sera caché quelque part, à m'observer.

Où que je me trouve, même dans la nuit la plus silencieuse et la plus profonde, je saurai que son ombre est sur moi.

9

Je dois décider s'il me faut économiser ou nous nourrir.

Je peux choisir de conserver trois lires, de manger quatre croûtes de fromage et ce qui a subsisté de la miche de pain.

Ou alors je peux garder juste deux lires et mettre sur la table quatre croûtes de fromage, un reste de pain et un ou deux œufs, ou alors une grosse tranche de jambon. Et peut-être deux poignées de farine.

Ou bien encore : pas de monnaie sonnante et trébuchante et un repas décent, bien que dénué de tout enjolivement ; le sel est devenu un nouvel or cristallin et le poivre a disparu des magasins et des tables.

Je n'ai qu'additions et soustractions, aucun multiplicateur. J'ajoute ou je retranche, mais je ne peux pas multiplier.

La force est tout entière dans mes jambes aguerries, dans mes reins, dans ce corps qui n'en peut plus.

Si je monte de nouveau au front, je mangerai peut-être.

Si je ne mange pas, je pourrai peut-être acheter des médicaments.

Si, si, si.

Peu importent tous les comptes que je fais, et à quel point on s'accoutume à faire avec rien. En tout cas, demain, après-demain ou d'ici un mois, le père de Francesco augmentera le prix de presque tout ce que je lui demanderai, et ces pièces de monnaie ne suffiront plus. Elles ne suffiront plus jamais.

C'est ainsi que l'on apprivoise une âme réfractaire au joug, par le besoin. Non le sien propre, mais le besoin de ceux auxquels on tient le plus.

La force n'est pas dans mon corps, mais dans sa faculté de se rendre disponible aux désirs de ceux qui le convoitent.

De la chambre de mon père émane sa respiration haletante, sifflante. Par les journées venteuses, il expire avec force comme si les courants d'air le hantaient jusqu'à le combler. Il devient vent à son tour, il grogne dans l'obscurité, et sa souffrance me tourmente.

Devant la table de la cuisine, je serre l'oreiller au point de planter mes ongles dans le tissu. Il est baigné de larmes, il est tiède de ma propre chaleur. Je n'ai pas souvenir de la manière dont il est arrivé entre mes mains et cela m'effraie, car je sais où il devrait se trouver : dans la chambre de l'homme qui m'a donné la vie, sur son lit, à côté de son visage.

Je sais pourtant dans quel but je m'en suis saisi, un instant, un instant seulement. C'est le multiplicateur de ma survie. C'est le silence capable de faire taire le vent. Ce n'est pas l'obscurité, me dis-je. C'est le désespoir, la charité, le soulagement.

Mais je le jette loin de moi, avec un cri étouffé. Je peux encore supporter, je peux encore résister pour nous deux. Et ma colère renouvelée envers Francesco sera une louve qui hurle dans mon sang et dans mes nerfs, pour le moment où je devrai de nouveau monter sur la crête.

Je rabats le seul volet resté ouvert. Je le ferme en le claquant comme je voudrais fermer la porte au chantage qui m'a été fait.

Il n'y aura pas de bougie à la fenêtre pour accueillir un homme et maître et une vie plus facile. Il ne s'accomplira pas de sacrifices de loups fatigués. Cette nuit, et si Dieu le veut les prochaines nuits aussi, je serai à la hauteur de ma meute.

10

De nouvelles routes seront ouvertes, là où, auparavant, s'étendait un royaume inaccessible de crevasses. Les travaux sont entamés, les hommes du génie de l'armée royale enrôlent la population, même les enfants n'en sont pas exemptés. Quiconque est jugé assez digne de confiance pour remuer la pierre et la terre même d'une seule main ne pourra être exonéré, autrement dit tout le monde, sauf la famille de Francesco. Viola a raconté qu'elle l'a vu se mobiliser comme volontaire à Paluzza, mais elle n'a pas su me dire pour quelles fonctions. Elle semble désormais loin de l'engouement qui la contraignait à souffrir de l'indifférence de Francesco, et elle s'est plutôt consacrée à ses efforts pour porter là-haut les munitions les plus lourdes.

Aujourd'hui, je monte au front après des journées passées à moyenne altitude, occupée comme une fourmi à mâcher et à digérer des versants de montagne, entre des explosifs et des rebuts de chantier.

Mon monde change encore, et je ne sais dans quelle mesure ce changement préservera des racines intactes. C'est un déracinement et un déchiquettement constant de ce qui était si bien implanté dans cette terre. Des habitudes, des traditions et des certitudes roulent dans les airs avec les rochers à l'ombre desquels elles avaient pris racine. En bas, au village, certains disent que c'est l'avenir qui s'avance, mais j'ai peine à l'entrevoir au milieu des vapeurs de la guerre.

Dans la montée, nous rattrapons des escadrons de la compagnie de sapeurs du génie : ils font surgir du néant des ponts audacieux au-dessus des ravins et s'emparent d'abîmes et de crêtes au moyen de petites échelles de fer fixées à la roche.

Le conflit s'est gangrené et ils préparent la montagne pour en faire leur maison, mais rien ne m'empêche de penser qu'elle révélera bientôt son côté déloyal : la guerre que ces garçons devront affronter ne sera pas seulement contre l'armée du Kaiser. L'hiver s'y invitera bien assez tôt.

Des mulets menés à pied par les Alpins marchent à notre hauteur. Il en faut trois pour le transport d'un canon jusqu'au sommet – un pour le tube, le deuxième pour l'affût, et le troisième pour les munitions. Il est réconfortant de voir combien les soldats en prennent soin, en les appelant avec des noms affectueux et en caressant leur dos poussiéreux. Ils ne leur refusent pas une gorgée d'eau, avant d'en boire eux-mêmes.

Est-il possible d'éprouver de la reconnaissance envers une bête ? Ici, en ce lieu et en ce temps, il en est plus que jamais ainsi.

Don Nereo s'est joint à nous dans la montée, en demandant mille fois pardon du ralentissement qu'impose sa présence. Cependant, l'envie urgente de connaître l'aumônier militaire affecté à cette partie du front s'est révélée plus impérieuse que toute réticence ou tout sentiment de culpabilité. Avec sa fougue typique, qui lui embrase l'âme et les joues, le curé monte pour s'assurer que le ministre de Dieu en guerre, choisi par le commandement, soit capable d'effectuer son travail, celui de permettre à des jeunes gens qu'il perçoit déjà comme ses propres fils de ne pas se sentir abandonnés. S'il en était autrement, il serait capable de télégraphier à l'évêque et au général Cadorna, pour les enjoindre de juger de la chose en y prêtant la plus grande attention.

Sur une partie du trajet, il s'est traîné, sur une autre un Alpin lui a cédé son alpenstock. À la fin, le même soldat a arrêté un mulet et, avec un camarade, s'est chargé des gibernes et des sacoches que transportait l'animal afin de hisser sur son dos le prêtre, alors tellement épuisé qu'il ne réussit pas à protester. Pourtant, à nous qui le connaissons, son silence inhabituel en dit long.

Je réfléchis longuement avant de m'approcher à sa hauteur. Je pose une main sur l'encolure du mulet, je sens sa respiration, la force pacifique qui traverse ses muscles, ses veines et ses tendons.

« Comment va ton père ? » me demande don Nereo. Question que presque plus personne ne me pose, maintenant.

« Rien n'a changé, réponds-je.

— Je viendrai bientôt le voir, promet-il avec sérieux. Les derniers événements m'ont détourné de la charge que m'a confiée le Seigneur. »

Je m'agrippe au poil de l'animal.

« Il pourrait finir par aller mieux ? »

Une pensée désagréable se dessine entre les sourcils du prêtre.

« Tu connais sa maladie, Agata. Je t'en ai parlé, tu te souviens ?

— Je me demandais seulement si quelque chose avait changé, si un nouveau médicament... »

Don Nereo pose une main sur la mienne et je comprends. Ces trois lires ne pourraient aider mon père, même si elles étaient trente ou trois mille. Je l'ai toujours su, or parfois la certitude elle-même a aussi besoin d'être rassurée.

Francesco m'a donc menti.

Je lâche prise, et avec elle cette espérance insensée. Je ralentis sans m'en rendre compte et je me laisse distancer, mais je ne reste pas seule. Viola ferme la marche de la colonne d'une démarche laborieuse, ses pas s'enfoncent presque dans la terre du sentier. Elle transporte un projectile qui pèse plus de quarante kilos. Son dévouement revêt l'aspect d'une déclaration d'amour.

« Combien de temps crois-tu pouvoir résister ? »

Elle ne réussit même pas à relever la tête, tant son corps est bandé comme un arc.

« Jusqu'au sommet, soupire-t-elle.

— Jusqu'à ce qu'il te voie ? »

Elle ne répond pas, elle n'est pas encore prête à avouer ses sentiments pour l'Alpin brun au sourire franc qui l'amène à se briser le dos et à être toujours la dernière de la colonne, bien en vue, quand vient le moment de quitter le front. C'est un triste héritage du passé de nos femmes que de s'offrir en sacrifice en échange d'un peu de considération, comme si nous n'avions rien d'autre, comme si nous n'étions rien d'autre.

« Viola, je t'en prie, fais-toi aider par un mulet.

— *Non.* »

Elle est au bord des larmes, la voix aussi fêlée que les vertèbres du fait de son obstination. Je la laisse en paix, à contrecœur, je lui permets d'économiser le souffle qu'elle a du mal à faire pénétrer dans ses poumons. Je voudrais lui dire que cela ne vaut pas la peine de souffrir plus encore qu'elle ne l'a fait déjà, mais je me rends compte que ce n'est peut-être que moi-même que je voudrais consoler.

Lorsque nous passons en aval du versant sud du *pal*, nous sommes invitées à accélérer le pas : au-dessus de nos têtes, un puissant dispositif de poulies suspend un canon dans le vide.

« Une bouche à feu de 75 », nous informe un Alpin de notre colonne.

Des bras et des cordages tendus à l'extrême le hissent sur un promontoire naturel d'où il dominera l'accès aux lignes arrière italiennes.

Le front n'est plus seulement une fabrique de morts. Il a changé de visage avec les vapeurs de soupe et un labeur industrieux, dès que l'on est hors de portée du feu de l'ennemi. D'autres édifices de pierres, de toits et d'avant-toits surgissent et de ce monde jadis décharné et muet s'élève le babil de la vie. C'est peut-être inévitable, me dis-je, quoique stupéfiant. Le bois envoie en avant-garde ses espèces pionnières, capables de tirer subsistance d'un sol pauvre en le préparant pour les autres ; ici, l'homme, cet homme, taille l'enfer dans lequel il est contraint de rester afin de le rendre habitable. Mais l'enfer demeure, il suffit d'un regard plus attentif pour le reconnaître : en quelques endroits, au-delà des constructions, la terre est noire et grasse, elle regorge de corps en décomposition ensevelis un peu partout.

Viola tient finalement sa rencontre tant désirée : elle dure de courts instants, le temps que l'Alpin entré dans son cœur récupère, avec l'aide d'un camarade, le projectile pour l'obusier. Le soldat ne comprend pas que c'est un don qui lui est destiné. S'il regardait Viola dans les yeux, il comprendrait, mais les deux Alpins chargent la munition sur une charrette et s'en vont avec un remerciement fugace. Ensuite, le jeune homme semble se raviser et court vers elle. Je sens Viola retenir sa respiration, c'est un flux inversé qui m'engloutit moi aussi.

« Comment vous vous appelez ? lui demande-t-il.

— Viola !

— Artilleur Guglielmo Moro, se présente-t-il. Demain, vous m'en apportez un autre, je vous prie ? »

Aussitôt, il s'éclipse de nouveau.

Viola s'effondre, décomposée.

« Une demi-journée de montée et maintenant, après un tirage de cordes, tout est fini, gémit-elle.

— Au moins, le mulet sera content. Un poids en moins à porter », dit Caterina, mais le coup de coude de Lucia dans son flanc lui enjoint de ne pas en rajouter.

Nous sommes si fatiguées que nous nous en remettons avec abandon aux mains de ceux qui nous dépossèdent de notre chargement. Quelques mots échangés, une gorgée d'eau et un peu de fromage. Il nous manque des forces pour se hâter.

« Agata ! » C'est don Nereo qui m'appelle. « Un coup de main, s'il te plaît. »

Lucia me plaque ses deux paumes dans le dos et pousse pour m'aider à me lever.

« Par chance, c'est toi qu'il a appelée », murmure-t-elle. Je sais qu'elle a les seins douloureux et que chaque mouvement lui coûte un sacrifice, nous sommes parties à l'aube et elle n'a pas eu le temps d'allaiter.

Les genoux craquent, et je sens dans le bas-ventre le poids brûlant de l'inflammation. La montée met le feu au corps.

J'aide le prêtre à descendre du tabouret qu'il a utilisé pour distribuer les sacs de la Poste royale. Il a été pris d'assaut comme l'aurait été une marmite odorante après une journée passée à travailler dans les champs.

« Quatre gars sur dix sont analphabètes, marmonne-t-il. Je vais devoir tenter quelque chose. À la rigueur prendre le temps de m'arrêter à l'occasion pour leur faire la lecture. Ils ont plus que jamais besoin de paroles de réconfort. »

Je sais qu'il en fera beaucoup plus. Il se fera dicter les lettres de réponses, il y en aura sûrement des dizaines et des dizaines, et pour ceux qui ne recevront rien de chez eux, il inventera de l'affection en glanant quelques informations auprès de leurs camarades. Il recueillera la peur et l'associera à un quelconque pieux mensonge pour en faire de l'espoir. D'abord l'homme, ensuite la doctrine, a-t-il l'habitude de dire.

« Don Nereo, c'est moi, Amos. »

L'arrivée de mon cousin nous surprend l'un et l'autre. Je ne l'ai pas vu depuis des jours et je le trouve davantage changé, comme s'il avait traversé des vies entières et comme s'il les avait toutes vécues.

Le curé le prend par les épaules. À sa manière de le regarder, je comprends qu'il ne l'aurait jamais reconnu.

« Amos, mon garçon, tu m'as l'air en forme ! Que de temps a passé.

— Ici, en haut, le temps semble figé, mon père. Il ne prend de l'élan que pendant les batailles. »

Don Nereo l'écrase de son étreinte et Amos semble disparaître.

« Tu as l'air de bien te débrouiller, lui dit-il.

— Je n'ai pas encore combattu, mon père. Le plus que j'ai fait, c'est apporter un ordre de marche du bataillon vers les premières lignes. Ils m'ont affecté à la construction.

— C'est une bonne chose, oui, une bonne chose. »

Amos me sourit, un sourire éteint. Pour marcher, le prêtre cherche l'appui de nos bras, nous le soutenons, chacun d'un côté.

« J'ai su que l'on vous a envoyé un aumônier militaire. Je voudrais le rencontrer », ajoute-t-il.

Amos nous accompagne là où se dressera la chapelle du Pal Piccolo. Il l'édifiera de ses mains, avec d'autres tailleurs de pierre, selon la méthode de l'*opus incertum* qu'appliquaient les Romains de l'Antiquité, nous explique-t-il, et il construira un avant-toit, pour les jours où la neige tombera aussi haut qu'un homme. Sur le moment, j'ai reconnu dans son enthousiasme la passion qui l'animait quand il n'était encore qu'un jeune garçon.

On a besoin de Dieu, sur ces sommets. Mais je ne réussis pas à l'apercevoir au milieu des croix sombres plantées dans la terre. Eux non plus, et c'est pour cela qu'ils ont pensé à en ériger un signe.

Je vois seulement trois hommes avancer sur l'étendue des tombes, se parlant comme s'ils n'étaient pas en train de piétiner une armée de morts – l'ombre, ou peut-être le futur de ce qui respire en surface. J'en reconnais deux et j'imagine qui est le troisième. Ils représentent la chaîne qui, ces temps-ci, fait d'un jeune un cadavre ou un survivant : le capitaine qui demande à ses soldats de tuer et de ne pas mourir, le médecin qui se livre à une joute avec la mort pour les lui arracher quand elle croit s'en être saisie, et le prêtre, qui les accompagne dans l'ultime voyage à quelques pieds sous terre, ou les réconforte, s'ils ont perdu un œil.

Ils nous rejoignent, les mains croisées dans le dos, le chapeau d'Alpin à la plume à peine agitée par le vent.

Don Alberto Degano enfile son uniforme, un petit crucifix épinglé sur sa poitrine, c'est un prêtre qui dans ses homélies invoque la fin du conflit, mais il est aussi officier de l'armée royale et, de par son grade, pourrait se retrouver lui-même au commandement, si le capitaine venait à être tué. Il a le regard clair et combatif et le fixe droit sur l'âme de son interlocuteur. Il est jeune, comme tous ceux que l'on envoie se sacrifier au front.

« Vous êtes donc celui qui veut construire une chapelle sur ces pentes, l'apostrophe don Nereo, en le toisant du regard.

— Et je vous servirai aussi la messe, entre un bombardement et un assaut », répond don Alberto.

Ils ont trouvé l'un et l'autre chaussure à leur pied, dirait mon père, ils s'entendent justement peut-être parce qu'ils se reconnaissent l'un en l'autre.

Les poignées de main et les présentations me perturbent, suscitent de la gêne en moi. Je ne suis pas ici à ma place, malgré la gentillesse de don Alberto et le sourire avec lequel m'a saluée le docteur Janes. Je recule d'un pas, mais ma mise en retrait est freinée par un corps qui me ferme toute échappatoire. Le capitaine Colman ne me regarde pas, mais je suis sûre qu'il l'a fait exprès.

« La chapelle servira aussi à accueillir les dépouilles des morts au combat, avant leur sépulture, explique le docteur. Nous avons besoin d'un cimetière plus grand, ici il n'y a plus la place.

Don Nereo balaye le replat du regard.

« Ils tombent comme des épis de maïs fauchés, murmure-t-il. Je me demande si tous les champs d'Italie ne deviendront pas des cimetières. »

Le commandant se penche vers moi.

« Je peux vous parler ? s'enquiert-il. J'ai une requête à vous formuler. » Sans attendre, il me mène à l'écart des autres de quelques pas.

« Vous pouvez vous adresser à Lucia, elle… »

Il ne me laisse pas finir.

« J'ai l'impression que vos compagnonnes se fient à votre parole, ou je me trompe ? Vous parlez bien. Pas beaucoup, mais avec conviction.

— Pas plus que les autres.

— Vous savez que ce n'est pas vrai. Vous avez étudié ? »

Cette question inoffensive, prononcée par ses lèvres, me blesse.

« Ce serait curieux, pour une paysanne, c'est ce que vous voulez dire, murmuré-je.

— Je ne sous-entends jamais rien, je parle toujours clairement. »

Le commandant se tait et attend ma réponse, stoïque dans sa résistance à mon malaise.

« Uniquement le strict nécessaire.

— Et pourtant vous semblez instruite.

— Je sais lire. »

Il continue de m'observer, pensif.

« Je peux y aller, maintenant ?

— Je dois vous montrer quelque chose. »

Il me fait signe de le suivre, en me précédant dans les galeries d'un pas rapide. De l'arrière des lignes aux tranchées, je me perds au fin fond d'un labyrinthe que j'ai peu à peu l'impression de connaître. Sur mon visage commence à souffler le vent d'altitude qui bruit entre les ravins et les sommets, aplatit le *pal* et gronde dans les gorges avec un relent d'abîme : nous approchons des premières lignes.

À notre passage, j'entends cliqueter des fusils et je vois des mains qui s'approchent de la tempe. Les défenses se sont organisées, des hommes armés jusqu'aux dents contrôlent le périmètre de la dernière ligne de retranchements. Au-delà, passé les chevaux de frise et le no man's land, la terre de personne, il y a l'envahisseur.

Les boyaux ont été équipés de petits escaliers de pierre pour protéger les pieds de la boue et d'ouvertures pour scruter le champ de bataille. Le capitaine monte sur le parapet et me tend les jumelles qu'il porte en bandoulière, m'invitant à m'en servir. J'approche les yeux des œilletons et le visage de la meurtrière, et je sursaute en découvrant la ligne de front ennemie qui semble venir sur moi, tout à coup très proche, comme si j'étais sur le point de le toucher du doigt. Les tranchées autrichiennes semblent presque à portée de main. Je peux lire les lettres imprimées sur des sacs de sable, je vois un mince filet de fumée s'élever de cheminées improvisées. Je suis du regard une ombre dont la tête pointe par intermittence entre les ouvertures.

« Relevez votre axe de vision de la valeur d'une paume, à droite. Vous remarquez quelque chose ? »

Ce n'est qu'une ligne, mais elle est si droite que cela trahit son origine artificielle, au milieu des pierres.

« Oui. Je la vois. »

Le canon d'un fusil, qui pointe d'une anfractuosité.

« C'est un champ de bataille traversé de failles et d'obstacles, les tireurs d'élite sont nécessaires pour contrôler tous les espaces exposés, m'explique le commandant. Ils tirent rarement, mais ils ne commettent pas d'erreurs. Ils visent à la tête avec des balles explosives et ne laissent aucune chance. Ils sont patients et savent lire les signes qu'une proie sème autour d'elle, qu'il s'agisse des reflets métalliques d'un fusil ou de la brève combustion d'une allumette. »

Je reconnais dans cette description le père que j'ai eu.

« Des chasseurs », murmuré-je.

Je sais que le capitaine me regarde, mais je ne me retourne pas. Je continue de fixer l'avant-poste ennemi depuis la meurtrière, tellement immobile et pourtant mortel.

« Oui, ce sont probablement tous des chasseurs de haute montagne, confirme-t-il. Mais nous nous amusons à les appeler des *cecchini*.

— Qu'est-ce que cela signifie ?

— Des fils de *Cecco*, de François-Joseph, empereur d'Autriche-Hongrie. »

Je me souviens de quelques caricatures satiriques qui se moquaient du Kaiser dans les journaux, en l'affublant de ce sobriquet fort peu royal. Je rends les jumelles au commandant, bien qu'il me soit difficile de rompre le contact visuel avec l'autre ligne de défense : ce n'est en rien la partie obscure en miroir de la nôtre, ce n'est pas non plus l'antre qui s'ouvrirait devant les justes.

C'est seulement la montagne, ce sont seulement des hommes. Des hommes qui ont faim, qui ont peur, qui ont la nostalgie du foyer et qui doivent tuer, comme les nôtres.

Il n'est pas naturel de rester immobile à quelques pas les uns et des autres, de partager les mêmes sacrifices et les mêmes peines. Il faut une résolution surhumaine pour ne pas entendre cet appel à la reconnaissance de nos existences respectives.

Le capitaine Colman croise les bras sur le parapet de pierre, c'est son tour de désigner l'ennemi.

« Les *cecchini* ne sont pas seulement ici. Depuis le début, ils tiennent le pic du Freikofel, murmure-t-il, absorbé. Ils ont eu tout le temps de prendre position. Partant de là, ils ont un ample champ de tir sur les sentiers qui relient le Pal Piccolo au Pal Grande, et de jour ils empêchent tout mouvement. Ils contrôlent toute la zone, sauf un couloir qu'ils ont laissé sans défense : trop escarpé pour que quiconque tente la montée. »

C'est dans sa manière de me regarder que je devine ce qu'il a en tête.

« Je connais le couloir dont vous parlez, dis-je, et une vision me vient, celle d'hommes qui gravissent dans un silence funeste les parois du précipice.

— Demain soir, nous allons devoir marcher à pas de velours, continue-t-il, précédant mes pensées.

Nous devrons avancer dans ces montagnes comme vous le faites. »

Le regard appuyé qu'il porte sur mes pieds est éloquent.

« Vous pouvez nous aider ? insiste-t-il, sans accorder de répit à ma stupeur.

— Pour combien de vos hommes ? réussis-je à demander, en surmontant mon trouble.

— Quatre-vingts Alpins, et un commandant. »

Ils sont plus nombreux que je ne l'imaginais.

« Oui, nous pouvons vous aider, réponds-je sans hésitation, et il me semble le voir sourire, mais c'est une lueur qui n'éclaire son visage qu'un instant.

— Vous n'avez même pas compté les heures de veille auxquelles vous allez vous contraindre, les autres femmes et vous, murmure-t-il.

— Vous vous trompez. C'est déjà fait. Apparemment, je sais aussi compter. »

Cette fois, son rire explose avec clarté et se répercute dans l'abîme qui nous sépare de l'ennemi. J'imagine les *Kaiserjäger* postés de l'autre côté sursauter, recoller frénétiquement l'œil à leur viseur, chercher l'origine de ce rire dans l'obscurité, désorientés par l'écho. Je devrais craindre pour ma vie, au contraire je reste calme. Je sais que le commandant a étudié chaque détail, leur surprise et leur confusion. Il s'est autorisé une liberté qu'il sait ne pas pouvoir répéter.

Il désigne le fossé que nous venons de traverser et que, d'ici peu, je parcourrai à reculons jusqu'à retourner à la vie.

« À votre retour, vous rendrez le salut militaire, m'ordonne-t-il. Les "porteuses", vous appellent-ils. Ils vous considèrent comme une unité, et ils n'ont pas tort. Je crois que c'est la première fois dans l'histoire d'un conflit armé. »

Je me tourne vers les hommes couchés fusil en main.

Leurs saluts respectueux, tout à l'heure, n'étaient pas pour le capitaine.

Ils étaient pour moi. Pour nous.

11

Dans ces montagnes, on ne voyait plus de loups depuis des années. Certains allaient jusqu'à affirmer qu'ils ne s'y étaient jamais aventurés, comme si quelque chose les repoussait vers les bois plus épais de la Slavonie, ou vers les profondeurs de la Carinthie. Certes, ces derniers temps, ce quelque chose, c'était la guerre qui tonnait sans relâche.

Et pourtant, alors qu'il était en chasse d'ennemis le long des sentiers invisibles à l'œil inexpérimenté, là-haut, presque jusqu'aux rochers, il en trouvait les traces. Des restes de proies, des excréments, quelques empreintes. Une nuit passée en faction dans les anfractuosités, quand le fusil avait commencé à peser dans ses mains, à la limite du supportable après des heures d'immobilité et alors que les paupières se fermaient malgré ses efforts pour les garder grandes ouvertes, une nuit de silence au cours de laquelle l'artillerie ennemie avait finalement cessé de marteler, il avait entendu l'appel du loup s'élever du versant d'en face. La chair de poule lui avait picoté la peau avec violence. Ce cri semblait provenir d'un monde désormais éteint et qui demeurait en réalité présent, caché et féroce.

Ces derniers jours, le loup avait commencé à le suivre à distance, il savait toujours où il se postait, dans quelle grotte il se reposait : il ne le craignait pas, il en traçait l'itinéraire. C'était le soldat qui se trouvait sur le territoire de la bête. Bête lui aussi, mais d'une espèce encore inconnue de l'animal et, de ce fait, d'autant plus digne d'intérêt, avec sur lui l'odeur contre nature de la cordite et celle, répugnante, du sang de ses semblables sur l'uniforme sali par la boue et la mousse.

Pourtant, ce n'était peut-être qu'imagination maladive de sa part, un fantasme nourri par la solitude, par la mission minutieuse et monotone que sa compagnie lui avait assignée, et par le besoin de se reconnaître dans un élément naturel, afin de ne pas se sentir monstrueux.

Il n'y avait aucun loup. Le loup, c'était lui.

Son esprit n'était pas le seul à engendrer des visions. Des faits insolites survenaient dans ces montagnes, dans ce conflit, sur les sentiers de pierraille qui conduisaient au sommet, comme si le sang bu par la terre avait mis la réalité en état d'ivresse. Il lui arrivait de voir des femmes aux longues jupes monter les pentes escarpées, de les entendre chanter, jusque là-haut, vers les premières lignes où pleuvaient les obus. Parfois, en restant sous le vent, il parvenait à sentir le parfum du coton lavé, des vivres qu'elles portaient sur leur dos courbé, de la laine qu'elles tressaient de leurs doigts.

Le commandant ne leur en avait pas parlé, mais lui, il allait bientôt s'enquérir d'elles. Il retournait si rarement au camp militaire qu'il s'y sentait désormais presque étranger, son passage était aussi rapide que celui de pattes d'animaux sauvages sur la prairie, pour récupérer quelques provisions avec lesquelles remplir sa gourde et son havresac.

Toutefois, quand il se regardait, il ne voyait que ses mains. La terre du front pénétrait sous ses ongles, elle traçait des demi-lunes noires, elle lui entrait dans la bouche quand il se jetait dans une anfractuosité et qu'il la mordait presque. Elle le nourrissait comme une nourrice aux seins sanguinolents et le remplissait jusqu'au cœur.

Seul le doigt sur la détente du fusil lui rappelait ce qu'il était vraiment.

Non, il n'était pas un loup.

Il était tireur d'élite.

Un chasseur d'autres êtres humains.

12

Nous avons cousu des heures, pendant une nuit entière, jusqu'à nous écorcher le bout des doigts et à le sentir brûler sous l'aiguille. Nous avons continué jusqu'aux lueurs de l'aube, jusqu'à ce que le soleil envahisse le fenil à travers les treillages. Nous avons baptisé les bandes d'étoffe avec le sang de nos doigts et l'espérance de notre cœur de femmes. L'une d'entre nous a piqué des médaillons à l'effigie de la Vierge Marie dans les semelles et brodé une croix minuscule et éclatante du Christ Rédempteur sur le velours noir.

Les *scarpetz* des soldats ont été cousus du velours de nos robes les plus immaculées et les plus précieuses. Aucune de nous n'aurait accepté que ces garçons aillent au combat avec des haillons et des vieilleries sur le dos.

Une journée est passée et une autre nuit est tombée sur la vallée du Bût. Assise sur le banc devant le bureau de poste, je regarde le ciel nocturne et j'imagine les luttes furieuses du Freikofel.

La cime est à nous, le capitaine Colman et ses hommes l'ont reprise en remontant la gorge réputée impraticable dans l'obscurité des heures les plus reculées de la nuit, devenant tous roche et silence, ombres furtives et signaux. Avec l'aide de deux pelotons de soutien, ils ont enlevé cette position en altitude et, depuis un jour entier, la défendent contre les tentatives des soldats impériaux de la reprendre.

On ne perçoit plus de coups de canon et cela m'inquiète : cela signifie que la lutte se livre au corps à corps, elle est faite d'assauts commandés par les coups de sifflet impérieux des officiers, quand on dévisage l'ennemi, quand on mange son souffle avant de le lui soustraire, avec des hurlements qui déchirent le ventre.

Je ferme les yeux et je serre la main de Viola. Elle non plus n'a pas le courage d'abandonner ce petit banc et, ensemble, nous quémandons des nouvelles qui n'assouvissent jamais le besoin de savoir l'ennemi enfin repoussé. Les dépêches laissent entendre que l'armée impériale a essuyé le pire et qu'elle craint enfin les Italiens.

Mors tua vita mea. Le prix payé jusqu'ici est un fleuve de sang. Mon rêve s'est en fin de compte réalisé. La gorge que les nôtres ont remontée s'est remplie de cadavres, presque tous de jeunes Hongrois, frappés et tombés des roches comme une cascade de vies fauchées. Ils l'ont déjà appelée le « vallon des Morts ».

Don Nereo sort de la poste, il tient un message télégraphié entre les mains. Il ne prononce pas un mot, mais son sourire est pétri d'émotion. Quand il hoche la tête, Viola éclate en sanglots libérateurs dans mes bras.

C'est fini, là-haut. Ils sont en sécurité. La crête du Freikofel peut s'illuminer de flammèches dans la nuit pour réconforter les âmes encore tremblantes, à la manière que les soldats ont apprise : boîtes de conserve vides, une goutte d'huile de sardine et un résidu de graisse de viande, un fil de chaussette sert de mèche, et voici que l'obscurité se retire. Je lève moi aussi ma lampe, je lève le visage pour entendre le vent qui a soufflé sur ces cimes, respiré par ces hommes.

La vie, murmure-t-il. La vie, au moins pour cette nuit. Amos, le docteur Janes, le capitaine. Au plus profond de moi, je sens qu'ils sont en vie.

13

Une lettre pour moi, du front. Au lieu de regroupement des unités, à Paluzza, ils me la remettent à la place du ticket de rationnement. Je la tiens entre mes doigts comme s'il était possible de figer ce moment dans l'aube changeante qui éclaircit le ciel. Je crains les mots imprimés sur la feuille, je crains d'y lire annoncé l'adieu d'encore quelqu'un d'autre. Avant de l'ouvrir je m'éloigne, en quête d'un recoin où cacher la douleur, si cette nouvelle devait me terrasser. Quand je déplie la feuille, je commence à lire par la fin : j'en faisais autant avec les lettres de mes frères, convaincue que le pire se confie toujours dans les derniers mots, des mots de condoléances, alors que les premiers et ceux du milieu sont seulement une préparation pleine de compassion au coup qui va s'abattre. Je commence par la fin et je remonte le cours des phrases comme un poisson le courant d'une rivière où tourbillonnent des noms et des sentiments. Je les saisis tous, avec de rapides battements de cils, et c'est seulement une fois mon filet plein que je reprends depuis le début et que je redescends. Enfin, je respire à nouveau.

Chère Agata,

pour le cas où vous vous le seriez demandé, et je sais que c'est le cas, là-haut nous allons tous assez bien. Grâce au capitaine Colman, les pertes sont assez limitées et moi, dans la mesure du possible, j'ai cherché à aider la bonne fortune. Dieu et vos scarpetz *ont fait le reste. Je vous transmets les remerciements du commandant et de tous les soldats basés ici.*

Votre cousin Amos vous salue et vous fait dire par l'intermédiaire de votre serviteur que vous n'avez aucun motif de vous préoccuper : il continue de tailler des pierres !

Nous avons repris nos positions sur le Pal Piccolo, où j'espère bientôt recevoir votre visite. L'infirmerie est trop silencieuse et le front est un endroit privé d'attraits sans le sourire des Porteuses.

Je sais que vous serez chargées d'une nouvelle mission, et qu'elle sera très ardue, mais je ne suis pas sûr que quiconque serait en mesure de s'en acquitter mieux que les femmes de cette terre. Votre compassion a quelque chose de sacré.

Dans l'attente de vous revoir, je vous salue avec gratitude.

Votre ami, le docteur G. A. Janes

Lucia me rejoint et me secoue le bras pour me soustraire à l'effet de torpeur du soulagement.

« Tu as entendu ? me demande-t-elle. Aujourd'hui, nous ne montons pas et peut-être même pas demain. Qui sait pour combien de temps. Nous devons construire un cimetière. »

Un cimetière ? Nous ?

Lucia regarde au loin, avec une expression renfrognée que je ne lui avais jamais vue avant cet instant. Là où je vois uniquement des activités militaires désormais routinières, elle semble entrevoir une ombre menaçante, mais que peut-il encore arriver que nous n'ayons pas déjà affronté ?

« La guerre, murmure-t-elle, comme si cela expliquait tout. *Lottuns chaan Vriin.* »

La guerre, dit-elle, ne nous apporte pas la paix. Mais nous, a dû penser quelqu'un au commandement suprême, nous pouvons apporter la paix aux morts.

« Quand ? Et où ? demandé-je dans un murmure.

– Tout de suite. À Timau. »

Construire un cimetière signifie pénétrer dans la terre, percer le nid primordial, l'excaver jusqu'à en exposer le cœur détrempé. Cela suppose d'immerger les mains et de le désosser, d'arracher des racines gonflées de sève. Non pas édifier, mais transpercer, et le faire à mains nues, l'âme privée de toute défense face à la peur atavique de remplir un jour, trop vite, l'une de ces fosses.

Des fosses, et non des chapiteaux ou des arches marmoréennes. Un champ rectangulaire, une palissade à terminer, et des trous obscurs.

Les femmes de Timau sont des silhouettes penchées qui tamisent la poussière, désembourbent des périmètres tous identiques se répétant à perte de vue. Elles préparent les couches ultimes sur lesquelles elles verseront des larmes à la place de mères et d'épouses lointaines, reliées par le fil mince et inaltérable de chair et d'amour qui les unit à la vie mise au monde.

Ainsi nous creusons pendant une journée entière et demain nous recommencerons.

Autour de nous volent des ailes noires qui étendent des ombres, planent des becs de corbeaux qui fouillent à la recherche de vers. Cette terre en regorgera bientôt. Attendez, vermines, attendez et vous serez rassasiées.

Je relève les yeux, Viola est là où je l'ai laissée des heures plus tôt : agenouillée, immobile, elle scrute les montagnes. Elle n'a pas encore achevé sa première tombe, mais elle regarde vers le front comme si elle attendait d'un moment à l'autre l'arrivée d'un corps à y descendre. Elle m'impressionne, elle me fait peur. J'ai peur. Que l'esprit ne tienne pas – le sien, le mien, le nôtre –, qu'il ne soit plus jamais possible de revenir en arrière et que la noirceur contamine toutes les autres couleurs.

Je me mets à chanter, une litanie sourde dans ma langue maternelle qui me remplit la gorge et me gonfle les lèvres, des strophes anciennes qui prennent vie comme des volutes dans la nuit la plus obscure.

Je prends conscience que des pas me tournent autour seulement lorsque des souliers à peine souillés de poussière s'arrêtent sous mes yeux. Ce ne sont pas des scarpetz ni même des sabots.

« Agata ? »

Je continue de chanter. Je ne veux pas faire revenir le silence sur cette vallée de fosses, je veux les combler de vie autant que possible, jusqu'à ce que la fiction tienne sur les jambes graciles de mon obstination.

« Agata, écoute-moi. J'ai un conseil important à te donner. »

Giuseppe est un notable du village, la même nourrice et une amitié née au berceau le lient à mon père, mais ensuite les destins de l'un et l'autre ont emprunté des voies différentes : bien-être et malheur, santé et maladie.

À la fin, le silence l'emporte et je me décide à le regarder.

« Pour toi, j'ai été comme un second père, n'est-ce pas ? » me demande-t-il.

Un père peut-il se présenter uniquement dans les moments de fête ? Un homme peut-il oublier son frère lorsque celui-ci perd la capacité d'exister au monde ? Je ne le crois pas. Mon mutisme semble l'irriter. Il frappe son chapeau contre sa jambe. Une bouffée de poussière s'élève, il baisse la voix.

« Je te le dis parce que pour moi tu es comme la fille que je n'ai jamais eue, Agata. Certains se sont mis à causer concernant tes frères. Des déserteurs, comme ils les appellent, et ton nom accompagne souvent certains de leurs propos. Tu n'as personne pour te protéger.

— Et quel est ton conseil ? »

Giuseppe remet son chapeau, mais il ne parvient plus maintenant à rien me cacher de lui.

« Trouve-toi un mari, épouse quelqu'un qui soit au-dessus de tout soupçon. Soustrais-toi au doute », me répond-il, presque en me l'ordonnant.

Je reste longuement dans mes pensées, si longtemps que je le vois frémir d'impatience.

« Il ne reste plus beaucoup de jeunes gens », dis-je enfin, sans presque un battement de cils, les paupières plissées, comme pour ne pas me laisser aveugler par ses propos.

Giuseppe détourne le regard, l'éloigne d'un coup comme il le ferait d'un tison ardent qui lui serait tombé par imprudence dans les mains.

« Il y a quand même quelqu'un, murmure-t-il. Il est inutile de regarder bien loin. »

Oh, je sais qu'il ne serait pas nécessaire de faire le tour du monde pour trouver l'homme que Giuseppe a en tête.

Je le soulage de cet embarras en détournant le regard et je me remets à la tâche.

« Et si j'avais été l'enfant mâle que tu n'as pas eu ? demandé-je, en frappant une grosse pierre sur une autre. Tu m'aurais donné le même conseil ? » Le troisième coup frappé est sec, il fracture le caillou et Giuseppe sursaute. « Cesse de te montrer offensant, lui dis-je. Ne me parle plus jamais comme si mon père était déjà mort. »

Il tombe le masque et son visage apparaît enfin pour ce qu'il est : celui d'un homme vide qui se vêt des caprices des autres, de personnages plus puissants que lui et malgré cela encore plus affamés de domination.

Ce n'est pas Giuseppe qui parle en cet instant. Francesco a choisi l'absence, mais il est au-dessus de moi comme un nuage en surplomb, il obscurcit le jour et il est chargé de pluie, peut-être de larmes – celles qu'il ne fera pas couler. Je me sens vibrer, alors que je ne remue pas un muscle, je me sens brûler, alors que le vent est frais. À l'intérieur de moi, une brèche de chair à vif s'est ouverte, qui voudrait le dévorer.

« Tu ne sais pas ? dis-je. Je monte au front et je transporte des balles sous le feu de l'ennemi. De qui aurais-je besoin ?

— S'il devait t'arriver quelque chose, je ne me sentirais en rien responsable. » Il soupire, ses pas s'éloignent et je ne vois plus la pointe de ses souliers, mais j'entends encore le halètement du désir dans sa gorge. Fuis, Giuseppe, raccroche-toi au peu de pudeur qui te reste et fuis, loin de toute honte.

Je sens que l'on m'étreint, Caterina se penche sur moi. Ses cheveux gris forment un écheveau de fils d'or. Quand elle effleure mes mains, je me rends compte qu'elles sont sales et qu'elles retiennent encore les deux moitiés d'une pierre sur mes genoux.

« Tu vas bien ? me demande-t-elle.

— Oui.

— Le soleil se couche, viens. »

La lumière s'allonge sur le monde et y inscrit des plissements, ride la terre et le temps, mais je continue de fixer les veinures naturelles qui marquent le cœur de la roche, d'une croix noire.

« Cela me semble un mauvais présage », dis-je.

Caterina appuie une joue contre la mienne.

« Qu'est-ce qui ne l'est pas, ces temps-ci ? »

Voici des siècles, dans ces sillons, des semences se déposaient, à présent nous les labourons pour y accueillir les morts.

Alors pourquoi la terre est-elle parsemée de fleurs et pourquoi est-ce que je chante ?

Parce que le soleil continue de la réchauffer, les saisons continuent de se succéder et les mères continuent de mettre au monde des enfants sous le scintillement des constellations. C'est la vie, si intimement reliée à la mort qu'elle en est parfois indiscernable.

La peur de l'homme, dans ce mystère immense, est à peine plus qu'un grain de poussière qui danse dans l'obscurité de l'univers.

14

« Il n'y a plus de place, comment dois-je vous l'expliquer ? »

Le capitaine Colman s'obstine dans cette habitude que je déteste entre toutes, mais qui me le rend désormais familier.

« Vous pouvez vous retourner ? demandé-je, avec patience.

— Cela ne changerait rien à ma réponse.

— Mais cela ferait de vous un gentilhomme. »

Il accède à ma demande, même si le temps qu'il me consacre ne dure qu'un éclair avant qu'il ne s'occupe d'autres tâches.

— Ou vous le faites ou vous ne le faites pas, Agata. Il n'y a pas d'autre moyen de se poser la question. Si cette demande vous paraît insoutenable, dites-le et n'y pensez plus. Personne ne vous y obligera, mais ne me faites pas davantage perdre mon temps.

— Vous savez bien qu'aucune d'entre nous ne refusera.

— Et c'est ce qui vous est intolérable.

— Ce qui est intolérable, commandant, c'est que vous le sachiez, mais que vous ne vous soyez pas abstenu de le demander. »

Il cesse de fouiller dans ses papiers. Je ne veux pas savoir ce qui est écrit sur ces télégrammes, quels ordres priveront de sommeil la nuit de ces hommes.

« Nous livrons déjà une guerre, pourquoi voulez-vous en entamer une autre avec moi ? me demande-t-il, les doigts maculés d'encre posés sur la table.

— Ce n'est pas mon intention.

— Alors je ne vous comprends pas.

— Je ne trouve pas les mots pour vous l'expliquer. »

Il se lève.

« Et pourtant les mots semblent ne jamais vous manquer.

— Au contraire. Ils me manquent beaucoup trop, croyez-moi. »

Il fait le tour de la table et interrompt un rayon de soleil qui, le temps d'un instant, lui restitue la jeunesse que la guerre a retirée à tous.

« Vous avez raison, c'est une requête terrible et je n'en suis pas fier, dit-il en ouvrant grand les bras. J'ai dû prendre beaucoup de décisions discutables depuis que je suis ici, et celle-ci n'est pas la pire. J'envoie tous les jours des jeunes gens de vingt ans à la mort, Agata. C'est cela qui est insoutenable. »

Il les envoie à la mort, et il nous demande d'aller les récupérer.

Aujourd'hui, j'ai compris que la nouvelle mission à laquelle se référait le docteur Janes dans la lettre n'était pas la construction du cimetière, mais son remplissage.

Je sens mes épaules s'affaisser, malgré mes efforts pour les maintenir droites.

« Je voudrais seulement…

— Quoi ?

— Une plus grande…

— Quoi ? Pour l'amour de Dieu, Agata. Dites-le et sortez-vous, sortez-moi, cette idée de l'esprit.

— Je voudrais que l'on nous témoigne une plus grande considération, capitaine Colman. »

Il écarquille les yeux.

« Vous l'avez déjà », m'assure-t-il.

Je ne réussis pas à le regarder. Je ne sais pourquoi, mais tout à coup ce qu'il m'a toujours été permis d'être ne me suffit plus.

Le commandant se racle la gorge.

« Au cas où vous vous le seriez demandé, je l'ai mangée, cette moitié de patate », avoue-t-il.

Je ne lève pas les yeux, qui restent fixés sur la pointe de ses bottes. Ses bottes qui se rapprochent d'un pas.

« Je l'ai fait durer jusqu'au lendemain, et pendant tout ce temps je me suis demandé comment vous faites. Vous êtes des femmes d'une force insoupçonnable.

— Cette force semble être aussi ce qui nous condamne, réponds-je à brûle-pourpoint.

— Je ne parle pas seulement de prestance physique, Agata, mais de détermination, d'audace, de bravoure. Vous n'êtes pas différentes de mes meilleurs officiers engagés en première ligne, et si je vous parais parfois brusque, c'est parce que je ne fais aucune différence entre vous et eux. »

Je lève les yeux.

« Nous sommes pareils ? »

Il sourit.

« Souvent meilleures. »

J'acquiesce.

« Qu'au moins ne nous soient pas confiés les corps des quelques hommes que nous connaissons. Et que les autres restent cachés à nos regards. »

Le commandant reprend sa place, devant ses papiers.

« Tout sera fait comme vous le souhaitez », m'assure-t-il, et il le dit comme si un lien nous unissait, comme si nous étions les rouages d'un même engrenage qui grincent et poussent en apparence l'un contre l'autre, mais en réalité génèrent le mouvement qui permet à ces défenses de résister et aux fosses de se remplir. Nous sommes des rouages et nous tournons car nous ne pouvons pas faire autrement. Nous tournons parce qu'en nous, dans des profondeurs que nous ne voulons pas explorer, s'exerce une nécessité d'agir de la sorte, de force égale et opposée. Il est difficile d'admettre que l'on puisse trouver une forme d'accomplissement dans la tragédie.

Nous prenons congé l'un de l'autre, d'un signe de tête, et avec un regard pudique sur certaines choses de la vie dans lesquelles nous nous sommes reconnus.

Devant le poste de commandement, la tente qui abrite encore l'intendance claque au vent comme la voile d'un bateau. Je n'ai jamais vu la mer, mais l'isolement que l'on éprouve sur ces cimes, j'imagine, n'est pas éloigné de celui auquel vous contraint l'océan. Les montagnes sont de gigantesques transatlantiques qui menacent d'entrer en collision sur la ligne d'une frontière. Comme sur un navire, il faut apprendre ici à se suffire à soi-même, à maîtriser ses besoins, à s'acquitter de sa besogne quotidienne afin que celle des autres ne soit pas vaine.

Je n'ai pas encore rencontré le docteur Janes, mais je l'entrevois un moment qui marche derrière un brancard. Deux soldats l'escortent, et l'un d'eux tient un drapeau blanc serré dans sa main. Je presse le pas et je l'appelle, mais le groupe avance rapidement et s'enfonce dans les tranchées.

« Où vont-ils ? » demandé-je à Caterina, dès que j'ai rejoint les autres. Elles aussi, elles regardent vers le goulet où la procession a disparu.

« Échanger un Autrichien contre un Italien », me répond-elle, la main appuyée sur l'abdomen depuis ce matin. « Le médecin nous a dit que c'est une pratique courante, qu'il ne faut pas s'en préoccuper. »

Une vie contre une autre, un troc dans le no man's land, la terre de personne. Dieu est absent et l'homme cherche comment prendre sa place.

« Tu devrais demander au docteur Janes de te rendre visite, lui dis-je.

— Et à quoi cela servirait ? soupire-t-elle. Je sais ce qu'il a, mon foie. Je suis capable d'appeler la chose par son nom, elle a déjà emporté mon père.

— Tu aurais peut-être intérêt à t'épargner la fatigue de la montée, Caterina.

— Et rester chez moi à attendre ? Non. »

C'est une femme seule. En elle, je vois mon propre futur.

« Les pommes de terre sont prêtes ?

— La peau se détache presque. D'ici deux jours.

— Je t'aiderai à les récolter », promets-je.

C'est seulement à cet instant que je remarque l'homme assis à califourchon sur les tonneaux. À part nous, c'est le seul à ne pas porter l'uniforme et ses cheveux blancs jurent au milieu de tant de jeunes soldats. Il porte une pochette en peau enroulée sur ses genoux et un fusain entre ses doigts noircis. Par intervalles, il lève les yeux vers nous.

« C'est un peintre, murmure Lucia en lui tournant le dos. Et il ne fait que regarder de ce côté.

— Un peintre ?

— Il vient de Venise, il va s'arrêter ici deux semaines, pour apprendre à connaître la vie du front. C'est le commandant qui l'a fait venir.

— Colman ? Pourquoi ça ?

— Il lui a commandé un tableau pour la chapelle. »

Je n'ai pas le temps de réagir à cette nouvelle – qu'une âme aussi complexe se dissimule quelque part dans l'être du commandant – qu'un caporal nous convoque déjà d'un coup de sifflet. Il est temps d'y aller, mais, contrairement à l'habitude, aucune d'entre nous ne manifeste d'enthousiasme à l'idée d'entamer la descente.

Le chargement de la hotte semble fait de plume, les soldats ont veillé à nous confier seulement les brancards que nous transporterons à deux jusqu'au petit hôpital de campagne de Paluzza. Il n'y aura aucune urgence dans nos pas, parce qu'aucun souffle ne réchauffe les couvertures de ces brancards. Aucun chant, aujourd'hui, à part la récitation du rosaire. Maria a déjà commencé à l'égrener. Elle portera les lettres du commandement qui combleront l'absence des fils et des maris dans les familles auxquelles elles parviendront.

L'aumônier militaire a béni les dépouilles. Les gouttes d'eau bénite éclatent comme des fleurs de plomb sur les draps et se mélangent avec celles de la pluie qui se met à cliqueter. Pour l'instant, l'averse est clairsemée, mais à l'ouest les nuages se chargent peu à peu.

Viola et moi sommes les dernières, elle attend son artilleur. L'horizon se remet à crépiter, je la conjure d'avancer.

« Encore une minute, rien qu'une, murmure-t-elle, le regard fixé sur le trou noir d'une tranchée.

– L'orage est proche.

– Guglielmo va arriver. Je ne m'en vais pas sans l'avoir revu. »

Un besoin désespéré de vivre palpite en elle. Au milieu de nous, le brancard reçoit une enveloppe faite de couverture et de cordes, de ce qui fut un soldat. Si proches de la mort, nous ne demandons rien d'autre qu'un début de reflet d'un avenir possible.

Je me résigne à attendre, tandis que Viola forme son nom dans une prière qui se fait peu à peu plus rageuse, comme le vent qui siffle, emmêle les cheveux et porte la tempête. Je lève le visage vers le ciel et une goutte froide me tombe sur le front. Au-dessus de nous jaillissent des éclairs qui me provoquent des vertiges. C'est un carrousel de syllabes tronquées. J'entends sonner une cloche lointaine, mais c'est peut-être seulement le battement de mon cœur dans mon thorax qui s'est transformé en caverne.

« Viola », l'appelé-je.

Sa bouche continue d'invoquer ce nom sans relâche, mais le trou reste noir.

Encore un déchirement de tonnerre, si proche qu'on le sent presque racler la peau. J'attrape Viola par le poignet et je suis sur le point de l'entraîner avec moi quand Guglielmo ressurgit enfin en se frayant un passage au milieu d'uniformes tous identiques. L'artilleur arrive essoufflé devant Viola, et lui remet un balluchon de vêtements à faire bouillir, avec une demande formulée d'un air implorant :

« Demain, vous m'apporterez un autre obus de mortier ? »

Les lèvres de Viola tremblent.

« Rien d'autre ? » réussit-elle à demander.

Quelqu'un l'appelle et le jeune gars prend congé d'elle sans même répondre.

J'éprouve de la peine pour elle, j'éprouve de la peine pour le moindre embryon d'espoir qui mourra de faim.

« Je vais bien, dit-elle, quand je lui effleure une épaule.

— Prête ? »

Elle semble enfin se réveiller.

« Je ne le serai jamais », m'avoue-t-elle, et son regard oblique retombe sur le brancard.

Nous tournons autour, nos jupes bruissent. Agitées par la tramontane, illuminées par des éclairs, nous appelons la tempête et il émane de nous des odeurs d'herbes et de sous-bois.

Nous levons la civière. Ainsi c'est ce qui reste d'un jeune homme, un poids si lourd qu'il écrase toute tentation de l'ignorer, qui tremble au rythme de nos pas et nous attire vers le bas, comme s'il nous demandait de l'accueillir dans nos bras.

Je te porte en bas dans la vallée. Je t'emmène loin d'ici et je vais te mettre en terre. Il est né d'un ventre et il retournera dans un autre, mais sombre et froid.

Le groupe nous a distancées, seule Maria nous a attendues le long du sentier. Elle continue de prier, elle remue les lèvres en silence, et vite. Dans la grisaille purulente de l'orage, elle m'inquiète. Ce qui m'inquiète, c'est le regard qu'elle a posé sur ces montagnes, ces derniers jours, comme si elle voyait s'y mouvoir des choses qu'elle n'a pas le courage de raconter. Quand elle était enfant, sa grand-mère lui déposait des baisers sur les yeux, en lui disant que ces yeux-là étaient saints. Maintenant, je crois avoir compris le motif de ce geste.

Maria, tu les vois. Tu les vois comme s'ils étaient encore vivants.

Le ciel pleure avec violence. En quelques instants, les vêtements seront trempés, le déversement de ce mur liquide couvre tous les autres bruits, alors que la roche semble se briser et que de nouvelles cataractes surgissent avec un fracas alarmant. La terre tremble, tant est forte la furie de ce qui s'abat sur elle.

Nous avançons péniblement entre les rafales, les pieds qui glissent, les mains serrées. Les cheveux forment un filet dégoulinant devant les yeux et le froid s'est insinué en nous.

Les draps détrempés moulent le contour d'un homme, une vision désormais évidente dont je commence à percevoir la présence, émergée de la chrysalide comme si la mort n'était qu'une autre forme de vie. Il me parle avec son cœur muet, son torse immobile pressé sur le mien. C'est un écho inversé, qui appelle à lui toutes les respirations du monde, et aussi la mienne.

« Agata ! »

Le cri de Viola me cueille avec un pied déjà dans le précipice. Le sentier s'effondre et moi avec lui. Je sens le vide, le vent qui me fouette, les doigts agrippés à la civière. J'entends Viola hurler plus fort, je sens un point d'appui sous mes pieds, le désespoir qui me pousse à tout tenter. La prise tient et je remonte, tandis que le chargement glisse un peu plus bas. Viola supplie Maria de nous aider, mais elle ne nous regarde même pas. C'est lui qu'elle regarde.

Je ne vais pas y aller, pensé-je. Je ne vais pas aller tout en bas avec toi. Mais le jeune homme possède la force de la gravité, de la pente qui l'arme d'un pouvoir adverse du nôtre, et nous perdons l'équilibre.

« Agata ! » me crie encore Viola.

Les yeux dans les yeux, chacune reconnaît en l'autre la part sauvage qui nous pousse à lâcher prise et à le laisser chuter. En moi, déjà, je le vois tomber, lentement, comme tombent les choses immergées dans l'eau. Un plongeon tout en bas dans les crevasses, la dissolution de tout lien étroit avec le sens du devoir. Et je sais que Viola voit la même chose, par le pouvoir de sa propre imagination. C'est seulement un corps, nous disons-nous.

Mais ce regard que nous échangeons en appelle aussi à toute force à notre humanité et la louve qui frémit en nous pour survivre se terre avec un hululement. Cette fois, elle a le dessous dans cet affrontement.

Au prix d'un ultime effort désespéré, nous serrons les dents et nous hissons la charge, au milieu d'un éboulement de rochers et de boue nous l'arrachons à l'abîme, d'un coup de reins qui nous brise l'échine et nous tire un hurlement. Nous rampons loin du précipice en le traînant comme nous le pouvons et c'est seulement une fois certaines que la terre sous nos pieds tiendra que nous nous étalons de tout notre long, la bouche grande ouverte, en quête d'air et qui se remplit de pluie.

Marie cesse de prier. Dieu s'éloigne toujours davantage.

15

La tempête s'enfonçait en sifflant jusque dans les anfractuosités, c'était une symphonie furieuse. Elle pouvait reconnaître tous les instruments parfaitement accordés de la nature : les cordes, faites de branches, avec leurs premiers et leurs seconds violons, les violoncelles et les contrebasses, plus chargés de frondaisons. À certains moments de calme apparent les flûtes traversières émergeaient des courants d'air qui remontaient le grand ravin, mais le son adoptait rapidement les tonalités graves des cors et du hautbois. Et puis c'étaient les percussions, quand le vent se fracassait en rafales contre les rochers.

Il repensa à son père qui, en amateur de Vivaldi, y aurait reconnu le presto *de son* Été.

C'était un souvenir qui remontait à une vie antérieure, à une autre existence. Vienne et le confort moderne étaient des lumières plus lointaines que les étoiles tandis qu'il se frottait les mains au-dessus d'une flamme précaire, à l'abri d'une toile cirée tendue entre les versants d'un escarpement, tel un sauvage.

Ce qu'il avait toujours eu de sauvage, c'étaient un cœur et un caractère qui l'avait mis plus d'une fois en difficulté au sein de la société raffinée et rassise d'où il venait, mais qui, en ces jours de guerre, l'avait aussi sauvé. La mesure des choses et des sentiments avait changé. Seul subsistait l'essentiel. Sa famille elle-même lui semblait loin de son cœur, et il se demandait continuellement si, à la fin de la guerre, il lui serait possible de retrouver cette chaleur.

Il nettoya la cuiller sale de soupe entre ses lèvres et se refléta dans l'ovale concave trop opaque : il ne réussit pas à s'y reconnaître, pas plus que l'hérédité de la lignée qui l'avait engendré. Sa grand-mère avait été princesse et lui, il n'était qu'un visage maculé de boue, les ongles noircis et pas grand-chose d'autre.

Il faisait partie de la « jeunesse de fer », mais il se sentait vieux. La caserne l'avait dompté et poussé à devenir un héros, mais il se sentait seulement un survivant.

Il jeta la gamelle et effaça de son esprit l'image du garçon qu'il avait été. Cela n'avait plus aucun sens de s'y attarder. Il en chercha une autre dans la poche intérieure de sa veste, la vision d'un futur différent : c'était une carte postale au bord grignoté qui reproduisait le profil d'un transatlantique. Le long des coordonnées de longitude et de latitude sur lesquelles elle avait été pliée et repliée, des sillons blancs avaient peu à peu érodé des détails du dessin, mais la composition conservait la promesse d'une aventure grandiose. Il passa un doigt sur la carte, si humide qu'on eût dit de la peau. Ce voyage pouvait être un nouveau commencement où le sang versé n'aurait pu le rejoindre : il aurait disparu dans l'océan, dilué et mélangé avec les vagues aussi hautes que des immeubles, jusqu'à disparaître. Et maintenant, ce projet de vie lui semblait aussi sot et vide. Le quotidien sur le front transformait les individus en pelotons, de jeunes garçons insouciants en soldats rudes et cruels. Ismar avait vu d'autres tuer et il avait lui-même tué. Ces morts lui pendaient au cou comme des médailles sans gloire ; même à la fin de la guerre, il craignait de ne pouvoir s'en défaire.

Il sortit de son gousset un cadeau que lui avait fait un soldat polonais. C'était un homme aux longues moustaches et à la foi indéfectible. Un soir, il lui avait posé un petit crucifix entre les doigts.

« Je t'observe depuis des jours », lui avait-il simplement dit, alors qu'Ismar le regardait d'un air perplexe.

Karol, c'était son nom, et il avait vu en lui le gouffre le plus noir.

Un bruit l'arracha à ses réflexions. Il sursauta, en alerte, le fusil entre les mains et le dos contre la roche suintante. De son gros soulier, il éteignit le feu et attendit dans l'obscurité. Ce n'avait été qu'un léger craquement de gravillons au-dessus de sa tête, mais la vie sauvage l'avait désormais accoutumé à ce qui était naturel et à ce qui, au contraire, ne l'était pas. Même le roulement d'un rocher dans la pente pouvait lui raconter quantité de choses sur ses origines.

Il resta un long moment immobile, comme le prédateur qu'il était devenu, mais à part la colère de Dieu, rien ne semblait fouler ces sentiers.

L'arme à l'épaule et le couteau dans une main, il grimpa jusqu'à l'entrée de la crevasse. Le fil de fer qu'il avait tendu entre les pierres était resté en place. Il observa la pluie, il écouta la montagne hululer. Là dehors, il n'y avait rien d'autre que le vent et l'eau. Il retourna dans sa tanière, couvrit l'entrée, mais ne ralluma pas le feu.

Dans cette obscurité profonde, le temps d'un instant, il lui avait semblé entendre le cri d'une femme.

16

Arrivées dans la vallée, nous nous sommes séchées au soleil, nos châles noués à la taille, les cheveux défaits. La tempête n'est plus maintenant qu'un chapeau de nuages tournoyants au-dessus du Pal Piccolo, mais elle m'a laissé un quadrillage de griffures sur les bras. Nous avons retrouvé la chaleur de la vallée, où les orages sont encore maîtres des cieux. La lumière est éblouissante, et les champs odorants. Je réémerge à la vie comme Perséphone au printemps, j'abandonne le royaume des morts jusqu'à la prochaine descente aux Enfers, qui pour moi sera une montée.

Si près de la maison, le poids du brancard s'est fait léger, les mots hésitants se changent en bavardages.

Longeant le ruisseau, nous croisons des enfants qui jouent à se poursuivre entre des giclées lumineuses. Je m'emplis de leur vitalité, je la sens danser sur ma peau en farandoles enfantines. Ils nous entourent en jouant aux chevaliers pieds nus, avec des lance-pierres au lieu d'épées et un chien sans oreilles pour unique destrier. Je jette aussitôt mon châle sur le brancard, afin qu'ils ne devinent pas de quoi est fait notre chargement, et je les laisse se pourchasser jusqu'au village. Pietro est avec eux, assis sur le petit pont, les jambes ballantes.

« Ta mère ? »

Il lève les yeux du livre qu'il lisait. Je reconnais le roman que je lui ai prêté avant que la guerre n'éclate.

« Elle est passée elle aussi avec une civière mais elle n'allait pas vers l'hôpital. »

Il regarde le brancard, sans nous interroger sur ce que nous transportons. Il se lève et nous accompagne.

« Il te plaît, le livre ? »

Il hausse les épaules.

« C'est beau.

— Mais… ? »

Il frappe du pied dans un caillou sur le sentier.

« Francesco dit que je ne devrais pas perdre de temps à étudier, que comme ça je n'aide pas ma mère », avoue-t-il.

À ce nom, Viola ne se retourne même pas. Je pense que c'est bon signe.

« Vraiment ? Et que devrais-tu faire, d'après lui ? »

Je refrène mon irritation.

« M'occuper, travailler. Mais je lui ai dit que je lis seulement quand j'ai fini tout le reste de ce que j'ai à faire !

— Ne l'écoute pas. Tu as compris ? »

Il hoche la tête, mais il semble abattu. Je vais devoir lui en reparler, dès que possible.

À Paluzza, les soldats chassent gentiment les enfants et nous demandent la plaque d'identification du jeune homme. Viola l'a conservée dans la poche de sa blouse et la leur tend sans la regarder. Ils nous disent de continuer vers le presbytère, où nous rejoignons les autres. Elles sont quelques-unes à être déjà reparties, d'autres se mettent en chemin en direction de leur maison.

Nous posons la civière, le dos qui craque après des heures de tension.

« Je voudrais bien rester, mais les enfants m'attendent, nous dit Lucia, les yeux brillants. J'en ai préparé deux. »

La caresse qu'elle nous fait sur le visage, à Viola et moi, est un encouragement que je ne comprends pas, mais que Viola semble saisir à la perfection. Je la vois secouer la tête, tout en s'enveloppant dans son châle désormais presque sec.

« Je n'y arrive pas », murmure-t-elle, et ses mots résonnent comme une demande de pardon alors qu'elle passe tout près de moi sans croiser mon regard.

Lucia se dirige vers la sortie, elle a du mal à s'en aller et je voudrais lui dire de cesser de croire que tous les enfants sont les siens, que cela lui fait du mal, que cela la mine.

« Si je peux, je reviendrai plus tard », promet-elle, avant de me quitter.

Dans le coucher de soleil limpide, je reste seule avec un mort devant le parvis de l'église. Sur le clocher, les choucas se disputent une proie avec des bruissements noirs de leurs ailes soyeuses.

« Ne m'abandonne pas toi aussi, hein. »

Je me retourne à temps pour voir la mine préoccupée de don Nereo se dissimuler derrière un sourire.

« Maintenant, cela ne m'est plus possible », réponds-je.

Son éclat de rire est l'écho d'un lointain souvenir, en ces lieux.

« Allez, portons ce pauvre chrétien à l'intérieur. »

Au presbytère, une table l'attend. Elle a été dégagée, un drap est tendu dessus comme un suaire, avec une bassine pleine d'eau et un linge déjà humidifié. Il n'y a pas d'autres dépouilles, j'imagine qu'elles attendent devant l'autel.

Nous plaçons la civière. Nous dénouons les cordons, nous roulons les couvertures sur les côtés. Pas plus bas, parce qu'il n'est pas utile d'y attarder le regard. Nous ne le dévêtons pas, nous n'aurions rien pour le changer, et au fond il est juste qu'il soit enterré avec l'uniforme qu'il a honoré.

J'ouvre les pans du drap et je découvre son visage. Comme il est jeune. Je voudrais le consoler et réchauffer sa pâleur.

« Il peut te sentir, si tu lui fais une caresse. »

Je regarde le prêtre.

« Non, je ne crois pas, mon père.

— Mais qu'en sais-tu, toi ? »

Je sens un sourcil se hausser.

« Personne n'est jamais revenu pour le raconter.

— Honte, honte, honte à toi. Tu as toujours été une croyante rebelle. »

Dans sa voix, il y a tout l'orgueil d'un père putatif.

Finalement, je la lui donne, cette caresse, je dois le toucher, ce garçon abandonné par la vie. Pendant que don Nereo lui coiffe les cheveux de côté, je lave ses mains et son visage avec le linge trempé d'eau de source. Je fais mine de ne pas remarquer les rigoles claires que les larmes ont ouvertes sur les pommettes. Je les efface, je le confie sereinement au paradis.

Tu as eu peur ? lui susurre mon cœur. Tu n'as plus aucune raison d'avoir peur.

Tu as souffert ? Te voici affranchi de la douleur.

Tu n'es pas seul. Nous t'accompagnerons.

Nous arrangeons son uniforme, nous remettons les mains en place en lui croisant les doigts. Nous posons le chapeau à plume sur la poitrine.

« Tu peux y aller, si tu veux », me fait don Nereo.

Non, je ne m'en vais pas. Nous portons le jeune homme auprès de ses camarades sous le crucifix vieux de plusieurs siècles, j'assiste à la bénédiction et récite une prière, même si ce sont d'autres mots que je voudrais adresser à Dieu. Je les remâche en silence, je les ravale, les yeux fermés. L'odeur de l'encens, des cierges et du passé recouvre celle de la mort.

Jusqu'au crépuscule, c'est un labeur en sourdine, de pelles et de cordes, un va-et-vient en arc de cercle, du presbytère au cimetière. Enfin, la nuit arrive avec le violet des chardons posés sur la terre remuée des tombes.

J'ai l'impression d'avoir inhumé aussi quelque chose de moi-même au fond de ces fosses. Quelque chose de moi qui ne respire plus.

17

Je me remplis les mains des muscles de mon père. Je les lisse, je les étire et je les comprime. Ils semblent frétiller sous l'onguent, mais c'est une illusion qui dure juste le temps que la peau sèche. Si j'appuie un peu plus, je sens les os. Il est loin le temps où son corps dominait ces forêts en assenant des coups qui abattaient des sapins centenaires, et ceux où, heureuse, je me balançais suspendue à son bras ne sont peut-être plus qu'un rêve.

Je ne peux m'empêcher de penser que les muscles invisibles qui nous soutiennent ne sont pas très différents de ceux qui sont faits de chair. Ils grandissent avec nous, se bandent pour accomplir des sauts de la volonté et se gonflent sous l'emprise de la douleur. Ils peuvent se déchirer et moi, aujourd'hui, cette déchirure, je l'ai ressentie plus que jamais.

Je rhabille mon père avec les gestes bien rodés d'un rituel. Il émane de lui une odeur d'enfant et je l'accompagne vers une vie nouvelle en le tenant par la main, un pas chaque jour. Ma mère le disait : la naissance et la mort appartiennent aux femmes.

Je lui ouvre les bras, les dispose sur les coussins, je crée un cercle dans lequel je m'abrite et que je ferme autour de moi. Cela me réconforte de retrouver la voix inchangée de son cœur : c'est un battement regorgeant de vie. C'est un nid encore chaud, sa poitrine.

« J'ai fait des choses que je n'aurais jamais cru, lui avoué-je. J'ai vu ce que c'était que de mourir de la main d'un autre. »

Je passe sa main sur mes cheveux et j'attends un réconfort qui ne peut arriver.

J'ai appris dans les livres que la réalité est notre interprétation personnelle des faits. Nous déployons sans relâche une étoffe sur les personnes et les choses, nous en ordonnons les plis avec nos jugements, ou alors nous les créons avec nos doutes. Nous coupons et nous cousons, en confectionnant avec nos pensées notre petit monde dans lequel nous racontons ce que nous sommes et ce que sont les autres, mais le point de vue d'un personnage n'est jamais fiable par définition, pas même si c'est celui du héros de l'histoire.

Et voilà qu'il m'est plus facile d'accepter l'impression que me suggère le silence inévitable de mon père : celle d'être l'antichambre d'une révélation – ma révélation. Son silence me défie de prononcer les mots que j'ai gardés pour moi, presque comme s'il s'entêtait à ne plus m'adresser les siens, jusqu'à cet instant.

Encore une fois, je raconte, et pourtant j'accepte ce pacte comme si mon interlocuteur était mon père, et non moi-même.

Dis-le, Agata, et peut-être cette nuit la conscience ne frappera-t-elle pas à la porte de ton sommeil, elle n'écorchera pas ta volonté d'oublier jusqu'à la mettre en morceaux, jusqu'à entremêler les tendons du remords pour en tresser des cages.

« J'ai vu des jeunes fracassés par les obus, chuchoté-je. De l'autre côté des tranchées, ce doit être pareil. Ils enterrent des jeunes gars taillés en pièces, papa. » Je serre fort sa main dans la mienne. « Je les ai un peu tués moi aussi. »

18

La douleur me réveille. Les tempes battantes, une hanche qui pèse contre le rebord du lit; je me suis endormie sur la chaise, penchée sur mon père. Il dort avec une expression sereine, mais il a besoin d'être lavé.

Il fait jour, une découverte qui me fait me redresser d'un coup en position assise, les yeux poisseux de sommeil, si gonflés que j'en sens le poids. Depuis que j'ai cessé d'être enfant je devance l'aube.

Quelqu'un frappe à la porte. Je reconnais la véhémence et la voix qui croasse des insanités.

Je cours ouvrir. La vieille rebouteuse pointe sur moi ses yeux laiteux comme si elle savait à quel endroit exact croiser mon regard.

« Ton père est enfin mort ? s'enquiert-elle.

— Non !

— Alors pourquoi suis-je encore ici dehors à devoir attendre ?

— Pardonne-moi, j'étais épuisée. »

Elle entre dans un froissement de jupes piquées d'aiguilles de pin. Elle répand dans l'air l'odeur de la pipe qu'elle a déjà fumée à peine réveillée : plus du tabac, mais des feuilles de noyer et de la poudre de gentiane, comme il est désormais d'usage dans la vallée. Un sachet de remèdes est pendu à sa taille, des flacons qui tintinnabulent à chaque pas, au rythme de son bâton.

« Et moi au contraire je ne me fatigue pas à venir jusqu'ici tous les matins pour soigner celui qui ne peut pas être soigné », se lamente-t-elle.

J'enfile mes *scarpetz* en vitesse.

« Tes mains sont précieuses, il a besoin de bouger. Je n'ai pas eu le temps de lui faire sa toilette », dis-je.

Elle s'arrête. De dos, elle forme un gros ballot noir, et des plumes minuscules sont prisonnières dans la trame du châle ; leur barbule blanche tremble comme si elles avaient une vie à elles. La vieille rebouteuse prononce entre ses lèvres une formule que je n'ai jamais réussi à déchiffrer : un claquement qui se termine sur une aspiration.

« Cela te coûtera cinq lires de plus, annonce-t-elle.

— Cinq lires ? Je n'ai pas cinq lires !

— Oh, ne mendie pas avec moi, petite rusée. Bien sûr que tu les as. »

Je la contourne, je cherche son visage fripé. Je veux qu'elle sache d'où vient ma voix.

« J'ai besoin de ton aide, rien que pour cette fois.

— Et tu l'auras. Pour cinq lires de plus. »

Je soupire.
« L'eau est dans la cuvette sur la table. Réchauffe-la, ne t'en sers pas froide. Tu sais comment faire, tu connais cette maison. » Pour cinq lires, je peux quand même lui donner des ordres. Je lui mets dans les mains les vêtements propres qu'elle laisse tomber. Je les ramasse et les lui remets de force dans les mains. « Aujourd'hui, ils vont me payer le trajet et à mon retour j'aurai ton argent. »

Elle me laisse aller jusqu'au seuil de la pièce. Quand les gonds grincent, son ricanement est un ébranlement de vieux os et de poumons mal en point qui enfle peu à peu.

« Je crains qu'aucune d'entre vous ne monte, aujourd'hui, persifle-t-elle. Et dimanche les cloches vont sonner le glas.

— Que veux-tu dire ? »

Je garde les yeux fixés sur les rares dents qui restent à la guérisseuse : elles s'ouvrent et se ferment et laissent échapper une malédiction de cet antre qui pue la tombe. Son museau semble suivre quelque chose qui flotte dans l'air, jusqu'à moi.

« Tu ne l'entends pas ? murmure-t-elle, une main à l'oreille. Tu ne l'entends pas, Viola qui hurle ? »

Je regarde dehors.

« Cours, Agata ! Cours, mais tu arriveras de toute façon trop tard. »

Je laisse aussitôt derrière moi son rire, et je file à toutes jambes. Je me précipite dans la rue qui descend vers la maison de Viola et devant la palissade je m'agrippe pour ne pas tomber. Sa mère est dans le potager.

« Viola ? » demandé-je, le souffle court.

Elle pose par terre les seaux d'eau et porte une main à son front.

« Elle est venue te chercher quand il faisait encore noir, me répond-elle, mais ensuite elle est descendue seule à Paluzza. Qu'est-ce qui t'est arrivé ? »

Je cours à perdre haleine et à Paluzza je découvre la place en effervescence. Enfin, j'entends les hurlements : ils ne proviennent pas de Viola, mais d'une femme qu'il me semble reconnaître. Elle s'arrache les cheveux, agenouillée dans la poussière. Je m'approche des femmes qui l'entourent sans même tenter de la consoler. Il est inutile de les questionner.

« Elle a perdu le seul fils qui lui restait. Il a sauté sur une mine, dans le Karst.

— Giulio ?

— C'est lui. Elle ne récupérera même pas le corps. »

Nous étions camarades d'école, Giulio et moi. C'est seulement à cet instant que je vois la lettre sur le ventre de sa mère, la scène est celle d'une annonciation inversée. Je voudrais lui dire au moins un mot, mais je n'y arrive pas, la pudeur m'arrête. La douleur est un moment intime qui impose la solitude, c'est l'accomplissement d'une coupure qui requiert d'avancer à pas lents. Parfois, une existence entière. Le châle de ma mère était resté suspendu à la branche du poirier pendant des semaines, avant que mon père ne trouve le courage d'affronter son parfum.

Il restait cloué par l'amour dans l'« avant », en sachant qu'il n'y aurait plus d'« après », plus pour eux deux.

La mère en deuil me saisit par la main, avec violence. Elle fixe le sol, la voix est dure, comme si c'était de là qu'elle provenait.

« J'ai perdu un fils. Il y en a qui ont perdu leur futur époux. À la fin, nous sommes toutes pareilles : nos girons sont vides. »

Et c'est alors que je l'entends. Viola. Je reconnais son gémissement qui m'appelle. Je défais l'emprise des doigts qui voudraient transmettre leur douleur en plantant leurs ongles dans les existences des autres. Je suis cette plainte jusqu'à l'infirmerie, au numéro 88, au moment même où Caterina en sort. Elle me voit et secoue la tête, d'une main elle se couvre la bouche. Elle a les yeux gonflés, prêts à sortir de leurs orbites.

« Que s'est-il passé ? »

Lucia nous rejoint, et elle répond à sa place.

« Une mission, de nuit, me dit-elle. Un massacre.

— Sur le Pal Piccolo ?

— Oui. Aujourd'hui, on ne monte pas.

— Où est Viola ? »

Je me fraie un passage dans le va-et-vient des brancards et des chariots de médicaments, entre ces nouvelles femmes-anges vêtues de blanc que l'on appelle des infirmières. Je les vois marcher d'un pas rapide et disparaître derrière des paravents, s'entretenir avec des médecins et réconforter des parents. J'ai lu dans les journaux la nouvelle du veto opposé par l'Église à leur présence dans les hôpitaux de campagne : trop de nudité masculine offerte à leur regard. Mais les temps ne sont pas à la pudeur et, face à l'accumulation de morts et de blessés que produit la guerre, le Saint-Père lui-même a été contraint à certaines concessions. Ces femmes servent là où elles sont.

Je me laisse guider par l'odeur du sang, la plainte de Viola s'est tue. Quand je la retrouve derrière une cloison, je voudrais tourner les talons et m'en aller.

« Viola, viens, m'obligé-je à lui dire, et, comme Caterina, je porte la main à ma bouche. De l'autre, je cherche son épaule et l'attire à moi. « Laisse-le », insisté-je, quand elle oppose une résistance. Ces yeux opaques, je les ai seulement vus chez ceux qui étaient déjà morts, mais elle respire, elle serre fort ce qui demeure de son artilleur.

Si elle reste, cela va la rendre folle. Je desserre la prise qui la lie à lui, sans rien céder à la pitié et à la répulsion, j'introduis mes doigts entre les leurs, je l'éloigne d'ici, en ignorant le hurlement féroce qui lui enfle la gorge et les veines. Il s'adresse à moi, ce hurlement. Un avertissement, une admonestation à ne pas les séparer.

Nous luttons jusqu'à ce que Lucia et Caterina m'aident à l'entraîner à l'extérieur du petit hôpital; c'est alors qu'elle s'effondre dans mes bras et se met à pleurer. Je la berce, je la couvre de baisers et de mots qu'elle n'entend même pas, j'en suis consciente.

Sa mère et son père épouvantés l'appellent depuis la place. Ils ont dû descendre au village à ma suite.

Quand ils nous rejoignent, je laisse Viola à leur étreinte et me retire à l'écart, prise de vertige. L'équilibre s'est de nouveau rompu. La force vitale de Viola alimentait la mienne.

« Agata ! »

Amos court vers moi et je remarque aussitôt sa besace gonflée qui rebondit à chacune de ses foulées.

Mon cousin m'agrippe les épaules.

« Quelle chance de t'avoir trouvée, fait-il, haletant. Je pars, j'ai juste le temps de te serrer dans mes bras.

La nouvelle et son enthousiasme me déconcertent.

« Ils m'envoient dans le Karst, ils ont accepté ma demande de transfert, me dit-il. Je vais combattre. »

Je voudrais lui demander ce que nous avons fait jusqu'à ce moment, selon lui.

« Et ici, il reste qui ? lui demandé-je.

— Je t'enverrai des nouvelles, promet-il. On fait l'Histoire, Agata. »

Je regarde mes mains.

« L'Histoire est un conte qui exige d'être écrit avec du sang. »

Amos comprend ce qui me fait avoir les doigts moites et il baisse la voix.

« Ce n'est pas une époque où l'on a le droit de penser au singulier. Prends soin de toi.

— Attends !

— Dis-moi, vite.

— Qu'est-ce qui s'est passé sur le Pal Piccolo cette nuit ? »

Il regarde autour de lui, l'air circonspect, mais personne ne prête attention à nous.

« Un officier a trouvé un tronçon de tranchée déserté, pendant sa tournée d'inspection, pile à l'endroit où les lignes ennemies sont les plus proches des lignes italiennes.

— Désertée ? Tu veux dire abandonnée ? »

Amos crache presque le mot.

« *Trahison*. Ils ont trahi, Agata. Treize d'entre eux sont passés à l'ennemi. La nouvelle a été tout de suite télégraphiée au commandement, les déserteurs ont été identifiés et le tribunal militaire de guerre les a condamnés par contumace. Tu sais ce que cela signifie ? »

Je secoue la tête.

« S'ils remettent les pieds en Italie, c'est le peloton qui les attend. »

En disant cela, il étreint très fort son fusil. Je repense à ce que j'ai vu à l'hôpital.

« Et ces jeunes gens qui sont morts déchiquetés ? »

Amos sort un mégot de cigarette de sa poche gousset et se le fiche entre les lèvres.

« Le capitaine Colman a été obligé de rendre son honneur à la compagnie, murmure-t-il. Il n'y avait pas d'autre moyen, sans quoi elle aurait été dissoute à cause des agissements honteux de quelques hommes. »

Je le prends par le bras.

« Qu'est-ce qu'il a fait ? insisté-je.

— Il a mis sur pied une Compagnie de la Mort et il a repris le col où les Autrichiens avaient accueilli les déserteurs. À coups d'explosifs, armés de mortiers de tranchée Bettica et de tenailles.

La Compagnie de la Mort. Je sais de quoi il s'agit : une poignée de soldats qui, rampant dans la nuit jusqu'aux lignes ennemies, coupent les barbelés et s'introduisent dans les lignes arrière, chargés d'explosifs. Des soldats volontaires, parce que la majeure partie de ces hommes saute dans les airs avec les tranchées ennemies. Ils vont au suicide.

« Je dois y aller, me dit Amos. Nous nous reverrons à la fin de la guerre, sinon, imagine-moi heureux, au paradis. »

Je reçois son baiser et je le regarde s'en aller vers son destin avec l'enthousiasme mal placé d'un gamin.

Je traverse la place du village sans plus rien éprouver, je suis une coupe vidée qui bientôt se remplira du seul sentiment qui, par ici, circule avec abondance : le désespoir. Dans ma bouche, je remâche un seul mot en silence : l'honneur. Il provoque ma colère.

Ainsi, quand je le reconnais au milieu de ses hommes, sérieux et froid comme je l'ai toujours vu, mes jambes couvrent cette distance sans que ce soit moi qui l'ordonne vraiment.

« C'est quoi, l'honneur ? » lancé-je, en criant presque.

Tous se retournent, le docteur Janes éteint son sourire comme il le ferait d'un mégot de cigarette.

Mais lui, le capitaine Colman, ne m'accorde pas la moindre réaction.

Je lui redemande : « C'est quoi, l'honneur ? », et je tends les paumes vers lui. C'est un signe de reddition à une logique masculine que je ne comprends pas, ou c'est peut-être une forme d'attaque. Le sang est sec, il s'obscurcit, mais un homme comme le commandant le reconnaîtrait même dans le noir, me dis-je.

Les autres nous laissent seuls, nous affronter.

Je répète : « C'est quoi, l'honneur », et cette fois ma voix est un sifflement.

« Pour vous, cela semble quelque chose de maléfique, observe-t-il.

— Ce n'est pas à moi que je pose la question.

— Vous en êtes sûre ?

— Vous les avez envoyés au massacre pour retrouver l'orgueil que vous aviez perdu ! »

Je me tais, soudain rétive à l'idée de prononcer un seul mot de plus. La réaction violente que j'attendais ne vient pourtant pas. Le capitaine Colman laisse glisser une cigarette hors de sa manche et l'allume. Sa main droite est bandée, tant bien que mal. C'est la première fois que je le vois fumer. À bouffées profondes, et quand il répond, il le fait non sans une certaine complaisance dans la voix.

« Vous me questionnez sur l'honneur comme si vous n'en saviez rien, me dit-il.

— C'est le cas, en effet. Je ne le reconnais pas dans ce que je vois.

— Vous ne reconnaîtriez donc pas un être qui vous est cher simplement parce que l'expression de son visage est muette ?

— Je ne le reconnaîtrais pas, si son expression était féroce, plutôt que fière. Je douterais de son identité. »

Il me scrute entre ses paupières mi-closes.

« Vous avez pleuré, cette nuit ? me demande-t-il.

— Il n'y a aucun honneur à restaurer son orgueil en sacrifiant la vie des autres.

— Oui, vous avez pleuré. Et longtemps, à en juger par vos traits gonflés.

— Vous m'avez entendue ? »

Il recrache un nuage de fumée, et peut-être aussi de colère. Il l'expulse, de sorte qu'elle ne me parvienne pas à travers les paroles qu'il prononce.

« L'orgueil… C'est déjà la deuxième fois que vous le mentionnez. Je ne sais qu'en faire, dans la tranchée, de l'orgueil. Vous parlez de ce que vous ne connaissez pas, vous ne connaissez pas les raisons de la guerre.

— Il en existe ?

— Plusieurs, à dire vrai.

— Un exemple ?

— Un seul ? Je vais vous en donner un. Supposez qu'une poignée de soldats déserte sa compagnie et décide de se rallier à l'ennemi. Vous penserez que la boue jetée à la face de leurs camarades et de leur commandant se conçoit seulement au sens figuré. Vous me suivez ? »

J'opine.

« Eh bien, non, Agata. Cette boue est réelle, si réelle qu'elle salit ceux qui sont restés fidèlement à leur poste. Elle les souille de doute, et le doute est dangereux. À la guerre, on doit se fier à ses hommes et à ses camarades comme s'il s'agissait de pères et de frères. C'est une chaîne de survie. Respect, confiance, valeur : ce ne sont pas que des mots. » Il esquisse un geste de la main, comme pour remettre en mouvement l'histoire qu'il a commencé à raconter. « Si le commandement suprême se prend à douter de la fidélité des soldats qui restent, le commandant sait quelles pourraient en être les conséquences : la dissolution de la compagnie, pour cause de déshonneur, l'envoi de ses hommes sur d'autres lignes de front, séparément, marqués d'une honte indélébile qui les isolera et les exposera aux risques les plus graves. Car alors, personne ne veillera plus sur eux. »

Je commence à comprendre où il veut en venir, mais je le laisse terminer.

« Ainsi le commandant sait ce qu'il est nécessaire de faire. Entendez-moi bien, Agata : nécessaire. On y va, et on livre une preuve tangible de son amour pour la Patrie, car du jugement que nos supérieurs porteront sur toute l'entreprise dépendra le destin de ceux qui restent. Certains ne reviendront pas, et bien que cela vous soit incompréhensible, bien que cela puisse vous paraître brutal, ces morts aideront les autres à aller de l'avant. »

La cigarette s'est consumée. Le capitaine Colman observe un moment la braise qui faiblit, puis il la jette au loin. Ma colère s'en est allée avec elle.

« Maintenant dites-moi ce qu'est l'honneur », répété-je.

Il soupire, puis il esquisse un sourire.

« Quand tout est perdu, l'honneur est l'unique monnaie d'échange qui reste à l'homme pour se voir reconnu comme tel, et non comme un être ignoble. C'est l'unique possibilité qu'il a de ne pas finir devant un peloton d'exécution.

— Vous n'êtes pas un idéaliste. »

Il rit.

« Je le suis, mais la guerre, malheureusement, a tendance à rendre pragmatique. » Il baisse les yeux sur mes mains et redevient sérieux. « Je suis désolé pour ces hommes qui se sont fait tuer, je suis désolé de la perte qu'a subie votre amie, mais la vérité, c'est que le sang que vous avez sur les mains est béni, c'est le sauf-conduit pour la vie des autres. »

Je songe que, quand on n'est pas parmi les premiers à s'élancer, on ferait mieux de parler du sacrifice avec retenue, lorsque je remarque un détail insolite sur son uniforme.

« Vous étiez avec eux », dis-je, et mes lèvres tout à coup se figent.

Il observe sa poitrine, comme s'il venait seulement de se souvenir de la plaque de métal qui la protège. Il détache les sangles et la laisse tomber. Un instant, le masque de sang-froid derrière lequel il a l'habitude de s'abriter glisse aussi à terre. Je réussis à percevoir son malaise.

« Vous voulez savoir ce qu'est l'honneur ? lui demandé-je.

— Dites-le-moi.

— Un capitaine qui n'abandonne jamais ses hommes, ni au combat, ni dans le souvenir. »

Il tourne la tête vers les montagnes.

« Je ne les oublierai jamais. »

J'en suis persuadée.

Le silence que nous laissons combler la distance creusée entre nous est rassérénant, c'est la paix, enfin. Et puis le capitaine se ressaisit, il ramasse sa plaque et la cale sous un bras.

« Il est temps de remonter, dit-il, la voix de nouveau ferme. Nous retournons à nos postes de combat.

— Et nous, demain, nous vous rejoindrons. »

Il semble vouloir ajouter un mot, mais il finit par toucher son chapeau dans un geste de salut et s'en va.

19

Le grondement de l'explosion l'avait réveillé en sursaut. La montagne s'était ouverte et aussitôt refermée. Parfois, elle paraissait en vie, elle bouillonnait comme une créature survivante d'époques lointaines.

De son emplacement, il avait vu la ligne de front dévorée par des flammes violentes, le long du territoire qui s'étirait en forme de corne vers les lignes ennemies : une langue de terre de quelques dizaines de mètres de longueur séparant les deux armées. Les Italiens avaient frappé de nuit, ils avaient pris leur revanche en lançant une action folle et téméraire, fille du tempérament qui faisait leur réputation : des individus latins, d'humeur changeante, aisément capables d'emballement comme de découragement, devant un ennemi froid et décidé, mais aptes à se reprendre de la manière la plus inattendue. La résistance à la fatigue dont ils faisaient preuve était aussi impressionnante que leur manière fantasque d'interpréter la discipline. Ils étaient imprévisibles et, de ce fait, dangereux.

Même les Kaiserjäger *les craignaient. Lui aussi, après cette nuit-là, il avait fini par les considérer d'un autre œil.*

Ses supérieurs lui avaient enseigné tout ce qu'il savait sur l'art de la guerre, il avait appris qu'une armée est un organisme vivant, fruit d'une œuvre collective immense, parachevée à travers plusieurs générations. C'était l'expression du peuple et de la nation qui l'avait engendrée. L'armée italienne était une créature jeune, dépourvue de traditions militaires, de la formation et des arsenaux que l'Empire, lui, se vantait de posséder, elle était la fille d'une nation arriérée et minée par des divisions internes. Sur le papier, elle était impuissante. Et pourtant, dans ces montagnes, elle ne cédait pas d'un pouce. Quelque chose de la grandeur des légions romaines de l'Antiquité demeurait latent chez ces hommes.

Ce qu'il avait vu cette nuit-là le hanterait durant toute la guerre, et peut-être au-delà.

À la faveur de l'obscurité, couverts par le sifflement de la tramontane, les Italiens s'étaient glissés juste au-dessous des lignes ennemies et, au prix de lourdes pertes, ils les avaient enfoncées. Le commandant qui les menait était resté jusqu'au dernier moment, si bien qu'il avait eu tout le temps d'effectuer sa visée, d'évaluer la distance, la direction et la force du vent, et de calculer le meilleur moment pour appuyer sur la détente. Néanmoins, à la dernière seconde quelque chose l'avait perturbé. Cet homme avait levé les yeux en les braquant dans sa direction, en plein dans le viseur avec lequel il le scrutait. L'Italien était entouré de flammes, illuminé, parfaitement visible. Et il le regardait. Il savait qu'il était là, posté sur la paroi rocheuse qui dominait le plateau, et pourtant seule la lueur des étoiles reflétée par le métal du fusil aurait pu indiquer sa présence.

Or, cette nuit-là, il n'y avait pas d'étoiles et il n'était qu'un point noir sur une page tout aussi noire. Cela signifiait que l'Italien l'étudiait depuis un certain temps, sûrement jusqu'au crépuscule de cette journée.

À un certain moment, l'Italien avait empoigné son fusil, l'avait pointé sur lui.

Un geste insensé, qui l'avait troublé. Jamais il n'aurait pu le voir, s'imaginer le frapper. Jusqu'à ce qu'il comprenne : le commandant italien ne le défiait pas, il donnait à ses hommes le temps de regagner leurs lignes arrière.

Ils lui avaient tout enseigné sur la guerre, et son père quantité de choses sur la chasse, mais il n'avait jamais été confronté à rien de semblable, un comportement si éloigné du caractère animal, de l'instinct de survie.

Lorsqu'il était enfant, son père l'avait emmené pour une battue sans fusils. Surpris, il l'avait entendu lui dire en riant derrière sa moustache : « Aujourd'hui, nous observerons, Ismar. Nous allons choisir la proie. Ouvre bien les yeux et les oreilles. »

Ils avaient suivi les traces d'un groupe de cinq cerfs, jusqu'à la nouvelle arène que les bêtes avaient choisie pour les joutes auxquelles elles se livrent pendant la saison des amours. C'étaient des animaux fiers et puissants, ils les avaient vus effectuer des sauts impressionnants entre les roches ruisselantes. À un certain stade, un membre du groupe s'était retourné, revenant sur ses pas pour repousser le dernier de la colonne. Son père avait aussitôt désigné l'individu qui avait roulé à terre, un spécimen au pelage mélanique qui en apparence n'avait rien de différent des autres.

« C'est notre proie, le membre le plus faible, dit-il. La harde l'a choisi, c'est celui qu'elle peut sacrifier. Si un loup s'attaque au groupe, personne n'accourra à sa défense. Il est déjà condamné. C'est la nature, Ismar. »

Et Ismar avait vite appris que cette loi s'appliquait bien au-delà des frontières de la forêt.

Mais pas ici, pas au milieu de ces montagnes, dans le clan du commandant italien qui se dressait devant lui comme un guerrier invaincu.

Défait, Ismar avait abaissé son fusil.

L'Italien l'avait regardé encore un moment, puis il avait disparu dans la fumée du brasier, comme une vision. Il fermait la marche. Aucun blessé n'était resté en arrière, aucun mort parmi les leurs n'avait été abandonné.

20

Des semaines se sont écoulées, les montagnes sont des pyramides changeantes. Il n'y a rien de triste dans les feuilles qui tombent à l'automne : les arbres cèdent à la terre le superflu en se préparant au long sommeil de l'hiver, mais avant cela ils s'embellissent de la pourpre et de l'or d'un cardinal. C'est un salut vivace qui précède l'ultime bâillement.

En revanche, quand ce sont des bourgeons qui tombent, alors c'est une maladie.

C'est ce qui se passe, nos enfants ont commencé à mourir, à réduire les familles de la vallée à l'état de squelettes. Jamais nous n'en avions perdu autant, il y a des mères qui en pleurent jusqu'à trois. Je peux seulement tenter d'imaginer l'écho hurlant d'un ventre auquel on a extirpé son propre fruit.

Je pense qu'être seule est une bénédiction, il n'y a rien de plus obscène que devoir enterrer le fruit de sa chair. Les enfants tombent non pas sous un coup de fusil, mais à cause de la maladie qui accompagne la guerre, répandant une bave infecte et qui, comme les légions de démons, portent quantité de noms : faim, peines, faim, fièvres qui dévorent de l'intérieur, privations. Et faim encore.

Nombre de ces femmes en deuil ont rejoint ces ascensions, elles ont rameuté des filles rescapées qui n'avaient pas treize ans et des grands-mères aux yeux secs, de la limite du col de monte Croce en longeant tout le cours du Bût et du Degano, jusqu'au Val Canale et plus bas, dans le village de Dogna.

C'est comme si la mort nous avait appelées aux armes pour défendre la vie. Nous ne pouvons attendre, ni nous en remettre à l'espérance. Parfois, je pense que nous sommes, nous, l'espérance.

Et nous sommes si nombreuses. Deux mille femmes, paraît-il. Un bataillon.

21

« Agata, *anin.* »

Des mains me dérobent mon sommeil. J'ouvre grand les yeux dans l'obscurité. La nuit hulule, le vent fait ployer les vieilles planches maintenues ensemble par des clous centenaires.

C'est la voix de Viola qui m'a réveillée, ou peut-être celle de ma conscience. Je voudrais répondre non, aux deux. Au milieu de la paille de l'étable, au milieu des odeurs des chèvres maigres que le malheur a épargnées pour l'heure, je cherche à tâtons les sabots cloués. Quand je les enfile, dans un geste désormais naturel, les plaies me font mal.

L'air est glacé, l'hiver frappe en avance. Je me mords les lèvres fendues par les vents d'altitude, dans un silence qui a une saveur de sang.

Anin. Allons-y. Je me serre dans mon châle.

Anin. Une nouvelle ascension. Une nouvelle escalade de plusieurs heures avec l'humidité qui épuise les os, la laine des chaussettes qui pique, le froid qui ouvre des crevasses douloureuses sur la peau et le poids exténuant de la hotte. La peur des tireurs d'élite autrichiens qui hantent comme des démons blancs les étendues givrées du Val d'Inferno jusqu'à Malpasso n'est rien en comparaison de celle des avalanches.

Je me demande si, en fin de compte, j'en sais plus que ce fantôme. Je me demande ce que je suis, moi, hormis une porteuse.

« Tu as dormi ici ? » me demande Viola.

Je ne lui dis pas que les bêtes étaient agitées, que parfois je trouve un réconfort dans leur présence, dans le rapport entre mère et enfant fait de proximité et de tiédeur. Viola elle aussi est un spectre, qui me regarde comme si je ne la voyais pas vraiment, qui n'éprouve plus rien si ce n'est le besoin de retourner chaque jour là où elle a été heureuse. Certains disent l'avoir vue monter sur le *pal* même de nuit, une bougie dans les mains.

« Nous devons y aller, don Nereo nous appelle au rassemblement, dit-elle.

— C'est déjà l'aube ?

— Non, c'est encore la nuit. »

C'est maintenant seulement que j'entends les cloches sonner furieusement. Ce n'est pas un chant de joie. Je me lève d'un coup.

« Que se passe-t-il ?

— Ils ont trouvé dans la giberne d'un officier ennemi un plan d'assaut pour les premières heures du matin. Les tranchées sont dégarnies, des hommes et des armes manquent. Nous essayons d'y aller. Tous les villages se réveillent. »

Je m'arrête.

« Nous allons au combat ?

— Soit nous montons, soit les Autrichiens descendent. »

Je voudrais voir son menton trembler, entendre le craquement de quelque chose qui se brise en morceaux, mais à cet instant tout en elle est solide, si ferme que je la sens distante, irrémédiablement. Viola croit avoir déjà perdu tout ce qui comptait pour elle.

« Dépêche-toi, tu penseras à ton père plus tard. »

Elle me pousse dehors, ferme la porte de l'étable pour moi. Je me libère de son emprise et jette un œil sur l'arrière de la maison : le potager est éventré. La présence qui s'est mise à tourmenter mes nuits se fait sans cesse plus tangible, plus violente. Si proche qu'elle peut faire mal.

Viola se rend compte elle aussi du carnage.

« Quel animal… » commence-t-elle à dire, mais ensuite elle remarque le portail fermé et la palissade intacte. Elle secoue la tête, incrédule. « Ce n'était pas un animal.

— Cela dépend comment tu l'entends, dis-je. Pour moi, c'en est un.

— Qui est le misérable ?

— Francesco. »

À une époque, elle aurait juré vengeance, elle aurait couru chez son père l'exiger pour moi. Aujourd'hui, elle se tait.

À Paluzza, nous nous joignons aux autres et à quelques vieux capables de tenir debout.

« Les enfants, non, murmuré-je en regardant autour de moi.

— Ils feront seulement une partie de la montée, et puis nous continuerons seules », me rassure Lucia. Ses enfants aussi sont là et chacun d'eux porte quelque chose dans les bras. Les cloches se sont arrêtées de sonner et don Nereo est descendu sur la place pour organiser les colonnes de porteuses et les habitants de la vallée qui ne vont pas tarder à grimper par les sentiers muletiers dans l'obscurité.

« Faites vite, je vous en conjure. Faites vite », répète-t-il en passant au milieu de celles qui attendent de recevoir leur chargement et d'autres déjà prêts à s'avancer vers le front.

Je claque des dents, je pense que l'effort nous réchauffera, mais quand nous nous mettons enfin en chemin, ce claquement ne cesse pas. Au moins, le bruit familier des pas calme les pensées, et les enfants eux-mêmes sont devenus obéissants.

Je monte le visage levé vers les étoiles. Plus jeune, j'étais convaincue de pouvoir entendre leur voix, par les nuits plus froides je cherchais à en saisir le crépitement d'une oreille attentive. Un feu bleu qui brûle en flèches de cristal, c'était ainsi que je les imaginais, mais depuis longtemps elles restent muettes et toutes mes tentatives de redevenir enfant sont inutiles.

Et pourtant il ne me sert à rien d'imaginer la glace : elle nous entoure, elle menace les pas de ceux qui n'enfilent pas les *dalminis* cloutés, elle s'agrippe aux ourlets des habits et embroche la peau découverte. Quand nous arrivons à mi-parcours, elle flotte dans la brume et s'ouvre des trouées jusque dans les poumons.

Nous bridons notre respiration pour ne pas nous faire entendre et retenons dans nos mains les pierres que celles qui nous précèdent font imprudemment glisser. Sous nos pieds, elles sont blanches comme des os, elles m'apparaissent comme des crânes qui roulent.

Je me souviens de quelques vers gravés dans ma mémoire sous l'effet de la persévérance de ma mère : « *Prends garde où tu passes : va si tu peux sans fouler de tes pieds les têtes de frères épuisés et misérables.* »

Dante avançait sur le Cocyte avec la même prudence que nous ; le lac à l'apparence du verre et non de l'eau emprisonnait des hommes dans ses transparences, alimenté par des fleuves infernaux et glacé par le vent des ailes de Lucifer.

J'imagine mes frères comme les deux damnés pris au piège sous les pieds du poète ; si proches l'un de l'autre qu'ils ont entremêlé leurs cheveux, ils tordent le cou pour me regarder, et de leurs yeux surgissent des larmes qui se solidifient aussitôt, fermant leurs regards à la vie. S'ils étaient morts, je les retrouverais pour moitié dans la Caïne du bassin infernal, au milieu des traîtres de la famille, et pour l'autre moitié dans l'Anténore, avec les jeunes déserteurs qui sur ces montagnes ont tourné le dos à la Patrie.

Ma mère avait raison, les livres parlent de l'humanité et à l'humanité, en eux l'homme et l'Histoire se reconnaissent et se poursuivent, et peu importe dans quel passé lointain ils ont été écrits. Ils sont immortels.

L'au revoir aux enfants est poignant. Ils ne retourneront pas dans leurs maisons, ils attendront notre retour dans l'obscurité, ou ils s'enfuiront dans les bois, en cas de défaite. Maintenant nous voyons clairement ce que nous laissons derrière nous, ce qui nous pousse vers ce besoin de défendre les confins de cette nation, au point d'en faire partie.

Je regarde derrière moi et je vois des cordons de flambeaux accrochés à la montagne comme des guirlandes. Nous sommes si nombreux et nous sommes armés, mais réussirons-nous à aller au-devant de la mort avec courage ?

Il y a quelque temps, je me demandais ce qu'était la vaillance, et maintenant je me demande si elle peut battre dans ces pauvres poitrines, ou si l'instinct de survie aura le dessus et nous fera fuir.

À proximité du sommet, nous éteignons les torches contre les pierres humides, mais le chemin ne continue plus dans l'obscurité. Le brouillard épais reflète les plus petites étincelles de lumière, jusqu'à dérober une lueur bleutée à la nuit.

Sur le front, nous émergeons des brumes, fantômes détrempés plus épouvantés que les vivants. Les guetteurs braquent sur nous leurs fusils, avant de nous reconnaître.

« Nous sommes venus nous joindre à vous, annonce don Nereo. Nous déposons hottes et besaces, le cliquetis de ferraille des armes qu'elles contiennent lève le dernier doute sur nos intentions, et pourtant l'incrédulité subsiste.

« Qu'est-ce que vous apportez ?

— Des fusils et des bras pour tirer. Allez, ne perdons pas de temps. »

Le curé commence à vider les hottes. Les soldats l'aident et les armes passent de main en main, des lignes arrière aux premières lignes. Quelqu'un arrive avec les charrettes et y charge les projectiles.

« Votre générosité est touchante. » Le docteur Janes m'a rejointe, derrière moi. « J'ai accouru dès que j'ai su.

— Ce n'est pas de la générosité, réponds-je en forçant un sourire. En bas, ce sont nos familles.

— Vous n'êtes pas de celles qui restent à attendre.

— Et vous non plus, lui fais-je observer, en remarquant qu'il porte l'uniforme et qu'il est sali de boue.

— Les tranchées devaient être renforcées et maintenant c'est le tour de l'infirmerie. Je vais me débarbouiller un bon coup et je retournerai faire ce qui me réussit le mieux, ainsi que tout le monde l'espère. »

Il devra s'y plier des heures, des jours entiers, après la bataille. Et qui sait pour combien d'entre eux.

« Vous ne restez pas m'aider avec des paroles de soutien ? lui demandé-je.

— Vous aider ? J'ai l'impression que ce n'est pas vous qui serez le plus en difficulté. » Il me prend la main, l'approche de ses lèvres et prend congé avec un salut respectueux. « J'imagine ce que vous allez demander au commandant, mais je ne sais pas si je pourrais supporter de vous voir blessée. Pardonnez-moi. »

On nous fait signe de tout arrêter. Un officier qui ces derniers temps a souvent effectué l'ascension avec nous reconnaît Lucia et lui parle avec assurance.

« Dieu vous bénisse, mais maintenant, vous redescendez. La bataille va bientôt commencer.

— Nous sommes ici pour aider, répète-t-elle, en abaissant son foulard sur ses épaules afin de se découvrir la tête. Donnez-nous un fusil. »

Ces derniers mots figent tous les gestes.

« Lucia, vous êtes des vieillards et des femmes... Retournez dans vos maisons, avant qu'éclate la fin du monde.

— Jusqu'à présent, les femmes vous ont aidés à résister et les vieillards sont montés jusqu'ici : ils réussiront bien aussi à appuyer sur la détente, vous ne croyez pas ? »

L'Alpin semble désarçonné face au sourire posé de Lucia, presque comme s'il en avait vérifié la consistance réelle en la palpant de la main.

Le cercle autour de nous se rouvre, le capitaine Colman se fraye un passage au milieu de ses hommes. Il est sale lui aussi, le visage strié de noir.

L'officier qui a parlé auparavant désigne Lucia.

« Capitaine Colman, les femmes se proposent de combattre, mais celle-ci a des enfants. »

Il lève les yeux au ciel.

« Elles en ont presque toutes, nom de Dieu, et pas depuis hier soir. »

Le commandant se rend compte de ma présence.

« Agata Primus.

— Capitaine.

— Le danger… insiste le soldat, mais nous l'ignorons toutes les deux.

— Lucia a laissé ses enfants dans cette montagne pour venir ici les défendre, lui rappelé-je, et les autres en ont fait autant. Ne venez pas nous parler de danger, ou de courage. Abstenez-vous. »

Le capitaine Colman renvoie l'officier d'un revers de main.

« Combien êtes-vous ? demande-t-il, en suivant la longue file du regard.

— Nous n'avons pas compté. Elles ont répondu à notre appel de toute la vallée. Il y a aussi des hommes.

— Je vois. »

Il n'émet aucun commentaire sur leur allure.

« Nous sommes nombreuses, commandant. Vous voulez vraiment que nous repartions ? »

Il fait quelques pas.

« L'ennemi a été informé que notre ligne de défense se trouve momentanément dégarnie, dit-il à voix haute, afin que tous puissent entendre. Il attaquera en force pour l'occuper et le front va s'embraser. C'est maintenant ou jamais, pense le camp d'en face.

— Il pense mal. Cette ligne de défense n'est plus dégarnie, répond Lucia.

— *Le front va s'embraser*, répète-t-il.

— Ils nous trouveront prêts », l'exhorte don Nereo.

Colman lui pose une main sur l'épaule.

« Mon père, vous devriez réconforter les âmes, pas les exciter.

— C'est maintenant ou jamais pour nous aussi, interviens-je.

— Nous cherchons seulement à vous protéger, Agata.

— Alors laissez-nous en faire autant. »

Il secoue la tête. Il est maintenant face à moi.

« Les femmes n'ont jamais fait partie des armées, parce que les hommes ne sont pas prêts à les voir mourir.

— Vous vous trompez. Les hommes sont prêts à les tuer, ces femmes. Tous les soldats n'agissent pas par esprit chevaleresque. Vous savez très bien comme s'achèvent les invasions... »

Un muscle du visage tressaille, tant il contracte la mâchoire.

« Vous êtes capables de tirer ? s'enquiert-il.

— La plupart d'entre nous, oui, assure Viola. Nous sommes filles et femmes de chasseurs, depuis des générations. Fillettes, nous avons nettoyé et remonté des fusils. Et les autres peuvent apprendre sur le tas.

— Tirer ne signifie pas toucher.

— Dans cette brume personne ne peut même être sûr de réussir à viser une cible ! riposté-je, avec véhémence. Mais si nous unissons nos forces aux vôtres, le front du feu sera uni et imposant. Jusqu'à présent, qu'avons-nous fait de si différent de vos propres actions ? »

Je me tais, ce n'est pas ce que je comptais dire, mais c'est ce que je ressens.

D'un coup, les yeux du commandant me dévisagent. Je ne baisse pas les miens.

« Capitaine Colman, soit vous nous jugez dignes de rester à vos côtés, après tout ceci, ou alors…

— Que vous en soyez dignes ou pas, je n'ai jamais posé la question en ces termes, Agata. Ces lieux sont les vôtres, ils vous reviennent de droit, vous le savez. Ce n'est pas moi qui vous affirmerai le contraire.

— Alors faites ce qui doit l'être. »

Je me demande si quelqu'un ici parvient encore à respirer, tant est forte la tension.

Le commandant se fait remettre un fusil. Il me le met entre les mains, sans le lâcher.

« Le poids de cette guerre se déplace de votre dos à vos bras, dit-il. Vous serez en mesure de le supporter ? »

La question qu'il camoufle est tout autre. Il pense aux enfants effrayés qui attendent le retour de leurs mères, à mon père, aux autres infirmes laissés à leur sort, aux animaux sans défense. Nous pouvons sauver tout cela, nous pouvons aussi tuer, si nécessaire.

« Oui, nous le sommes. »

Il lâche prise.

« Des femmes sur le front, murmure-t-il. Qu'il en soit donc ainsi. Pareilles à nous. Nos égales. »

Je reste le regard fixé sur son manteau, tandis qu'il transmet les nouvelles instructions à ses hommes, concentrée sur le sourire que je l'ai vu dissimuler, sur les derniers mots qu'il a prononcés, échos d'une conversation que nous avons déjà eue et que le capitaine n'a pas oubliée.

Viola déroule le drapeau qu'elle a cousu ces derniers jours. Je la vois gravir une pente et se faire aider par un soldat pour le hisser à côté de celui qui est déjà déchiré par le vent et les obus. À l'ouest brillent des lueurs de torches : des feux de camp d'un avant-poste de guet, pour égarer l'ennemi.

Le commandant se retourne et m'appelle.

« Vous ne venez pas ? »

Je le suis, fusil à l'épaule, mes pieds trébuchent au milieu de dizaines d'autres pieds, au coude à coude avec les soldats, secouée d'un tremblement que je ne sais à quoi attribuer. Ce n'est pas seulement de la peur en moi, aujourd'hui, et ce ne sont plus seulement des hommes dans ces tranchées.

« Depuis cette meurtrière », me dit-il, alors que tous prennent position et que la confusion se mue en un ordre immobile le long des lignes. Nous alignons les fusils, le corps appuyé contre la paroi de pierres et de sacs de sable.

« Respirez. J'ai besoin de vous vivante.

— Comment pouvez-vous plaisanter ?

— La force de l'habitude, je suppose. »

Il m'aide à trouver une meilleure position du coude.

« Vous sentirez moins le recul. »

Ses galons d'officier ont été retirés de ses épaulettes et cousus au revers de la manche, afin de ne pas être à vue des *cecchini.*

« Vous n'avez vraiment pas peur ? m'étonné-je.

— La peur n'est pas un mal, si on sait la maîtriser.

— Et vous la maîtrisez ?

— Si vous me posez la question, c'est que je ne suis pas si convaincant.

— En fait, vous l'êtes trop.

— Qu'auriez-vous voulu faire de votre vie ? »

La question me surprend, je suis incapable de voir au-delà des mots qu'il prononce, je ne sais pas déceler l'intention qui les a guidés. Je peux seulement être sincère.

« Enseigner. » Les mots tremblent dans ma gorge. « Ma mère était institutrice. Elle m'a instruite sur tout ce que je sais.

— Pourquoi ne l'êtes-vous pas devenue ? Les hommes m'ont dit qu'ils ont beaucoup appris avec vous, ces dernières semaines. Vous avez démontré cette capacité, en peu de temps.

— Lucia m'a aidée, et Viola aussi, elle a…

— Pourquoi n'êtes-vous pas devenue enseignante ? »

Cela ne servirait à rien de raconter mon histoire, qui est pareille à tant d'autres.

« La vie fait souvent capoter nos projets. Et vous ? Qu'est-ce que vous êtes, sans l'uniforme ? »

Un sifflement déchire le brouillard et me fait sursauter. Il provient des premières lignes ennemies.

« C'est le signal pour les *Kaiserjäger*, qu'ils se mettent à leur poste et se préparent. » Le commandant approche l'œil de son viseur. « Au deuxième, l'assaut aura commencé. »

Je l'imite, mais ne vois devant moi que des nuages.

« Et nous ? Nous attendons ? demandé-je, sans reconnaître ma voix.

— Nous, nous répondons. Chargez les fusils ! »

Cet ordre sec se propage, repris de bouche en bouche, et le cliquetis métallique de centaines de fusils braqués se répercute dans le ravin, en se multipliant. C'est le grognement d'un fauve que personne n'avait jamais vu franchir ces crêtes.

« Ils ne passeront pas, m'entends-je dire, et je ne sais pas moi-même si c'est une prière.

– Agata... quoi qu'il arrive, quelle que soit la manière dont cela finira, le respect que vous avez gagné sera éternel. »

J'ouvre la bouche pour répliquer, mais en fin de compte je l'appuie contre la crosse du fusil.

Le silence qui suit est une chose qui, je le sais, sera impossible à oublier, si jamais je survis. Quelque part dans la brume, au-dessus de nos têtes, claque le drapeau du royaume d'Italie cousu par Viola. Je n'ai pas besoin de l'avoir devant les yeux pour le voir. Brodée un peu au-dessous de la croix de Savoie, déplacée sur le côté, à la place du cœur, je sais qu'une petite étoile alpine, un edelweiss, témoigne de notre présence ici, parmi ces hommes, sur ces frontières sacrées.

Le sang bourdonne dans les oreilles, les tempes battent au rythme furibond du cœur, mais le second coup de sifflet n'arrive pas. Je regarde le commandant, il continue de mettre en joue le néant avec son fusil.

« Ils ont peur, décrète quelqu'un. Nous les avons cueillis par surprise. »

Une pensée me vient à l'esprit : nous sommes peut-être déjà morts et nous ne le savons pas.

« Nous sommes peut-être déjà morts et nous ne le savons pas, répond quelqu'un d'autre. C'est ça, les limbes où nous sommes. »

Le murmure devient jacassement, puis des rires éclatent et s'éteignent aussitôt.

Depuis les lignes ennemies, on sonne une cloche avec force. Elle annonce la trêve quand les drapeaux blancs ne peuvent pas être vus.

« Ils n'attaqueront pas », souffle le commandant. Il est encore sur ses gardes, circonspect, refusant de croire à ce qui ne se produit pas.

La brume, notre présence inattendue et impondérable derrière ce mur blanc, le fait de se sentir observé quand l'ennemi pensait être le seul ici à tout observer, voilà ce qui l'a forcé à renoncer, à ne pas lancer l'assaut.

Nous restons en position un long moment, avant que le capitaine Colman ne décide le repli par petits groupes.

« Allons, filez, me dit-il. Aujourd'hui, ici, personne ne mourra.

— Et vous ?

— Je reste avec un détachement. »

Il décolle le visage du viseur, le temps d'allumer une cigarette, puis il interroge de nouveau la brume avec la compétence d'un devin.

Je m'éloigne, déconcertée tant je suis soulagée. Des fusées éclairantes sont lancées au-dessus du no man's land, d'autres retombent dans le ravin, c'est le moyen de vérifier que les troupes austro-hongroises ne tentent pas une nouvelle sortie, mais dans la brume aucune ombre ne se meut. La montagne est immobile.

Nombre d'entre nous resteront ici jusqu'à l'arrivée des nouvelles unités demandées au commandement suprême. Sur les lignes arrière, je salue Lucia en l'étreignant.

« Je réupère les enfants et je vais tout de suite chez ton père, me promet-elle. Tu ne dois pas t'inquiéter.

— Merci. Prends aussi soin de Caterina.

— Oui, j'ai vu qu'elle peinait. »

Viola et Maria restent avec moi, ainsi que d'autres femmes de la vallée. Il y en a certaines que je ne connais pas, mais quand nos regards se croisent, le sourire naît spontanément.Tout à l'heure j'irai échanger quelques mots avec elles, mais tout ce que je désire maintenant, c'est du calme.

J'erre un peu à l'arrière, l'activité du front se déploie autour de moi sans m'effleurer. J'entends des bannières claquer, je suis la course du vent et mes pas montent, de la blancheur émerge la hampe qui soutient le drapeau. Elle est faite du bois de ces forêts, nourri par la vallée. Le brouillard continue de monter, il se déplace en vagues puissantes, des lames gigantesques labourent les îlots des sommets et se déversent en cascades bouillonnantes. Un rayon de soleil fait irruption, incendiant cette mer éthérée et, prise de vertige, je m'agrippe à la corde et je me sens au ciel, à la barre d'un navire qui est ma vie. L'espace d'un instant, je suis l'Artémise d'Halicarnasse dont les chroniques antiques narrent l'histoire, général de Xerxès le Grand, commandant de ses vaisseaux. Il n'est pas vrai que les femmes ne soient jamais descendues sur le champ de bataille. Simplement, l'homme les a oubliées.

Cette terre est la mienne, mes ancêtres y sont inhumés. Là-bas, c'est ma maison, mon père m'attend. Et moi, enfin, je sais de quoi je suis capable.

22

Les premiers flocons tombent quand tu t'arrêtes de respirer.

La neige est arrivée avec un mois d'avance. Elle est venue te prendre. Ellc a peint ta peau de cendres et t'a vêtu de froid. Elle s'est creusé une place austère en moi.

Cette nuit a été une nuit de veillée, dans ta respiration j'ai reconnu l'indolence d'une conclusion préparée de longue date, mais encore difficile.

Je n'ai pas demandé d'aide. C'est un moment pour nous seuls, papa.

J'ai senti arriver l'adieu. Je suis convaincue que ton âme chancelante a empêché la mienne de s'endormir, en la réveillant avec mille petits contacts. Je te connais : tu as eu la patience d'attendre cette fille endormie, tu ne voulais pas m'effrayer avec ton immobilité.

Tu m'as appris à ne pas pleurer celui qui s'apprête à se mettre en chemin pour un long voyage et à présent je ne pleurerai pas, ou alors mes larmes te suivraient. Je les retiens et, si cela devient impossible, alors je chanterai la douleur.

Rouge-gorge, ainsi m'appelais-tu quand j'étais une enfant à l'apparence si fragile, mais capable d'endurer de longs hivers. Et de cet hiver à peine entamé on n'entrevoit pas la fin. Ta joue est déjà froide, tu t'es mis en chemin.

N'aie pas peur, et je n'aurai pas peur moi non plus, me disais-tu quand j'étais petite. Alors, pour te rassurer, je faisais semblant d'être forte et à la fin je le devenais vraiment.

Je coiffe tes cheveux encore drus avec mes doigts ; les efforts de ces heures les ont décoiffés, mais c'était la dernière fois. Je lisse les plis des couvertures et cette idée me traverse : pour t'aimer, je vais devoir trouver d'autres gestes quotidiens.

Le battement de ton cœur est le dernier d'une famille, avec toi le « nous » s'éteint, il reste seulement ce « moi », un peu trop petit pour y construire quelque chose.

Pardonne ma fatigue, si tu le peux. Pardonne-moi si j'ai parfois cru que tout cela était trop lourd à supporter.

Tu t'en vas avec la gentillesse dans laquelle tu as vécu, dans une aube rose qui filtre entre les nuages et sème des cristaux, dans le silence solennel des forêts.

Je t'embrasse pour la dernière fois, je ne crois plus à ces au revoir. Tu as été mon père et tu es devenu mon fils, je ressens un déchirement au niveau du ventre.

Merci pour la vie que tu m'as donnée.

Et n'aie pas peur. Je n'aurai pas peur, moi non plus.

23

La vieille rebouteuse a flairé la mort dès qu'elle a franchi le seuil de la porte. Je l'ai compris à son silence. Sa langue acérée respecte la mémoire de mon père, ou peut-être éprouve-t-elle simplement de la peine pour moi.

Ensemble, nous rompons la glace dans la fontaine et recueillons ce petit peu d'eau dans le seau. Elle ne me laisse pas seule et je lui en sais gré. Nous nous soutenons l'une l'autre jusqu'à la maison. Les flocons de neige m'effleurent le visage, ils le baignent des pleurs que j'ai en moi.

J'allais mettre la marmite sur le feu quand je me rends compte que ce n'est pas nécessaire.

Nous préparons mon père, nous allumons une bougie à côté de sa couche, nous brûlons les bouquets d'herbes récoltées dans la nuit de la Saint-Jean.

Quand tout est achevé, je m'assieds. Demain, il y aura une autre tombe à creuser et il m'incombera de m'en charger.

Le village s'est réveillé, la nouvelle se répand de maison en maison et ses habitants commencent à arriver pour m'apporter leur réconfort et un ultime salut.

J'accepte avec gratitude les étreintes et les paroles d'affection, mais je me sens lointaine.

Chacun a apporté un peu de nourriture et l'a laissée sur la table. Ils nourrissent celle qui reste, la dernière.

Francesco arrive à son tour. Il laisse glisser une main autour de ma taille avec la même insistance étudiée qu'il met à me promettre son attention et son aide. Viola et Lucia le conduisent devant mon père. Elles savent qu'il ne supporte pas la vision des morts, et en effet il reste quelques brefs instants avant de s'en aller.

« Tu dois être forte, Agata », me dit don Nereo.

Son regard tombe sur le flacon que mes doigts ont manipulé pendant tout ce temps. Il le prend rapidement, le glisse dans une poche et, d'un coup d'œil, me lance un avertissement, entre la peur et le trouble. Il sait mieux que moi que l'huile de millepertuis est aussi un poison.

Je n'aurais jamais fait ça. Ce souffle vital qui me fait tenir est la dernière chose qui me reste de mes parents.

Je reste assise jusqu'à ce que tombe l'obscurité. Les prières des femmes me parviennent depuis la chambre de mon père.

C'est seulement quand tout se tait, à l'heure la plus sombre, que je trouve la force de me lever, mais ce n'est pas auprès de lui que je me rends. Lui, il n'est plus là.

Je sors dans la neige, la nuit est étoilée.

La respiration se fait hurlement. Je l'appelle, ou peut-être dis-je à ma terre que je suis vivante.

24

Ismar l'entendit. Cette fois il en était sûr : il ne s'agissait pas de son imagination, ni du vent.

Une femme hurlait dans la nuit.

La tempête de neige avait balayé la montagne de l'aube au coucher de soleil, le contraignant à descendre à plus basse altitude pour trouver refuge dans les premières sapinières, à deux pas de la frontière.

Avec l'obscurité, maintenant que la nature s'était tue, le cri était monté de la vallée avec netteté. Ce n'était pas de la colère, ou de la peur. Ce cri renfermait de la douleur, mais pas seulement.

Au premier cri succéda un deuxième, et un troisième.

Ismar demeura à l'écoute, le visage posé sur le fusil comme sur un coussin.

La nuit de la forêt résonnait de ces vocalises, et il apprenait à les reconnaître. Les animaux s'en servaient pour bien marquer des limites à ne pas franchir, d'autres fois pour inviter les animaux grégaires à reconnaître les petits du chef de harde, mais cela restait souvent des chants secrets qui célébraient les mystères de la vie.

La guerre qu'il avait été appelé à livrer était de l'ordre de l'intellect, mais jamais comme en ce temps et en ce lieu l'homme et la bête n'étaient revenus se contempler l'une l'autre et reconnaître dans ce regard un chemin commun.

25

Noël est passé, un anniversaire solitaire, et la nouvelle année est arrivée. Rien n'a changé, à part une chose : j'ai pris l'habitude de m'arrêter pour échanger quelques mots avec le capitaine Colman, quand je monte au front. Chaque fois que cela lui est possible, le docteur Janes se joint à nous. Les températures glaciales imposent une plus longue halte avant d'entreprendre la descente, mais, même si tel n'était pas le cas, j'ai idée que nos conversations s'avèrent réconfortantes pour nous deux. Plus personne ne m'attend à la maison et le commandant n'est pas pressé de retrouver ses propres obligations : l'hiver a gelé la guerre, elle est faite maintenant plus que jamais d'escarmouches à fleur de crêtes, entre patrouilles de reconnaissance. Tranchées et baraquements sont ensevelis sous plusieurs mètres de neige. La mort ne fait pas défaut, mais le froid glacial et les avalanches tuent davantage.

« Il y en a déjà eu une autre, m'explique le commandant, en retirant le thé du réchaud portatif. Elle en a enseveli treize à Malpasso. Le campement avait été monté sur la trajectoire habituelle des coulées. Ils n'avaient pas écouté les soldats du coin. »

Il remplit le quart en fer-blanc que je tiens entre les mains et je réussis peu à peu à remuer les doigts.

« Je sais. »

J'approche le visage des volutes de vapeur.

Le commandant jette une autre bûche dans le feu. Il me regarde, l'air sérieux.

« Nous pouvons être tranquilles, ici ? »

Je souris et bois une petite gorgée. Le poste de commandement du Pal Piccolo a été construit en pierres et en lieu sûr, et maintenant, avec leur esprit un peu fantasque mais en même temps très pratique, ces hommes ont aussi cherché à l'agrémenter de quelques touches de confort. Beaucoup de soldats vont et viennent et sont toujours les bienvenus.

« Oui, réponds-je, sinon je ne prendrais pas autant mes aises.

— C'est juste. Si je ne vous avais pas vue revenir, j'aurais fini par me poser quelques questions. »

Il se frotte les mains. La peau est si sèche et crevassée par le gel qu'elle fait un bruit de bois rugueux. Il m'a raconté les équipements inadaptés dont le commandement suprême avait doté l'armée : le manque de combinaisons de couleur blanche pour ne pas offrir de cibles faciles dans la neige, les godillots qui se désagrègent s'ils sont mouillés, des gourdes en bois dans lesquelles l'eau gèle l'hiver et croupit l'été, des souliers de sentinelles à peine acceptables pour supporter les longues heures de guet passées dans l'immobilité.

« Ils auraient dû faire confiance à ceux qui possédaient plus d'expérience, murmure-t-il. Ils seraient encore en vie.

— Pour faire confiance, il est nécessaire d'admettre d'abord qu'on ne sait pas, lâché-je, pensive. Pour vous, ce serait facile ? »

Il s'assied sur le tabouret devant moi, les coudes sur les genoux.

« Vous posez rarement des questions, mais elles me mettent toujours en difficulté.

— Cet aveu est une autre manière de ne pas répondre.

— Vous êtes sans pitié. Certaine de ne pas avoir du sang teuton dans les veines ?

— L'orgueil et l'ignorance tuent, davantage que les Autrichiens et les avalanches. »

Il baisse la tête.

« Vous ne savez pas à quel point vous avez raison.

— Que voulez-vous dire ?

— Il y a eu une mutinerie sur les cimes du Cellon.

— Encore une ? »

Il secoue la tête, allume l'une des cigarettes roulées avec des feuilles de noyer que je lui ai apportées. Les réserves de tabac sont désormais épuisées. Il recrache la fumée avec une expression de dégoût, mais il tire quand même une autre bouffée.

« Non, c'est tout à fait différent, répond-il. Aucun des nôtres n'a tenté de fuir ou ne s'est rallié à l'ennemi. Un commandant à peine arrivé, sans l'expérience du terrain et des tactiques, a donné ordre à la compagnie d'attaquer la cime orientale. Quelques soldats de la vallée, des forestiers, ont cherché à l'en dissuader.

— Ils y sont parvenus ?

— Non. Cela s'est achevé sur une défaite.

— Et... ?

— Le lendemain, le commandant a ordonné le même assaut. Les mêmes soldats ont suggéré une autre voie, plus sûre, mais il n'a pas voulu les écouter. Il y a eu des réactions fortes au sein de la compagnie, qui se sont transformées en mutinerie.

— Ces hommes ne voulaient pas être envoyés à la mort de manière aussi stupide.

— En effet.

— Comment cela s'est-il terminé ?

— Ils ont été mis aux arrêts. Demain à l'aube, ils seront jugés par la cour martiale. Ils risquent d'être fusillés.

— C'est absurde !

— Absurdement humain, mais nécessaire.

— *Nécessaire ?* »

Il se penche vers moi.

« Si je commande une compagnie, je m'attends à être obéi. Je dois être *certain* d'être obéi.

— Et vous attendriez d'être suivi même dans la folie ? »

Il croise les jambes, la cigarette désormais consumée entre ses doigts.

« La question n'est pas là : moi, à la place de ce capitaine, aurais-je été en mesure de me faire confiance ? Aurais-je été capable d'admettre que je n'en savais pas assez ?

— Peut-être pas, vous êtes un homme. Mais moi, je vous aurais harcelé jusqu'à ce que vous cédiez. »

Il éclate de rire.

« Ça, c'est sûr. »

La porte s'ouvre et se referme aussitôt, de la poudre de neige voltige dans le courant d'air. Le docteur Janes frappe ses pieds au sol, détache des glaçons de ses semelles.

« Rappelez-moi tout ceci, quand je me plaindrai de la chaleur », soupire-t-il, en suspendant sa pèlerine à côté du poêle. Il sort de sa poche une bouteille de grappa à moitié bue et trois petits verres.

« Ça vous dirait ?

— Non, merci. »

Il en remplit quand même un généreusement pour moi.

« Vous ne savez pas que cela donne du courage ? me demande-t-il. Et, chose plus importante, cela réchauffe. »

Je renifle le liquide transparent et je sens mes yeux larmoyer.

« Je dois redescendre… protesté-je.

— Vous descendrez plus vite, croyez-moi.

— … avec un des vôtres.

— Ah. Eh bien, ce qui est certain, c'est que vous ne pourrez plus lui nuire.

— De qui parlez-vous ? » s'enquiert le capitaine.

Le docteur fait le signe de croix dans le vide et aucun de nous n'a le cœur de commenter. Je les soupçonne l'un et l'autre d'éviter de regarder le fusil de mon père, appuyé à côté de ma chaise. Maintenant, quand je monte, je l'emporte toujours avec moi.

« Avant que je n'oublie, j'ai un message pour vous, Agata. »

Le docteur Janes fouille la poche de son pantalon et me tend un bout de papier plié en deux.

« Pour moi ? »

Je l'ouvre et je lis les quelques lignes avec un soulagement croissant.

« Un soldat posté sur le Karst m'a donné des nouvelles de mon cousin Amos, dis-je. Il va bien.

— Il a demandé de vos nouvelles à tout le monde, jusqu'à ce qu'il tombe sur moi, continue le docteur Janes. Il était là de passage, monté exprès à votre rencontre. Il a été envoyé pas très loin d'ici, à Forni Avoltri. Il ne voulait pas repartir sans d'abord vous avoir parlé, alors je lui ai suggéré de vous écrire. Vous le connaissez ? »

Je lis la signature.

« C'est un caporal du 11e régiment de bersagliers. Non, je ne le connais pas.

— L'important, c'est que votre cousin aille bien.

— Quelle est la situation, à l'infirmerie ? demande le capitaine Colman.

— Stable. Les grippes sont maîtrisées, les cas d'engelures des orteils en voie de guérison.

— La dépouille à descendre dans la vallée ?

— Le sergent touché hier par un fusil ennemi. Je n'ai pas eu le temps de vous le dire, il a expiré ce matin. »

Le commandant vide son verre et prend congé.

« J'en ai assez. Il est temps de faire le ménage, maugrée-t-il, en mettant son chapeau et sa capote. Ils abattent nos hommes et notre moral. Pour réussir à tirer, nous avons dû mettre au point un système de miroirs. Ce n'est pas comme ça qu'on avancera.

— Qu'avez-vous l'intention de faire ? » lui demande le docteur.

Il ne répond pas. Janes me regarde.

« Pardonnez-moi, je dois l'accompagner.

— Prenez soin de vous », leur dis-je, alors qu'ils sont déjà sortis. La porte claque, mais n'a pas le temps d'arrêter la rafale qui me donne des frissons.

Je regarde la feuille de papier que j'ai entre les mains. Le message est réconfortant, mais ses accents emphatiques m'ont dérangée. Comment peut-on glorifier la guerre quand on la fait et quand des camarades tombent autour de vous ?

Je la jette dans les flammes et vide mon verre.

La guerre n'est jamais rien d'autre que malheur.

Je me mets en chemin seule, en faisant attention de ne pas m'écarter du parcours déjà tracé. « La neige peut engloutir », me disait ma mère, en tentant de contenir par un proverbe l'impétuosité enfantine qui m'enflammait : « La neige peut étouffer et ne plus te laisser revenir près de moi. »

Le traîneau glisse derrière mes pas sans opposer de résistance, la hotte vide, fermée d'un côté, accroche de la glace dans son tressage. Après le premier virage, le vent s'est calmé et le froid semble presque s'adoucir. La lisière de la forêt est un seuil que les malheurs du conflit n'atteignent pas. Je m'enfonce entre les branches luisantes aux aiguilles épaisses comme dans un royaume de conte de fées. Le manteau neigeux craque et scintille, ponctué d'empreintes : des chevreuils, des renards, des écureuils et des oiseaux ont trottiné sur les sentiers des sous-bois.

Au milieu des fleurs disparues et de nouveaux ruisseaux aux eaux qui gargouillent, une silhouette gris-brun croise mon chemin en bondissant. J'arrête le traîneau. Le lièvre semble ne pas s'être rendu compte de ma présence, et pourtant il hume l'air avec des plissements rapides du museau. Il est jeune, il n'a probablement jamais rencontré d'être humain et ne sait pas déchiffrer mon odeur. Peut-être me prend-il pour une étrange sorte d'arbre, dressé de la sorte au milieu de la petite prairie.

Il enchaîne encore quelques bonds, m'offre son postérieur.

Je laisse retomber les bandoulières du traîneau, je prends le fusil et le charge.

La bête s'enfonce dans la neige et en ressort avec un tremblement de ses moustaches et de sa fourrure.

J'abaisse le canon du fusil, mais le relève presque aussitôt. Je rêve d'un ragoût qui cuirait des heures, à feu lent, avec des patates et des oignons taillés en gros dés, baigné dans un vin rouge et aromatisé de sauge.

Je ravale toute résistance. Si le bon Dieu nous a donné la faim, alors il est juste de se nourrir de tout ce que nous avons à disposition, me dis-je.

Je suis le lièvre à pas comptés. Il m'a suffi d'un coup d'œil pour choisir comme poste de tir une bosse de terrain couverte de broussailles. Je me tapis, cale mes coudes, vise, mais tout à coup la butte se soulève et me fait tomber. La terreur est telle que je ne réussis même pas à hurler.

C'est un homme qui est devant moi, blanc comme la neige qui lui glisse des épaules.

D'instinct, je reconnais à quelle espèce il appartient, et je tire.

26

C'était juste un diable. Un diable blanc.

Je continue de me le répéter alors que je cours jusqu'au village, avec le traîneau qui dérape derrière moi déporté par son chargement. La mort semble véritablement me poursuivre partout où je vais.

« C'était juste un diable blanc », répété-je à voix haute, à l'intention de ma conscience. Ce n'était qu'un tireur autrichien, arrivé qui sait comment du mauvais côté de la frontière. Je devrais être soulagée, c'est lui qui a eu le dessous, et pourtant je ne parviens pas à me calmer.

J'ai vraiment tué un homme ?

Même la vision des cheminées fumantes derrière les derniers arbres ne suffit pas à me rasséréner. Que vais-je dire, si je dis quelque chose, à qui et de quelle manière ?

Au terme de la descente, le poids du traîneau se rappelle à moi. J'attache les bandoulières autour de la taille et le tire comme le ferait un bœuf, en soufflant sans desserrer les dents. Des enfants et des vieillards curieux s'approchent, mais quand ils comprennent que je transporte un cadavre, ils s'éloignent en vitesse.

« Don Nereo ! crié-je, devant le presbytère. *Don !*

— J'arrive, j'arrive ! »

Le curé se penche à la fenêtre du presbytère. Il découvre le traîneau et son visage s'assombrit.

« Un autre, murmure-t-il. Portons-le à l'arrière. »

Je satisfais sa demande, même si cela me coûte de manipuler la mort, maintenant que j'en ai été l'artisane directe. Ce malheureux est à l'image de l'ennemi que j'ai laissé se vider de son sang dans le bois.

Don Nereo dénoue les cordes et écarte la toile.

Je ne réussis pas à regarder ailleurs. Ce que je vois n'est pas le visage d'un garçon inconnu, c'est le diable blanc. L'ennemi est mort, et pourtant il ouvre grand les yeux et cherche les miens.

Je recule d'un bond.

« Agata ? »

La voix du curé me parvient de très loin. Je suis encore là-haut, dans le bois. La tache de sang s'élargit sur la neige et la fait fondre. Ce n'est pas le sang d'un démon. Il est aussi rouge que le mien.

« Agata ? Tu vas bien ?

— Non. »

Il me prend par les épaules, et je me dégage. Je tente de parler, mais seul s'échappe de mes lèvres un balbutiement confus.

« … tué…

— Agata, tu m'inquiètes. Viens, assieds-toi un moment. »

Je fais un pas en arrière, je lève les yeux vers le crucifix suspendu au mur. Le Christ semble en colère, et il me regarde, rien que moi. Je me rends compte que nous sommes dans un lieu sacré, mais je ne m'absoudrai pas par la confession.

« Je ne peux rester ici. »

L'horloge de mon père indique minuit. Les dernières braises s'effritent dans la cheminée, libérant des jaillissements de flammèches. J'ai regardé le bois se consumer avec mon remords : l'un est presque de la cendre, l'autre un brandon crépitant, plus dangereux que la flamme.

Le fusil accroché au mur semble me parler dans le silence : tu crois vraiment avoir été plus courageuse et plus rapide qu'un tireur d'élite ? me demande-t-il. Tu crois vraiment avoir atteint l'ennemi la première ?

Sotte. Tu ne l'as pas touché la première. Simplement, l'ennemi n'allait pas tirer.

Il est trois heures et j'ai passé une nuit d'insomnie, en écoutant le vent secouer la maison. Il m'a semblé que quelqu'un la frappait d'une main furibonde et j'ai eu peur. J'imaginais le démon blanc saigner dehors dans la neige, en la fixant avec ses yeux de glace.

Parce qu'une unique question me maintient éveillée.

Et s'il était encore vivant ?

27

J'ai retiré les briques du feu et les ai enroulées dans des linges épais, avant de les charger dans la hotte. Quand j'ouvre la porte de l'étable, le bleu de la nuit qui touche à sa fin se décolore déjà. J'ai tant de choses à accomplir avant que la vallée ne se réveille.

Je salue les chèvres avec une caresse et une brassée de foin. Cela fait deux jours que la mère ne donne plus de lait et trois que Caterina ne sort plus de chez elle. Sa fenêtre est éteinte et le restera. Elle nous a demandé de creuser sa tombe, afin qu'elle soit prête à l'accueillir. Hier, j'ai aidé Viola à la préparer. Le terrain est tellement gelé qu'on ne peut espérer en entamer la surface, si ce n'est au prix d'un effort redoublé. Je crois que le moment de l'adieu arrivera bientôt et qu'il y aura d'autres prières à dire. Celles de cette nuit m'ont été d'un peu de réconfort.

La lampe à huile oscille tout comme ma détermination et éclaire les empreintes de pas que j'ai laissées hier dans ma fuite précipitée vers le village : je reconnais les sillons dangereusement proches du ravin qu'a laissés le traîneau, entraîné par ma terreur. Je remonte ces traces comme un courant contraire qui me pousserait à revenir sur mes pas. Par intervalles, au loin, les avalanches murmurent, effrayantes. C'est la voix de la « mort blanche ». Je m'encourage en me disant que s'aventurer en montagne de nuit est plus sûr que le faire de jour.

Parfois, il est difficile de faire ce qui est juste, effrayés que nous sommes de percevoir qu'il faut pour cela aller à l'encontre de ce qui est naturel. L'homme peut-il être plein de compassion dans ce monde qui veut nous dresser les uns contre les autres, qui arrache et soustrait sans cesse et nous pousse à nous servir de nos dents et de nos ongles comme des bêtes pour défendre ce qui subsiste ?

Je me suis découverte dans ma férocité, moi aussi, au moment où je n'ai pas hésité à presser la détente.

C'était toi ou moi, le diable blanc. C'est la lutte éternelle pour la survie.

Arrivée dans la clairière, je suis à la trace les taches de sang comme le personnage d'un conte, imaginant le diable blessé se traînant sur les coudes dans l'espoir de s'échapper d'une forêt hostile.

Qui est le bon, qui est le méchant, il n'est plus possible de le dire.

Là où finissent les traces, ce que j'aperçois me fait sursauter. Je lève ma lampe et je vois le halo trembler.

D'une tanière creusée dans la neige surgit un lambeau de tissu, comme une patte blessée qu'on n'a pas réussi à traîner à l'abri.

Il est là et il est armé, alors que je n'ai pas pris de fusil. Je ne voulais pas armer ma peur.

Je prends une branche morte, je la lance et m'enfuis pour m'abriter derrière un arbre.

Regarder est peut-être la chose la plus difficile que j'aie jamais faite. Je n'ai pas l'impression que quelque chose ait bougé. Je cherche une pierre et je frappe l'abri, mais de nouveau le lambeau de tissu reste immobile. J'en ramasse alors une plus grosse, et puis je songe que je suis ici pour remédier à mon erreur, pas pour l'aggraver, et je la laisse retomber.

Il faut que j'aille voir dans cette tanière, il n'y a pas d'autre moyen, parce que de toute façon personne ne sortira de là de sa propre volonté.

Je m'approche, prête à implorer la miséricorde au cas où l'ennemi me tomberait dessus.

Je m'agenouille dans la neige et me dis que ce serait une façon bien bête de mourir, après tout ce que j'ai surmonté.

« Oh, mon Dieu… »

Le diable est vraiment là, il étreint son fusil. Le manteau blanc de l'armée adverse le recouvre. Le visage est masqué par un bonnet de laine et par la capuche, seules les paupières pâles restent exposées : quelques cristaux de glace sont pris entre les cils, la peau est presque bleuie. Les jambes sont serrées contre la poitrine. Les gros souliers qu'il porte semblent résistants et dans l'hiver de ces montagnes, entre vivre et mourir, ils peuvent certainement faire toute la différence.

Je m'approche encore, secouée par la peur. Il ne me sert à rien de coller l'oreille contre le corps immobile. Je le sens sur la joue : il respire.

J'écarte le manteau. Le flanc gauche est rouge et il y a de la neige sur la blessure. La glace a interrompu l'effusion de sang, mais elle l'a réduit à un fantôme refroidi.

Je le recouvre et je respire profondément. Ce n'est pas encore un fantôme, mais d'ici peu cela le deviendra. Je regarde le ciel entre les cimes des épicéas. L'aube va poindre, sur la route du retour je vais retrouver les autres en pleine montée vers le front.

Je dois le laisser ici, l'abri qu'il a trouvé est bon. Je sors de la hotte la besace de linges et de briques. Je les dispose contre le corps transi, sur les jambes et autour de la poitrine. La vie reprendra force dans ses veines, mais ce peu de chaleur ne suffira pas à la conserver.

Un tremblement sur le visage du diable me prend au dépourvu et, d'une main, je fais taire le hurlement qui allait m'échapper de la gorge.

Il ouvre les yeux, une fente très fine par laquelle j'entrevois des pupilles dilatées. Il semble percevoir avec peine ce qu'il voit devant lui.

« Tâche de ne pas mourir », lui dis-je, mais il s'est déjà évanoui.

« Agata… c'est vous. Il fait encore nuit.

— À dire vrai, c'est presque l'aube, docteur. »

Le docteur Janes sort du logement des officiers en frissonnant sous sa capote. Il a sur son visage ensommeillé l'innocence d'un enfant. Les lunettes sont posées de travers sur l'arête du nez.

« Et pourquoi, au nom du ciel, êtes-vous montée jusqu'ici dans cette obscurité ? demande-t-il.

— Plus tard, il y a encore des travaux qui m'attendent et… Je voulais être utile, mais il y a d'autres tâches dont je dois m'occuper. Je ne peux pas attendre le jour », balbutié-je.

Il passe une main dans ses cheveux ébouriffés et renvoie le soldat qui l'a appelé sur mon insistance.

« Même la guerre dort, et vous non, maugrée-t-il.

— Je ne voulais pas vous réveiller, pardon. » Je regarde autour de moi. « Le commandant ?

— Il n'est pas encore rentré. Avec un escadron, il donne la chasse aux tireurs d'élite qui pullulent dans cette zone. Il veut les débusquer une fois pour toutes. »

Je porte la main à mon ventre.

« De quelle manière s'y prennent-ils ? demandé-je.

— À la grenade.

— À la grenade ? »

Le docteur Janes me fait signe de le suivre dans l'infirmerie. À l'intérieur, un poêle en fonte irradie sa chaleur et dégage une odeur de fumée.

« Je dors mal, de toute façon, me dit-il. Vous m'avez sans aucun doute sauvé d'un cauchemar dont je n'ai nul souvenir. Allez, donnez-moi ce livret, voyons ce que vous nous apportez. »

Je reste immobile, raide.

« Je n'ai pas le livret sur moi. »

Le docteur Janes ne semble pas tout de suite saisir ma réponse.

« Vous n'avez pas le livret ? Vous savez que sans annotation sur le livret, ce trajet ne vous sera pas payé, dit-il.

— Et je n'ai rien apporté.

— Vous allez bien ?

— Oui.

— Il ne me semble pas, à moi. Vous divaguez un peu. Agata, qu'est-ce que vous êtes venue faire ici ? »

Dans mes poches, je tords les mains jusqu'à en avoir mal.

« Vous pourriez me donner un peu de teinture d'iode, s'il vous plaît ? » lui demandé-je.

Je le vois ouvrir de grands yeux.

« De la teinture d'iode ? » répète-t-il.

Je détourne le regard.

« C'est écrit sur les fiches que vous distribuez aux soldats, dis-je. En cas de blessure, ils doivent la tamponner avec de la gaze propre et... »

Le docteur s'approche.

« Je sais ce qui est écrit, me dit-il. À quoi cela vous servira-t-il ? Quelqu'un est blessé au village ? »

Je sens mes yeux se mouiller. D'eux tous, c'est vraiment à lui que je ne voudrais pas mentir, et donc je m'abstiens. Mon silence est un mur qu'il sait ne pas pouvoir abattre.

Je l'entends soupirer et faire quelques pas. Je l'observe et le vois fouiller dans le petit meuble aux médicaments.

« Si quelqu'un ne va pas bien, faites-le-moi savoir. Je vous aiderais volontiers », m'assure-t-il.

Il me prend la main et y met le flacon d'iode.

« Merci, murmuré-je.

— Y a-t-il autre chose que je puisse faire pour vous ? » s'enquiert-il.

Cette fois, il faut que je le regarde dans les yeux.

« Oui, docteur. Vous avez un mort à me confier ? »

28

J'ai raconté des mensonges et livré un corps qui a caché le tien. J'ai fermé les volets et les portes, j'ai relégué hors d'ici tout ce que j'avais été jusqu'à cet instant.

Et maintenant te voici, diable étranger, dans le lit qui a été celui de mon père.

Manteau et godillots sont déjà dans le bahut, avec le fusil, les chaussettes et les gants. Cette maison se remplit de secrets.

Je retrousse le passe-montagne et découvre son visage. Mes jambes tremblent un instant.

Enfin, le diable austro-hongrois ne semble pas si cruel. Il y a quelque chose de noble dans ces traits masculins et il n'a rien des caricatures qui le représentent avec des mâchoires canines, un cou taurin et des prunelles impassibles. Je me souviens de son regard, avant le coup de feu : la surprise y allumait mille tourments. Les journaux disent que les *Freiwillige Schützen* accueillent dans leurs rangs des jeunes de seize ans en tant que fantassins volontaires et que la race de l'ennemi est impitoyable par nature : le simple fait de respirer est source de péril. Mais face à moi, j'ai juste un jeune homme blessé.

J'ai allumé le brasero, sa peau continue de brûler de fièvre, le peu de sang qui lui reste est en ébullition. Je voudrais être brusque, mais il m'est difficile de conserver de la colère au bout de mes doigts. Ils m'échappent parfois et viennent effleurer ses pommettes. Il est si étrange de pouvoir prendre cette liberté, de toucher ce que j'ai passé des mois à fuir. C'est comme caresser une bête féroce endormie, lui lisser le pelage sans être dévorée. Un voile de barbe luit à la clarté de la flamme, là où le menton fait un pli dans le sillon d'une cicatrice éclaircie par le temps. J'imagine que c'est le trophée d'un enfant remuant. De cet enfant, le diable a conservé de longs cils qui adoucissent les traits.

Je le pousse et le tourne sur le flanc : il n'y a pas de blessure traversante. Je déboutonne la chemise et la lui retire, j'observe le tissu à contre-jour et le trou saute aux yeux : la balle est encore dans son corps. Je devrais m'en remettre à tous les saints du paradis, car j'ai vu les conséquences de l'infection sur d'autres soldats.

Des frissons éclosent comme des fleurs sur la poitrine glabre de l'ennemi. La blondeur de la peau et des cheveux est si clairement différente de celle des Italiens, c'est une ligne de démarcation entre nous, aussi nette que la crête tranchante des montagnes qui séparent nos territoires. Les fils du Nord portent sur eux le soleil qui resplendit si rarement sous leurs latitudes. Je recouvre sa paume de la mienne. Nos mains, pourtant, ne sont pas si différentes : celles du diable sont plus grandes et plus anguleuses, mais elles révèlent à la surface les incrustations d'une histoire de tourments. J'ai toujours pensé qu'un corps pouvait en raconter plus que des mots, et se révéler plus sincère.

« On vous apprend à tuer avant même qu'à fonder une famille, murmuré-je. C'est l'ennui avec la guerre : on vous convainc que la Patrie est un ventre fécond et qu'avaler des frontières vous nourrira davantage que semer un champ. »

Je parle davantage qu'il n'est dans ma nature, tout en roulant ses vêtements en boule. Il me semble que les mots rendent le regard moins pesant, ils l'allègent du penchant morbide qui va de pair avec la découverte de l'interdit.

« Soit tu ne sais pas t'orienter dans la neige, soit tu as été trop sûr de toi. » Je tourne entre mes doigts son médaillon d'identification. « Ismar. »

Odeur de sang et de sous-bois, la lymphe de ces temps.

Je bois une généreuse gorgée de la demi-bouteille que j'ai trouvée à la cave. La grappa me tord les boyaux, mais elle me permettra de rester impavide. Je n'ai encore jamais introduit les doigts dans la chair vivante d'un homme.

« Mais je l'ai vu faire, plusieurs fois », me dis-je, pour m'encourager. Pourtant, la voix qui sort de mes lèvres se fait trop perçante.

Je verse la teinture d'iode sur la blessure et m'en asperge les mains. La lame du couteau est déjà sur la flamme de la lampe, chauffée à blanc.

Au lieu de prononcer une prière, je bois une autre gorgée.

Je plonge la lame, un filet de sang s'écoule sur le flanc et un autre comble le nombril. J'en ressens du dégoût. Je ne fais peut-être que le tuer. Je m'efforce de me rappeler les gestes du docteur Janes, je l'ai aidé tant de fois, je dois juste reproduire ce que j'ai vu. Après quelques tentatives, il me semble sentir quelque chose contre la pointe du couteau, une consistance plus dure. Je déplace la lame sous le corps étranger et je fais levier. Petit à petit, je soulève le caillot sombre jusqu'à le faire sortir. La balle luit entre mes doigts, la pointe encore enveloppée dans le coton de la chemise arraché par l'impact.

Je voudrais hurler de soulagement, mais quand je baisse les yeux, j'ai l'impression de m'évanouir.

Il est écarlate.

« Oh, non, non… »

Le liquide chaud dégouline entre mes doigts. Il semble inarrêtable.

Je suis vraiment en train de le tuer.

La portée de mon acte m'apparaît clairement dans tout ce qu'il a d'irréfléchi. Je pense à Viola, si loin désormais. Je pense à don Nereo, à la confiance que j'ai indignement trahie, et je me rends compte qu'il n'y a qu'une personne à qui je puis demander de l'aide. Plus tard, quand je frappe à sa porte, elle semble flairer le sang que je cache sous le châle.

« J'ai besoin de ton aide, rebouteuse, mais je dois être sûre que tu ne diras rien », murmuré-je, essoufflée.

Elle s'appuie au montant de la porte. Elle a tout son temps, et moi pas même une minute. Ce sera à prendre ou à laisser.

« Tout a un prix, clarifie-t-elle.

— Je le sais. Dépêche-toi, alors. »

Le rire de la vieille est un hoquet qui s'amplifie lentement.

« Tu ne me demandes même pas combien, croasse-t-elle, de bonne humeur. Cela porte un nom. Cela s'appelle un "secret". »

« Le projectile ? Le tissu ?

— J'ai retiré tout ce qu'il y avait, mais il a perdu beaucoup de sang, dis-je, en coinçant un bout de cuir entre les lèvres du garçon.

— Je le sens.

— J'ai dû mal faire. »

La rebouteuse jauge la blessure en y enfilant les doigts. Je suis obligée de détourner le regard.

« Tu n'as pas mal fait, c'est du bon travail.

— Mais…

— Le vieux sang provoque l'infection, marmonne-t-elle. Il en fera d'autre. Il n'y a rien de pourri, à l'intérieur. La lame. »

Je lui tends le couteau chauffé à blanc. Elle le tourne et le retourne dans l'orifice de la balle pour en cautériser toutes les parois.

« Maintenant, recouds », ordonne-t-elle. Elle suit mon travail de la seule manière qu'elle connaisse : avec des mouvements rapides des doigts, avec cette sensibilité mystérieuse qui lui fait percevoir à l'extrême ce qu'on voudrait dissimuler.

« Ce qu'il lui faut, c'est seulement du repos. S'il dort des journées entières, ne t'en soucie pas, mais fais-le boire », insiste-t-elle, après avoir également approuvé le dernier point que j'ai couturé. Elle hume l'air. « Pourquoi ne brûles-tu pas de sauge ? Comment pourras-tu tenir la mort éloignée, si tu accueilles son odeur ? lâche-t-elle. Et apporte-moi des linges imbibés de vinaigre. »

Je cours chercher les feuilles séchées dans le cellier et je les allume dans une bassine. La fumée odorante se répand dans la maison. Je lui apporte ce qu'elle m'a demandé et, ensemble, avec patience, nous frictionnons le corps pour faire baisser la fièvre. À certains moments, la rebouteuse appuie plus fort, défait des nœuds dans les membres que, pour ma part, je ne réussis pas à voir.

« Il est plus emmêlé qu'un écheveau, maugrée-t-elle.

— Si son état empire, que dois-je faire ?

— Compresses et paroles. Parle-lui, cela l'aidera à rester parmi nous.

— Tu penses qu'il vivra ? » demandé-je quand elle a fini, ne parvenant plus à me retenir de poser cette question.

La vieille ricane, s'enveloppe dans son châle.

« Que veux-tu lui faire, hein, s'il survit ?

— Tu réussis toujours à te montrer désagréable.

— Exactement comme la conscience d'un pécheur, ma chère. »

Je ne réponds pas à cette provocation.

« Exactement comme la conscience…

— Je t'ai entendue », dis-je, pour la faire taire.

Elle tend une paume hors des plis de son châle.

« Maintenant mon dédommagement.

— Combien veux-tu ?

— Pas combien, mais quoi. Quelque chose qui t'est cher, comme ton secret.

— Je n'ai rien qui ait de la valeur.

— Allons, allons. Fais un petit effort de mémoire. »

Une lueur dans ses yeux laiteux me perturbe. Elle semble me voir pour ce que je suis vraiment, mais ce n'est pas elle qui regarde en moi, c'est moi qui suis face à moi-même, à mes peurs et à mes bassesses. Elle le sait comme je le sais, si cet homme est ici, ce n'est pas pour avoir la vie sauve, mais pour sauver la mienne.

« La solitude tue, l'entends-je siffler, maîtresse de mes troubles. Tu veux vraiment y retomber, rien que pour conserver un souvenir ? »

Je regarde vers la bibliothèque, la boîte en velours rouge posée sur une tablette. Ce qu'elle demande en échange, c'est l'image de ma mère emprisonnée dedans. Elle veut mon espérance de pouvoir la revoir un jour.

« Tout, mais pas ça.

— Et pourtant, c'est justement ça que je veux. »

Je frémis de colère et de peur.

« Qu'est-ce qu'en ferait une aveugle ? hurlé-je presque.

— Qu'est-ce qu'en fait une pauvresse qui n'a même pas d'argent pour la faire fonctionner ? J'en tirerai un peu de sous, voilà ce que je veux en faire.

— Il doit bien y avoir autre chose que tu désirerais avoir. »

Elle soupire, son menton poilu tremble.

« Tu me déçois, mais si vraiment tu ne veux pas me céder ce que je demande, alors le biquet fera un prix honnête, dit-elle.

— Non…

— Si.

— Que veux-tu en faire ?

— Il n'est déjà plus tout tendre, mais il n'est pas non plus trop coriace.

— Tu veux le manger. »

Elle cherche mon visage et me plante son doigt sur le front.

« Réveille-toi, fillette ! Parfois, tu me sembles aussi ralentie que ton père. Les mâles ne servent à rien, si tu ne les accouples pas. Il sera plus utile dans ma casserole. »

J'éloigne sa main.

« Arrête, vieille mégère.

— Et toi, donne-moi ce qui me revient ou je vais raconter à tout le monde que tu caches un homme dans ce lit. Tu crois que je ne me suis pas rendu compte que tu lui as couvert la bouche ? C'est un déserteur, un couard comme tes frères ?

— Ça suffit ! »

Je la pousse vers la porte. Elle se retourne subitement.

« Alors ? » lance-t-elle.

Chacun est libre de survivre du mieux qu'il peut, et nous ne faisons rien d'autre, toutes les deux. Je lui ai demandé son aide et son silence. La colère, c'est envers moi-même.

« Tu auras ce qui te revient. »

29

La chèvre n'a pas cessé de se lamenter, depuis que je l'ai séparée de son petit. Maintenant, le biquet a grandi, et pourtant la mère a tenté de le défendre, par tous les moyens. Mais comment faire pour s'opposer à celle qui veut te priver d'une partie de toi-même, si tu n'as ni mains ni griffes, et pas de crocs pour mordre ? Pauvre bête, elle ne pouvait qu'ouvrir de grands yeux et faire trembler tes babines. Nous ne l'avons ni regardée, ni écoutée.

Maintenant, je pourrais jurer qu'elle pleure. Cela m'empêche de dormir.

Le diable nu ne me cause pas moins de tourment. La fièvre est tombée, mais il semble qu'il soit à présent dévoré de terribles cauchemars. Il se contorsionne, ce qui rouvre ses blessures, et dans le délire de la maladie il possède une force impressionnante. Épuisée, j'ai dû l'attacher.

Ni l'un ni l'autre ne m'accordent de paix, ils semblent s'allier avec l'intention de me faire regretter chacun de mes choix.

Je caresse la boîte en velours rouge. À l'intérieur d'un étui en bois, la plaque au bromure d'argent conserve la toute dernière image de ma mère. La rebouteuse sait qu'elle est précieuse et peut être réutilisée.

« Le négatif attend d'être ramené à la vie, murmuré-je, mais je suis trop pauvre, Ismar. Je n'ai pas les moyens de le faire transformer en photographie. Je n'ai même jamais pu regarder la plaque : si je l'ouvrais, la lumière l'abîmerait irrémédiablement. »

Je le sens s'agiter, il souffle des mots incompréhensibles, dans son inconscience.

« C'est moi qui l'ai prise, longtemps avant que la guerre ne commence, un après-midi d'été. Ma mère allait partir, mais elle était encore belle, me mets-je à raconter, en posant la boîte et en m'asseyant à côté de lui. Des gens de la ville étaient de passage au village. Un photographe et sa famille. Un moyeu de leur carriole s'était cassé et on les avait envoyés chez mon père. Il a fallu une journée entière pour le réparer et je me suis lié d'amitié avec la nièce de cet homme. Elle s'appelait Tina, elle avait seulement une année de moins que moi et elle allait partir pour l'Amérique. Elle voulait faire de la photographie et devenir actrice. Elle m'enseigna comment on prend une photographie. Quand vint le moment de repartir, ils insistèrent pour que nous gardions cette plaque en partie à titre de paiement. Aucun de nous n'eut le courage d'avouer que nous ne pourrions jamais l'utiliser et qu'au contraire un peu d'argent en plus serait bienvenu. »

J'appuie les coudes sur le lit.

« Je pense souvent à cette jeune fille et je bénis ce cadeau qu'elle nous a fait. De ma mère, seuls me restent des souvenirs, mais le temps estompera les détails. Cela me réconforte de savoir que peut-être un jour je pourrai revoir de quoi avait l'air son visage. Au fond, la photographie est un acte d'amour, tu ne crois pas ? Il sert à garder près de soi ceux que nous aimons. »

Je commence à me sentir bien sotte, à bavarder toute seule, mais la vieille rebouteuse avait raison : d'une certaine manière, mes paroles retiennent le blessé en ce monde. Il a cessé de s'agiter.

« Même les soldats font des photographies, je les ai vus. Mais il n'y a pas d'amour dans ce qu'ils font, rien que de la propagande guerrière. J'ai pensé que je pourrais leur apporter ma plaque et demander leur aide pour un tirage. Peut-être le ferai-je, un jour. » J'hésite, je ramène les genoux contre ma poitrine, entre mes bras noués. « Je me raconte que je veux avoir cet argent pour payer le travail, mais ce n'est peut-être pas toute la vérité.

Je regarde la boîte.

« Et s'il n'y avait aucune image à l'intérieur ? »

Le silence par lequel la maison me répond ne me fait plus peur. Il y a deux respirations, désormais, qui la traversent.

« Toi aussi, tu aimes une photographie en particulier. Je l'ai trouvée. »

Je la sors de la poche de la blouse et la pose sur le secrétaire, à côté de la lettre pliée et d'un crucifix trouvé dans sa poche.

Les deux objets étaient cousus à l'intérieur de la veste, noués ensemble avec une ficelle : la photographie d'un transatlantique et une sorte de lettre de recommandation. J'ai reconnu quelques mots et beaucoup d'autres, je les ai devinés, parce qu'ils sont similaires au timavese, le dialecte de Timau.

Ismar est ingénieur : il aime construire, mais la guerre l'a contraint à détruire.

« Tu rêvais de partir, pas vrai ? Comme Tina. »

Il veut affronter l'océan à bord d'un transatlantique, après que l'océan a montré au monde entier qu'aucune œuvre de l'homme, si géniale et si prodigieuse soit-elle, n'est insubmersible.

Qu'est-ce qui peut pousser un être humain à affronter un monstre marin, qui vous engloutit et vous prive d'air, si ce n'est une espérance plus forte que toute peur ?

L'ennemi semble avoir enfin déposé les armes. Sa respiration s'est calmée, tout son corps est devenu plus docile. Je dénoue les cordes et pose une main sur son cœur : il est puissant, sa vigueur se propage jusqu'au mien et le fait galoper avec sauvagerie.

J'approche le visage. Ses lèvres sont entrouvertes, comme s'il voulait laisser échapper un mot qui reste pourtant coincé au fond de sa gorge.

« Mais si tu ressens au fond de toi une espérance similaire, comme pourrais-tu être mauvais ? »

Dans l'étable, la chèvre continue de gémir de douleur et je n'ai plus la force de l'ignorer.

Je me relâche contre le dossier du siège. Le grincement du bois semble être celui d'ossements fatigués.

« J'ai retiré un fils à sa mère uniquement parce que je veux garder le souvenir de la mienne, avoué-je dans un murmure. Toi, qu'est-ce que tu aurais fait ? »

30

À l'aube, nous avons inhumé Caterina. J'étais dans l'étable, avec un chevreau en plus et une boîte rouge en moins, quand elle est venue me saluer. La porte s'est ouverte d'un coup et une rafale de vent a tournoyé jusqu'à me soulever les cheveux. Elle était encore froide mais parfumée de bourgeons, puis elle a disparu comme par enchantement. Elle est partie au ciel, ai-je pensé.

« J'ai laissé partir ma mère en échange d'un biquet », lui dis-je.

Je sais qu'elle aurait compris mon besoin de vie.

La nécessité m'a arrachée à la maison sans me laisser le temps de vérifier comment se portait le blessé ; maintenant, le risque que nous courons tous les deux m'inquiète : lui, de mourir, moi, bien pire. Le moindre regard et le moindre mot qui me sont adressés me font trembler et redouter d'avoir trahi le secret.

Ma vie a toujours été limpide, jusque dans ses profondeurs, au point que parfois je finissais par me sentir transparente. Les pensées formaient d'ordinaire des scintillements en surface, la ridant de sourires ou de renfrognements. Jamais, avant ce moment, je ne les avais exilées dans le fond de mon être, où elles étaient tellement secrètes qu'elles devenaient insondables, même pour moi.

Je vois seulement de l'ombre et ne distingue pas même ma propre personne, mais cette ombre agitée et incomplète, c'est peut-être moi.

Ce n'est pas l'Agata qui m'est familière, celle qui a renoncé à ce qu'elle a de plus cher, mais une femme qui l'a habitée toute sa vie en restant cachée, ou qui peut-être est née aujourd'hui, ressurgissant de ses cendres comme un rejeton difforme et hagard, toutefois décidé à rester en vie.

Je ne réussis plus à me nourrir du seul passé, j'ai faim d'avenir, un mot qui résonne comme anathème en temps de guerre et peut aussi revêtir l'apparence d'un souffle de folie, pour peu qu'il conduise loin de la pure et simple survie. Je suis folle. Je suis vivante.

Nous ne grimpons pas jusqu'au front, parce qu'à mi-chemin nous retrouvons le capitaine Colman à la tête d'une unité montant la garde sur le chantier de construction d'un pont suspendu. Les hommes du génie taillent et frappent du piolet sans relâche, alors que ses Alpins font les guetteurs sur des échelles de fer agrippées aux parois rocheuses. Quand il nous voit, en deux bonds il descend et nous rejoint.

« Nous vous attendions, dit-il. Aujourd'hui, vous ne vous fatiguerez pas à monter au sommet.

— La guerre s'est arrêtée ? demande Viola.

— Le chien austro-hongrois sommeille au soleil, semble-t-il. Ne le réveillons pas. »

Il nous aide à nous délester de nos hottes, ses hommes en transfèrent le contenu dans leurs sacs à dos.

« Nous avons apporté du pain et du vin. Partagez-les avec nous. »

Nous faisons une halte, assises sur la neige gelée. Sous la couche étincelante ponctuée de minuscules empreintes de rongeurs, on entend s'écouler l'eau. À certains endroits affleurent des touffes d'un vert brillant et les corolles roses et charnues de l'ellébore. Le gel semble loin, mais il est encore tôt pour espérer l'arrivée du printemps.

« Vous êtes taciturne, me dit le commandant. Et vous avez peu d'appétit. »

Je fais tourner le morceau de fromage entre mes doigts.

« J'ai peu dormi. »

Je m'autorise cet aveu, qui est tout de même loin de l'entière vérité.

« Moi aussi.

— Des problèmes sur le front ? » Je me rends compte de la stupidité de la question. « Pardonnez-moi. Parfois, j'oublie qui vous êtes. »

Le commandant sourit.

« Et c'est une bonne chose. Faites-le plus souvent. »

Une ombre gigantesque obscurcit le soleil et plane au-dessus de nos têtes, avant de poursuivre vers l'ouest.

Nous, les femmes, poussons un hurlement et, d'instinct, nous nous recroquevillons au sol.

« N'ayez pas peur », nous rassure le capitaine Colman. Il crie lui aussi, mais uniquement pour se faire entendre au-dessus du fracas. « Ils font partie du Corps aérien de l'armée.

— Ce sont des Italiens ? s'étonne Lucia, incrédule.

— Oui. À Cavazzo Carnico, on a aménagé un terrain d'aviation pour accueillir les quatre premiers avions de la 29e escadrille de reconnaissance. »

Nous le regardons, secouées, le nez en l'air et la poitrine haletante. Le grondement produit par les moteurs et les hélices est assourdissant.

« Ce sont des tonnes de métal qui se suspendent en équilibre dans les airs, explique le commandant.

— Et pourtant on dirait des éléphants paresseux. »

Je me lève et suis du regard les silhouettes grises qui s'éloignent en dessinant d'amples trajectoires elliptiques.

« Vous n'en aviez jamais vu ? me demande-t-il.

— Uniquement en dessin, les deux.

— C'est stupéfiant, tout ce que l'homme peut faire.

— Des œuvres grandioses d'ingénierie qui, en temps de guerre, deviennent des instruments de mort efficaces. »

Je n'ai plus envie de regarder.

« Pas encore si efficaces, somme toute. » Du bout du pied, il pointe un éperon rocheux et désigne les engins, qui se sont éloignés. « À cette zone, ils ont affecté des appareils Farman. Ils mettent une heure et demie pour prendre leur envol à partir du moment où ils reçoivent l'ordre de décoller et il leur en faut une autre pour atteindre leur altitude de croisière. Sur ce champ de bataille, ils ne sont utiles que pour les vols de reconnaissance. »

Ce sont vraiment des pachydermes.

« Et vous voulez savoir une chose cocasse ? » Il baisse la voix. « Le dispositif d'armement est à revoir : les douilles des mitrailleuses finissent dans l'hélice. Les pilotes ont dû corriger cet inconvénient avec des remèdes artisanaux. »

Nous échangeons un regard un instant, les yeux écarquillés, il nous est impossible de retenir un rire, mais le mien dure peu.

« Bientôt, l'ennemi va attaquer aussi du ciel, pas vrai ? » demandé-je.

Le commandant allume une cigarette.

« Nous sommes prêts, je ne faisais que dédramatiser. Nous avons des avions aux moteurs puissants et de nouveaux héros qui se distinguent aussi dans les combats aériens. Le capitaine de cavalerie Baracca, ils l'appellent le "chevalier du ciel", a fait peindre sur son biplan un cheval cabré, me répond-il entre les volutes de fumée. Celle-ci est bonne.

— C'est de la gentiane.

— C'est mieux que la feuille de noyer.

— Je vous en apporterai d'autres, mais seulement si vous promettez de ne pas faire de propagande avec moi.

— Parce que je vous raconte la marche de la guerre ?

— À cause du ton et des mots que vous employez. D'habitude, les héros meurent de façon misérable, vous ne le savez pas ? »

Il sourit.

« Vous semblez nerveuse, mais vous avez raison. Les héros meurent. Seuls, la plupart du temps.

— Maintenant je dois m'en aller.

— Vous ne restez pas un peu pour bavarder ?

— C'est ce que nous venons de faire.

— C'était bref, et aujourd'hui, Dieu ne nous menace pas de mort. Ne partez pas si vite.

— Si don Nereo vous entendait, il n'hésiterait pas à vous punir d'une bonne taloche.

— Heureusement, c'est vous qui êtes à sa place », dit-il. Il est désormais impossible d'ignorer la sollicitude dans sa voix. « Votre amitié est précieuse. »

À ce mot, « amitié », je baisse les yeux, et non par timidité.

« Je reviendrai demain, lui promets-je avec un sourire.

— Quand vous voulez. »

Il m'aide à endosser la hotte.

« Au moins, maintenant, je suis plus tranquille pour vous et pour vos compagnonnes.

— Que voulez-vous dire ?

— Il y avait un tireur d'élite plus coriace que les autres qui se rapprochait un peu trop du sentier que vous empruntez d'habitude. Il a fallu deux journées de reconnaissance, nous sommes allés de corniche en corniche et nous avons déchaîné un enfer dans chaque anfractuosité, mais nous l'avons débusqué. »

Je me retourne.

« Vous l'avez capturé ? » demandé-je, la voix rauque.

À son expression, je comprends que l'on ne s'abaisse pas à ramasser ce qu'une grenade a dispersé.

« Ce satané démon ne tire plus sur personne », assure-t-il, et pour lui, c'est en soi une preuve.

Son orgueil est ma honte. Le capitaine Colman croit avoir éliminé un dangereux tireur d'élite. Moi, ce tireur d'élite, je l'ai amené jusque dans ma maison.

Je me comporte comme une pestiférée, je suis contaminée par le secret que je protège et que je n'ose appeler du nom qui est le sien. Au cours de la descente, je me tiens à l'écart des autres, mais quand les conversations se font sombres, je ne peux faire autrement qu'écouter.

« Ils les ont exécutés d'un coup de fusil en pleine poitrine, explique Maria à Lucia. J'ai prié pour eux. »

J'allonge le pas.

« De qui parlez-vous ? m'enquiers-je.

— Des Alpins qui ont refusé il y a deux jours de monter à l'assaut sur le sommet du Cellon, me dit Lucia. Le tribunal militaire les a jugés coupables. Le procès a duré le temps d'un éclair, dans l'école de Cercivento.

« Ce n'était pas une mutinerie ! » Je suis bouleversée. « Ils avaient proposé une autre voie.

— Pour le commandement suprême, cela n'a pas pesé. Ces hommes ont refusé d'obéir. »

Je suis incapable de poursuivre. Lucia se retourne et m'attend.

« Agata, ne te désole pas. C'est la guerre.

— Ils avaient proposé une autre voie », répété-je, en larmes. Je ne sais pourquoi leur exécution me blesse tant. Des soldats meurent tous les jours.

Lucia se tourne vers moi et, avec une caresse, sèche mes larmes.

« Ce sont des temps sombres, murmure-t-elle. J'ai entendu dire que quelques militaires ont subi le même sort uniquement pour avoir affirmé que la guerre est injuste. Le doute semble être considéré comme un plus grand mal que la fièvre des tranchées. Il doit être extirpé. »

Je me souviens d'avoir lu ça dans les journaux, ils appellent cela du « défaitisme » et la répression est sans pitié. *Je ne veux pas mourir pour la Patrie*, a écrit un fils à son père. La Patrie l'a exécuté, comme elle l'a fait avec ceux qui ont hésité durant un assaut ou ceux qui, au front, dans un accès de folie, s'infligent une blessure.

Je me retourne, je regarde le sommet d'où je viens à peine de descendre. Tout semble si éloigné de ces mesquineries, là-haut. Du capitaine Colman jusqu'au dernier soldat qui distribue les gamelles, tous semblent animés d'un courage que je qualifierais de surhumain, mais je me demande maintenant s'ils ne sont pas au contraire, et à un degré insondable à mes yeux, les otages de l'Italie, toujours représentée sous les traits d'une femme.

« Tu as eu des nouvelles de tes frères ? me demande Lucia.

– Non, depuis le début de la guerre, ils ne m'écrivent plus. »

Elle s'approche, comme dans un geste de confidence.

« Si jamais ils t'écrivent, brûle la lettre, et fais-le tout de suite.

– Pourquoi ?

– Nous respirons un air empoisonné, Agata. Le soupçon peut tuer, en particulier s'il paie bien. Il y a une prime de cinquante lires sur la tête de qui se rend coupable de trahison.

— Cinquante lires ?

— C'est une somme énorme, sur une terre affamée. » Lucia fait quelques pas, elle se retourne. « N'importe qui peut avoir l'envie d'accuser. »

31

Parfois, un battement de cils peut être plus important que la résonance du cœur. Cela révèle qu'une partie du corps au moins, fût-elle infinitésimale, bouge encore.

Ce frémissement du visage ramena lentement Ismar à la conscience. Il rêvait d'un papillon posé sur son visage, mais quand sa main allait s'en saisir, le papillon s'était transformé en une touffe de cheveux arrachée par une grenade à un camarade.

Il avait sursauté, enfin éveillé. Ses mains s'étaient portées à ses yeux. Ce n'étaient pas des mèches ensanglantées remuées par le vent de la guerre, sa peau sentait le propre, la terre du front avait été patiemment grattée sous ses ongles. La vue lui était revenue en même temps que la lumière qui s'insinuait entre ses paupières, et ce fut ensuite une explosion de couleurs qui provoqua une douleur dans sa tête.

Il déglutit, le fourmillement de la panique qui remontait dans les jambes comme des millions d'insectes.

Autour de lui, le bois avait disparu. La tiédeur du matelas, le refuge d'un toit et le moelleux du caleçon à rayures, encore inconnus avant cet instant, étaient pires qu'un obus prêt à éclater au-dessus de sa tête. Il avait appris à distinguer le sifflement caractéristique des projectiles en approche, et savoir en reconnaître le calibre signifiait que l'on pouvait trouver le refuge le plus adapté, mais à ce coup-là il n'était pas préparé. Il ne savait pas comment le repousser, en revanche il était certain d'une chose : c'était dangereux.

Il se redressa en position assise et un élancement brûlant au flanc lui coupa le souffle. Son ventre était enserré dans des bandages de tissu.

Peu à peu, le souvenir de la rencontre dans la forêt affleura de la confusion nébuleuse qui l'enveloppait.

Il se leva, prudemment, les lames du plancher grincèrent sous ses orteils nus, le faisant suer de peur. Ses yeux filèrent vers la porte, mais elle resta fermée. La maison était silencieuse, comme s'il était seul à l'habiter. Il laissa errer son regard, il n'y avait pas trace de la besace avec ses effets personnels. Ses mains ressentaient l'absence du fusil et du couteau comme un estropié celle des membres à peine amputés. Il avait assisté un camarade aux heures ultimes de son agonie, et le mourant se lamentait de sa douleur au pied. Un pied qui n'était plus là, pas plus que la jambe entière.

Une main appuyée contre la blessure, il s'approcha de la fenêtre et regarda par l'interstice entre les volets.

Des cheminées fumantes, des toits encore enneigés. Un vieillard claudiquait dans la ruelle, une pipe éteinte plantée entre les moustaches, un chien pelé lui tenait compagnie. Les constructions n'avaient rien de l'architecture autrichienne typique, et Ismar connaissait bien le profil escarpé de la ligne d'horizon. Au fur et à mesure qu'il calculait sa position, il sentait ses jambes se ramollir.

Il se retourna. La bibliothèque remplie d'ouvrages, les couvertures tricotées, le poêle encore chaud à côté du lit. Tout lui sembla aussi menaçant qu'un piège mortel.

Il se laissa glisser au sol.

Il était de l'autre côté de la ligne de front, en plein cœur d'un village italien, et il était seulement vêtu d'un maudit caleçon à rayures.

32

Je hurle de rage. Je viens de voir le tas de bois éparpillé dans la cour. Il m'a fallu des heures et j'ai sué de fatigue à l'installer proprement du côté ensoleillé de la maison, à l'abri. Maintenant, il est mouillé, la flamme ne prendra pas et la maison se remplira de fumée. Une pensée soudaine me fait renoncer à rester immobile, à le fixer du regard ou à ramasser ne serait-ce qu'une seule bûche. J'entre dans l'étable et je fais sauter le loquet.

« Si je t'y prends, je t'embroche ! »

Je pique la fourche contre le battant. Je sais que c'était Francesco et qu'il m'observe, caché quelque part. Je commence à le soupçonner d'avoir évité le front non pas grâce à l'influence exercée par la famille, mais parce qu'il a quelque chose qui ne va pas dans sa tête. Je n'ose imaginer ce qu'il pourrait faire avec une arme à la main, avec une femme prisonnière de ses bras.

Je fouille dans ma poche et j'y trouve la clef, non sans peine. Trop de tremblements, trop de frayeur. Les chèvres bêlent, elles sont agitées.

« Ce n'est rien. Ce n'est rien… »

Ma voix a un avant-goût de pleurs.

Je cours dans la maison et de fenêtre en fenêtre, de pièce en pièce, je scrute entre les fentes. Il n'y a pas âme qui vive, mais quelqu'un dans les ruelles qui mènent à la place du village entonne une villanelle romantique. Pourtant, sur les lèvres de Francesco, ces paroles d'amour deviennent obscènes et lascives.

Je ne baisse pas la garde avant de l'entendre s'éloigner, et c'est seulement à ce moment que je m'abandonne au soulagement. Le froid de la vitre sur la peau calme le martèlement des tempes.

Je tourne le visage vers la bibliothèque, je cherche le vide laissé par la boîte rouge, maintenant plus que jamais c'est un déchirement.

Le dos vert d'un livre interrompt la symphonie des jaunes.

Je me raidis.

Le dos vert d'un livre interrompt la symphonie des jaunes et ce n'est pas moi qui l'ai déplacé.

Je regarde vers le lit. Deux yeux glacials m'observent.

« *Keine Angst…* »

Je ne lui laisse pas le temps de dire autre chose, je lance la fourche. Les dents se plantent dans la tête de lit, elles font bondir le diable blond hors des couvertures. En un éclair, il est dans l'angle, moi dans l'autre, et nous nous dévisageons, haletants. Cela semble nous laisser l'un et l'autre incrédules, de nous affronter ainsi à cette proximité invraisemblable. Il n'y a pas de frontière qui traverse cette maison, si ce n'est celles établies par la peur.

Et c'est la peur qui m'a fait revenir en arrière de plusieurs milliers d'années, me transformant en un être guidé par le pur instinct, c'est la peur qui a animé ma main.

L'ennemi cherche à communiquer avec moi. Je pourrais tenter de saisir le sens de ses paroles, quelque chose dans leur sonorité ne m'est pas étranger, à l'inverse je choisis de les ignorer, comme je le fais du tremblement de ses mains, tendues vers moi. Pas pour m'appeler à me rapprocher, mais pour me tenir loin. Il me craint, je le flaire, mais dans ses yeux je ne discerne qu'une détermination de fer.

Il veut vivre. Moi aussi.

Cette fois, il ne réussit pas à éviter le projectile et le pot de chambre le frappe au milieu du front. Le métal résonne contre l'os comme une cymbale. Cette fois, je l'ai peut-être tué.

J'ai attendu l'heure la plus noire de la nuit. Parmi les hêtres centenaires du Bosco Bandito, ce bois interdit, s'exhalent des forces que je ne réussis pas à ignorer. Les grands sages, comme les appelait mon père. C'étaient les seuls arbres qu'il se refusait à abattre, peu lui importait l'argent qu'ils auraient pu rapporter. Aucun prix n'aurait pu le convaincre de commettre ce sacrilège.

On y respire la magie, sous ces feuillages. Ils bruissent, ils murmurent aux autres habitants du bois. Les troncs noueux s'ouvrent en branches qui me semblent des mains aux longs doigts tendus vers la voûte céleste. Sortilège, semblent-ils implorer. Sortilège sur cette humanité qui s'avance en errant.

« Je suis une pauvre fille de cette terre. »

C'est ainsi que je me présente aux esprits qui l'habitent, avant de franchir l'orée de la forêt.

Ma mère aurait souri, en désapprouvant tant de crédulité. Mon père, lui, approuverait, au contraire.

Je choisis d'être indulgente avec mes fragilités, je m'abandonne aux suggestions de croyances anciennes. Tout, pour ne pas ressentir le poids véritable de ce que je fais.

Le traîneau court sur la neige gelée sans s'enfoncer et cahote sur des plaques sombres de plus en plus larges. Ici dans la vallée, l'hiver se retire, mais le froid durera encore des semaines et cette nuit, qui sera peut-être la dernière, il neige. Le ciel a décidé de m'aider, il couvrira mes traces.

Je n'éprouve aucune fatigue, rien que de la peur, et l'urgente nécessité de m'éloigner de ma faute.

Le diable n'est pas mort. Cette fois non plus. J'ai déjà choisi l'arbre sous lequel l'abandonner à son destin : le plus majestueux, le plus ancien. Cet arbre porte sur son écorce les signes des batailles qu'il a dû mener pour croître et conquérir la lumière. Le tronc se tord et s'ouvre en fissures odorantes de résine. Des générations de jeunes gens ont gravé leurs noms sur cette écorce brune, en pensant fixer dans l'éternité un moment que l'arbre imposant a au contraire phagocyté, en cicatrisant. Leurs âmes sont prisonnières à l'intérieur, disait mon père, leur destin marqué par cet acte brutal. Peut-être pestait-il contre une chose qu'il ne réussissait pas à faire, ou peut-être se laissait-il guider par un véritable sentiment de respect envers ces créatures végétales aussi nobles que sans défense. Il était bûcheron, mais il n'acceptait pas l'injure de cette balafre.

Il n'était pas idiot. Il connaissait le monde mieux que beaucoup de gens et sa pensée était véloce. Seulement les mots lui venaient difficilement, ils dansaient devant ses yeux en l'égarant, s'effritant en lettres auxquelles il ne réussissait pas à donner d'ordre.

Ma mère et lui semblaient différents, c'est vrai, mais en surface uniquement. Comme les arbres les plus résistants, ils enfourchaient tous deux la terre avec des racines si étendues et si bien accrochées qu'elles auraient fait paraître à bout de force la ramure la plus foisonnante. Elles s'entrecroisaient dans les profondeurs mystérieuses de l'amour.

Je dépouille le traîneau de son camouflage improvisé. Les fagots de brindilles recouvrent le corps de l'ennemi. Du pied, je le fais rouler sur la neige et je le pousse jusque sous le grand hêtre.

Nous sommes différents, diable blanc. Non seulement dans ce qui est visible, mais surtout dans l'essence de l'intangible.

Je l'attrape par le col et le redresse contre le tronc. Tôt ou tard, quelqu'un le trouvera.

Vêtu de ses habits, il est redevenu un ennemi mortel. Lui souhaiter bonne chance reviendrait à attirer sur nous la mésaventure la plus noire.

« Je t'ai blessé et je t'ai sauvé. Je ne te dois plus rien. »

Au moment même où je prononce ces mots, je me rappelle un proverbe que les vieux du village avaient l'habitude de débiter comme un rosaire.

Tant que ton sang est chaud, tu ne peux être sûr que le diable soit satisfait.

33

Je pourrais dissoudre le givre avec mes larmes, mais les bêtes ne pleurent pas. Le bois est silencieux, il me refuse sa voix et ainsi il me châtie. Le traîneau est léger, le cœur lourd.

Une ombre agile se déplace quelques pas devant moi, au bas de la pente.

« Qui est là ? » crié-je.

Un enfant se montre. Je reconnais Pietro, le fils de Lucia. Je vais à sa rencontre pour le prendre dans mes bras, mais il se dégage avec l'orgueil de ses huit ans. La glace a écorché les genoux que la culotte courte laisse découverts.

« Pietro, il est tard. Qu'est-ce que tu fais dans la forêt ?

— Et toi ?

— Je ramasse du bois. »

Il regarde, derrière moi, les fagots que je transporte sur le traîneau. Il ne fait pas de commentaires.

« Où est ta mère ?

— Elle prie. »

Au-delà de l'enchevêtrement des arbustes, les vitraux de l'église flamboient dans les ors, les rouges et les turquoises. Il flotte dans l'air une odeur d'encens.

Je le prends par la main et cette fois l'enfant accepte. À l'intérieur, nous trouvons la tiédeur du souffle des personnes agenouillées aux premiers bancs. Le petit lâche prise et rejoint sa mère, à contrecœur.

Je m'assieds dans le fond. Je lève à peine le regard vers l'autel. Les cierges libèrent des volutes de suppliques tandis que le rosaire est offert à la Vierge Marie, comme aux premières heures d'un deuil. Ce sont des prières pour accompagner les âmes des soldats.

Le banc grince. Don Nereo s'est assis à côté de moi.

« Je suis content de te revoir ici. »

Je pourrais lui demander de me confesser, mais ma prière ne serait pas une demande d'absolution tournée vers Dieu, seulement la tentative mesquine de partager un poids.

Dans la doctrine de la foi, je ne réussis pas à trouver d'indication qui puisse me venir en aide.

Tends l'autre joue.

Tends la poitrine à la lame de la baïonnette.

Accueille ton frère.

Accueille l'envahisseur ennemi, affame-le et assoiffe-le.

Des doutes me dévorent comme des lombrics gonflés. Le lent grésillement de l'étoupe est celui de ma conscience qui brûle. Il me semble voir ondoyer les flammes sous ma respiration.

« Que ferait Dieu à notre place ? » murmuré-je.

Don Nereo soupire, il appuie le front contre ses mains jointes, les coudes plantés sur les genoux.

« Ton dilemme est aussi le mien, Agata. »

Ses yeux cherchent un point d'appui dans les symboles qui nous entourent, mais les saints et les anges ont la bouche close et le regard sévère, des ailes et des auréoles qui ne nous appartiennent pas.

« Ne pense pas que je ne ressente pas de déchirement, depuis que la guerre a éclaté. La méfiance s'est insinuée dans les âmes… La méfiance envers tout ce que j'ai prêché en chaire avec une foi indéfectible. Mais ensuite, je vais auprès de nos garçons, là-haut, je constate les sacrifices auxquels ils consentent, je les vois s'immoler et alors j'espère qu'ils survivent, et combien je l'espère, que ce soient eux qui aient le dessus, même si cela suppose de souhaiter que d'autres succombent. Que Dieu me pardonne, mais maintenant c'est moi leur père, et toi, toi, Agata, tu es une mère et une sœur pour ces malheureux.

— Les autres. Nous sommes toujours les "autres" de quelqu'un. Il y a toujours un sud et un nord, un est et un ouest. Ils n'ont peut-être pas également une mère et un père qui les attendent, les autres ? Ils n'ont pas eux aussi le droit de vivre ? »

Don Nereo tourne la tête vers le crucifix au-dessus de l'autel.

« Si seulement ils arrêtaient cette guerre injuste qu'ils ont commencée.

— Et si quelqu'un leur avait dit qu'elle n'est pas injuste ? demandé-je. S'ils n'étaient que des jeunes comme les nôtres, forcés par des ordres qu'ils ne comprennent pas, ou ne partagent pas ?

— L'homme peut toujours choisir le bien au lieu du mal.

— Non, il ne peut pas ! Dans la guerre, cela s'appelle une mutinerie.

— Agata… »

Je ne réussis pas à m'arrêter. Je ne peux pas.

« Ce ne sont que de jeunes garçons. Ce sont seulement des êtres humains. Nous pourrions parler avec eux, chercher à les comprendre. Les prisonniers…

— Vous les avez déjà vus, les prisonniers ? demande une voix. Moi non, et si je ne les vois pas, c'est qu'il n'y en a pas. Il n'y en a plus. »

Tino le boiteux est à peine plus qu'une ombre à côté du confessionnal, il a le menton appuyé sur sa canne, la tête couverte par le chapeau de feutre. Seul le gros nez aussi grumeleux qu'un tubercule pointe de sous le bord, quand il parle.

Don Nereo le fusille du regard.

« Qu'est-ce que tu racontes, Tino ?

— Personne ne les a vus et personne ne se demande ce qu'ils sont devenus. Seuls les officiers valent assez pour être échangés contre les nôtres, les autres, c'est du surplus. »

Don Nereo lève son chapeau tricorne et lui en flanque une tape sur la main.

« Honte à toi ! Insinuer ces infamies ! Comme si l'esprit de tous n'était pas déjà éprouvé à la limite de ce qu'il pouvait tolérer. »

Je laisse ces deux-là se chamailler. Je ne veux pas croire aux paroles du vieux, mais je sens le froid. Désormais, le doute a été semé et, quelque effort que je fasse pour le refouler, je sais qu'il trouvera le moyen de se révolter et de ressurgir en surface.

La Madone de plâtre me regarde avec douleur.

Tu as livré mon fils à la mort, m'accuse-t-elle.

Elle a une peau de lune. La mienne est de fumée, et elle sent la fumée de la défaite. Elle est mère, tandis que moi, je ne le serai peut-être jamais. Mon ventre est stérile depuis des mois, la besogne m'a dépouillée du futur.

Par cette nuit obscure, la cruauté se lève dans le vent et chasse la pitié. L'espérance est une femme qui s'avance pieds nus, qui tombe et se relève. Les pieds blessés, elle suit des sentiers escarpés.

La Madone de plâtre me regarde avec un air triste de reproche.

Si tu ne trouves pas le courage, semble-t-elle dire, tu n'es pas digne de mon roi – mais son roi est sur la croix.

Moi aussi, je suis ta fille, voudrais-je hurler. Au contraire, je cède, je fuis, suivie de volutes d'encens.

Je retourne au grand hêtre : il n'est plus là. Dans l'obscurité, je ne parviens pas à trouver d'empreintes, mais ici la frontière passe très haut et il est blessé, il ne peut être loin.

Dans mon dos, une branche se brise et quelque chose en moi l'imite : aucun animal n'agit de la sorte, car trop léger, ou trop matois.

J'affronte la présence encore cachée, effrayée de la témérité qui m'a amenée ici, mais qui m'a maintenant quittée.

« Montre-toi, ordonné-je comme une reine désespérée.

— Pourquoi tu es revenue ici ? »

La terreur se dégonfle. C'est Pietro.

« Et toi, pourquoi me suis-tu ? »

L'enfant se rembrunit.

« Tu veux me voler mon trésor !

— Mais qu'est-ce que tu racontes ? Rentre chez toi. »

Pietro déguerpit, et moi, je suis obligée de le poursuivre : nous ne sommes pas seuls dans ce bois. Il y a un diable blessé qui se cache et moi, je ne sais pas – je ne sais pas ! – quelle compassion a pu conserver son cœur, ou s'il est vraiment aussi noir qu'on le raconte. Il se raconte que les créatures comme lui les mangent, les enfants.

« Reviens ici, Pietro. Dépêche-toi !

— Non !

— Je viens te chercher et ensuite je le dirai à ta mère ! »

Je le vois à peine, maintenant, je poursuis une silhouette. Nous sommes sous la paroi rocheuse de la crête de Timau, quand je réussis à l'effleurer, mais je sens mes doigts se refermer sur le vide.

« Attends que je t'attrape... »

Au-dessus de nous, l'obscurité craque.

Je ne fais pas un pas de plus. Des fragments de glace me pleuvent sur les joues. Quelque chose bouge, là, en haut.

« Pietro, dis-je à voix basse, en tendant la main vers lui. Viens par ici, tout de suite.

— Je dois prendre mon trésor ! »

L'enfant s'allonge contre le fond de la paroi, il creuse, il tire.

Le crépitement continue.

« Ne fais pas l'idiot, obéis !

— Tu n'es pas ma maman ! »

Le bruit épouvantable de la glace qui se fend se répercute.

Je lève les yeux.

« Mon Dieu. »

Le glacier s'est détaché. Une petite partie de la montagne glisse vers le bas, en suivant le couloir des eaux de surface qui, au printemps, deviennent cascades quand les pluies sont torrentielles, mais c'est juste au-dessus de nous qu'elle va s'abattre. Une langue de glace qui se lance entre les rochers et se déverse tout en bas avec fracas.

Je rejoins Pietro, le serre contre moi pour ne pas le perdre dans le nuage glacé qui est déjà sur nous et je le plaque contre la paroi. La roche est notre dernier espoir et je m'y cramponne jusqu'à sentir mes ongles se casser. Si je la lâche, l'avalanche nous entraînera au fond, elle nous coupera la respiration.

Elle arrive enfin, la mort blanche se décharge sur nous et nous hurlons. Je la sens marteler dans mon dos, me frapper les bras avec fureur, et je m'agrippe avec encore plus de fureur à la montagne. La neige me poignarde la gorge et elle étrangle mon cri, elle me secoue et me fouette, mais je n'étouffe pas. Qu'elle épargne l'enfant, au moins lui, mais Pietro ne crie plus et l'angoisse me prive de mes forces. Mes doigts perdent prise, ils la cherchent sans la retrouver. Je suis submergée par la panique, quand une autre main appuie fortement sur la mienne et l'aide à rester ferme. Un autre corps pousse contre les nôtres et c'est aussitôt une chaleur. Autour de nous, l'obscurité cogne et hulule, mais elle ne nous empoigne pas.

C'est seulement après le retour du silence que je me sens tirée par les bras, le poids qui m'oppressait disparaît et l'air m'envahit, me faisant tousser. Un pleur s'élève, étouffé. La tête de Pietro cherche ma poitrine, ses petits bras maigres se serrent autour de mon cou.

J'ai envie de pleurer, mais j'ai si froid que les larmes tomberaient en cristaux.

Quelqu'un me passe une main sur les yeux, en retire la glace, mais je n'ai pas le courage de les ouvrir et de regarder. L'autre reste immobile quelques instants, puis je le sens s'éloigner.

Des voix épouvantées se pourchassent dans le bois et se rapprochent. Je reconnais celle de don Nereo, de Lucia et d'autres femmes.

Je me retourne tant bien que mal et j'enveloppe Pietro de mon châle. Nous sommes encore à moitié ensevelis sous l'avalanche.

« Tout va bien, ta maman va arriver. »

Francesco nous rejoint le premier et creuse à mains nues autour de nous, en lâchant des imprécations. Il libère Pietro et le confie à sa mère. Lucia est tombée à genoux et sanglote en le serrant contre sa poitrine.

« Je t'avais dit de ne pas sortir. Je te l'avais dit ! »

Elle cherche ma main et murmure un « merci » du bout des lèvres.

Francesco m'aide à me relever, ses doigts se ferment avec force sur mes épaules meurtries.

« Qu'est-ce que tu faisais ici dans le noir ? »

Il me secoue, il est furieux, mais son regard sévère allume aussi la rage en moi.

« Je cherchais du bois. » Je me dégage de son emprise. « Tu ne me demandes pas pourquoi ?

— C'est une chance qu'ils m'aient appelé. »

Comme si cela avait changé quelque chose.

Je m'éloigne, je le laisse à sa vantardise. Tous entourent Pietro. L'enfant insiste pour avoir son trésor et il est clair qu'il ne se calmera pas tant qu'il ne l'aura pas récupéré. C'est une caisse pleine de cuivre que don Nereo et Tino désenfouissent non sans mal de la neige. Ce métal est synonyme de ventre plein pendant des jours. Pietro a failli mourir pour le défendre et maintenant il regarde Francesco comme il le ferait face à un guerrier valeureux.

Mais ce n'est pas Francesco qui nous a tirés de la tombe de glace. Ce n'est pas son corps qui a protégé les nôtres, qui a préservé de l'air.

À la lueur des torches, personne n'a remarqué les empreintes qui désormais se confondent avec celles des nouveaux arrivants. Personne n'a remarqué le petit crucifix tombé à terre, qui brille en indiquant un chemin de gouttes de sang. Je le recouvre du pied, je fais un bouclier à la lumière afin que mon ombre cache ces traces. Je n'en bouge que pour fermer la marche lorsque la colonne retourne vers le village, et sans me retourner.

Ce n'est que plus tard, quand tout le monde s'est endormi, que je reviens sur mes pas. Je m'impose un long détour pour me retrouver au point de départ.

Je sais où le chercher : là où je me cacherais, moi, autrement dit le long du couloir d'avalanche. Personne n'osera s'y aventurer avant plusieurs jours.

Et je sais où le retrouver, où chercher un point de rencontre susceptible de combler la distance : à mi-chemin de nos expériences, qui sont celles de deux jeunes gens.

Il se cache bien, mais je suis fille de chasseur. Les nuages se sont dissipés, seuls quelques légers lambeaux courent à l'horizon. La ceinture d'Orion resplendit et je suis le chemin de sang noirci.

« *Hilfe.* »

À l'aide. C'est l'offre que je susurre quand j'ai la conviction d'être assez proche pour qu'il m'entende. Ferme dans ma détermination, je lui laisse du temps. Et c'est lui qui se montre, enfin.

À la lumière de la lune, il est imposant. Il perd du sang et il tremble, mais ses yeux mordent. Il semble m'accuser : tu me blesses, tu me sauves, tu m'abandonnes et tu me reprends. Décide-toi, une bonne fois !

Je lui lance le crucifix et une couverture.

« Si j'avais été certaine de mes intentions dès le début, tu serais déjà mort ! »

34

Je ne suis plus celle que je suis. La transformation s'est accomplie, mais la créature sortie du cocon n'est pas un papillon.

Je renais sous les oripeaux d'une phalène grise, mate. Je déploie des ailes tailladées par les doigts de la destinée et mon vol est désordonné. J'ai tellement besoin de lumière que j'accepte la proximité de n'importe quelle flamme, sans demander d'où elle provient, sans demander de quels périls elle est porteuse.

Dans les ténèbres qui, par les temps qui courent, nous aveuglent, je réussis à contempler des mouvements mystérieux et des pensées qui portent loin en un moment où l'on ne peut plus même oser faire un pas.

C'est ainsi que je l'ai entrevu, aussi égaré que moi, affamé de jours futurs, cet ennemi si semblable à un homme.

Nous nous toisons, chacun d'un côté de la pièce. Tout devient ardu, maintenant que les regards se rencontrent.

Il se laisse aller sur le lit, très pâle.

« *Wasser, bitte.* »

Il demande à boire. Je vais prendre le broc, mais à mon retour, je ne remplis pas la tasse.

« On dit *acqua*. Ici, c'est encore l'Italie, et avec l'aide de Dieu cela le restera. »

Il me regarde, l'air renfrogné.

« Si tu veux... si tu veux quelque chose, tu le demandes en italien. » J'articule lentement. « *Acqua.* »

Il se penche en avant pour prendre la tasse, mais la blessure le fait se plier. La moue est devenue un mélange d'hostilité et d'inquiétude. De nous deux, c'est lui qui a le plus à craindre.

J'attends, mais la reddition n'arrive pas. Je pense que nous avons du temps, pour trouver un accord, pour chercher l'équilibre. Je suis peut-être cruelle, mais il importe qu'il l'admette : il est en terre étrangère. C'est un envahisseur, il doit déposer les armes dont était muni son esprit, avant même ses mains.

Il tente de se relever, mais la douleur lui arrache une lamentation rageuse.

Je pose la carafe et m'approche, en refoulant toute crainte. Tôt ou tard, j'aurais de toute façon dû me décider à le faire.

« Tu dois rester tranquille, ou la blessure ne guérira pas. »

Je l'aide à retirer ses vêtements épais et lourds puis ses gros souliers et je l'aide à s'allonger. Je m'efforce de penser que je l'ai fait tant de fois avec les blessés sur le front. C'est seulement un soldat, sous un autre uniforme.

Le silence a le pouvoir de coaguler l'air, les regards sont capables de cheminer sur la peau et de tourmenter avec des fourmillements inattendus.

« On dit *grazie*, murmuré-je, pour dissoudre la tension, tandis que je refais son bandage avec patience. Je m'appelle Agata. Agata », redis-je encore, en me battant la poitrine.

Il reste silencieux. Je désigne sa blessure.

« Maintenant, elle est propre. Tâche de dormir. »

Il touche son pansement. Il dit quelque chose dans sa langue.

« De toute manière, je ne comprends pas. »

Il insiste, secoue la tête. Je crois qu'il m'accuse de lui avoir tiré dessus, puis de l'avoir conduit en plein territoire ennemi.

« Tu étais déjà passé de ce côté », marmonné-je.

Je lui fais voir mes poignets joints et, d'un signe de tête, je l'invite à faire pareil. Il recule, mais je ne renonce pas.

« Je dois t'attacher. »

Il se tourne et ne me regarde pas. Il a le profil droit de type germanique, mais la bosse sur le front rompt cette perfection et rend son arrogance déplacée.

Je désigne la porte, puis de nouveau ses bras.

« Ou je t'attache, ou tu t'en vas. »

Il regarde le plafond, sa poitrine s'élargit en une profonde respiration et se gonfle dans un tremblement. Sur le moment, j'éprouve pour lui un sentiment proche de la compassion.

Il est loin de ses camarades, bloqué derrière la ligne de front, enfermé dans une chambre avec celle qui a tenté de le tuer.

Il a peur, comme moi. La peur peut-elle unir au lieu de diviser ? Nous le découvrirons bientôt, lui et moi.

Je remplis la tasse d'eau et je la lui propose.

« Tu dois dire *grazie* », lui fais-je remarquer, mais il ne répond pas.

Je voudrais l'envoyer au diable, mais ensuite je pense à ce qui nous serait arrivé à Pietro et moi s'il ne nous avait pas protégés, et je me sens moins belliqueuse à son égard.

Il nous a sauvés. Je m'en contenterai. J'attends patiemment, jusqu'à ce qu'il comprenne que c'est le moment de céder, et finalement il me tend les poignets. Je l'attache pour assurer ma sécurité, toutefois la sensation que j'éprouve est autre chose : ce ne sont pas par ces nœuds que je me sens protégée, mais par la vigueur de ces poignets. Ils sont forts, et il vient de les poser dans mes mains.

35

Je me réveille à l'aube, consciente de ne pas être seule.

Il y a un autre cœur qui bat derrière ce mur. D'autres halètements, d'autres pensées. Tellement similaires, pour certains. Farouchement différents, pour d'autres.

Je le laisse se reposer encore un peu. Quand je me sens enfin sûre de moi, je frappe et j'entrouvre la porte. Il est réveillé.

Je le salue d'un signe de tête et pose sur le secrétaire une bassine d'eau tiède et un linge propre. Je sors de la commode des vêtements de rechange et les dépose sur le lit.

« Tu te débrouilleras seul », lui dis-je.

Au moment où je vais ressortir, il lève les poignets pour me montrer ses liens.

J'hésite, mais je ne peux rien faire d'autre, si ce n'est le libérer.

Je m'approche.

« J'ai un couteau en poche. »

Ce n'est pas tant un avertissement que je lui lance, qu'un encouragement pour moi-même. Je défais les nœuds en pensant que nous sommes trop proches l'un de l'autre, qu'il est blessé, mais reste de toute manière le plus fort, que c'est un inconnu, un Autrichien. Mes mains tremblent et ses yeux l'ont remarqué : ils s'attardent sur les miens, sur mes doigts. Et encore sur mon visage. Je ne réussis plus à respirer.

Dès que je le peux, je m'éloigne.

« Dépêche-toi ! » dis-je, et je referme la porte derrière moi. Je dois vérifier la maison, m'assurer que les fenêtres soient bien closes, ainsi que chaque entrée. Je m'occupe des chèvres, je leur donne leur fourrage frais, je nettoie la cuisine et prépare un repas. Par instants, j'entrouvre un volet et j'observe le village désert. Viola n'est pas venue me chercher, désormais elle ne le fait plus. C'est douloureux, mais c'est aussi une bonne chose, pour toutes les deux.

Quand je pense qu'il doit avoir terminé, je retourne le voir avec une assiette.

Je le trouve prêt, il a même essayé de se coiffer. Son visage a repris de belles couleurs.

Il s'est entortillé les cordelettes autour des poignets comme il a pu. Je dois seulement serrer plus fermement les nœuds.

Nous nous observons.

Tu l'as fait pour moi ? voudrais-je lui demander.

Je m'approche et je serre fort. Je laisse suffisamment de longueur pour qu'il puisse manger seul.

« Potage, lui dis-je, en lui tendant la cuiller. Et fromage. »

Je ne le regarde pas manger, je range la chambre. Je ramasse les habits sales et je fais la poussière. Lui, il ne cesse de me scruter.

« Je dois te montrer comment t'en aller, lui dis-je un peu plus tard. Très bientôt, ce sera le moment de partir. »

Il m'observe d'un œil attentif, sur ses gardes. Il me rappelle le loup que j'ai tant de fois approché.

« Après le village, derrière le torrent, tu tomberas dans le Bosco Bandito. C'est là que je t'ai laissé. »

Je m'approche de la fenêtre. J'entrebâille les volets et le monde extérieur entre par une ligne étroite, en un mélange de couleurs et de reflets. Je désigne le verdoiement lumineux tout là-bas.

« Le bois. Tu m'as compris ? »

Il a l'expression de celui qui, malgré ses efforts, ne comprend rien. Je referme les battants.

« J'avais un chien, il me comprenait mieux. »

Il baragouine quelques mots. Il n'y a là aucune impétuosité, il n'a presque aucun espoir d'être compris. Je voulais devenir maîtresse d'école, désormais je vais avoir l'occasion d'en être une, avec quelqu'un dont je n'aurais jamais cru que ce serait possible.

J'ai pris une feuille de papier, de l'encre et une plume dans le tiroir du secrétaire, et je m'assois à côté de lui.

En quelques traits, je dessine une maison.

« Nous sommes ici. Maison. Nous sommes dans cette maison. »

Il se redresse sur un coude, sa curiosité semble piquée.

Derrière la silhouette de la maison, je dessine des arbres, aux profils élancés et aux cimes vaporeuses.

« Le bois. Nous l'appelons le *bolt.* »

Il desserre les lèvres, mais il reste indécis, ne sait s'il va me contenter.

Viens à ma rencontre, pensé-je, et peut-être serons-nous un peu moins étrangers, un peu moins éloignés.

« *Der Wald* », murmure-t-il.

Je garde pour moi la satisfaction de cette petite victoire et, à côté des silhouettes d'arbres, j'écris ces mots.

« Maison. Bois. On l'appelle le Bosco Bandito. Ce sont les hêtres les plus anciens et les plus imposants qui y poussent. Au seizième siècle, la république de Venise l'a réquisitionné, l'a décrété interdit d'accès, pour réserver ces arbres précieux à la construction de ses navires. »

Je lui parle, afin que ses oreilles s'accoutument aux sonorités de la langue. Il importe peu qu'il comprenne chaque mot précisément, il suffit qu'il perçoive leur signification.

« Venezia... *Venedig* ? »

Je l'ai égaré et tente de lui faire retrouver le fil.

« C'est l'endroit où nous avons retrouvé le petit. *Bambino*. Je le dessine, tout minuscule. *Bambino*. Nous disons *Ckint*.

– *Das Kind !*

– Oui ! Quand même, répète : *bambino*. »

Il ne m'obéit pas.

Je dessine encore, une ligne brisée, derrière la maison, mais cette fois je ne dis rien et lui laisse le soin de faire un pas de plus.

Il pointe le doigt.

« *Die Berge*. »

L'émotion est si grande, d'avoir pu nouer un lien profond avec celui qui représente tout ce que je voudrais repousser. Le dialecte de Timau est resté inchangé depuis le Moyen Âge et pourtant il est vivant, c'est un instrument de rencontre, c'est une chose qui, à un certain point de l'Histoire, a uni nos peuples.

« Pour nous, c'est *bearga*, lui expliqué-je. Ce sont les montagnes.

– Mon... » Il pince les lèvres. Il réessaie. « Montag... ne. »

Je souris.

« Montagne. Avec un g mouillé. Montagne. »

J'écris les trois mots. *Berge*. *Berga*. Montagne.

« Écrire. »

Je mime le geste, lentement.

« *Schreib*...

– Très bien », l'encouragé-je, mais je redeviens aussitôt sérieuse. Maintenant, il faut qu'il comprenne ce que je vais dire, parce qu'il en va de sa survie. « Tu vas devoir les traverser pour arriver à la frontière. Frontière. »

Je dessine un fil de fer barbelé.

« Frontière. Je détache les syllabes. *Grenz.* »

Il devient plus attentif.

« *Ist die Grenze hier ?*

— Oui, c'est là qu'est la frontière, de l'autre côté c'est l'Autriche. Ce ne sera pas facile. La neige est encore profonde. *Sghneab*, tu comprends ?

— *Schnee.* »

Il soupire et se laisse retomber contre l'oreiller. Il est pensif, mais semble satisfait.

« Tu y arriveras. »

Je suis moi-même surprise de ce que je viens de dire. Il y arrivera et ensuite il viendra exécuter les ordres qui lui seront adressés ? Qui sait, un jour, ce sera peut-être lui qui me tirera dessus, ou sur quelqu'un à qui je tiens. Je suis en train d'engendrer un rejeton de malheur.

« Tu retourneras au combat, dis-je. Rien ne changera rien. *Ckempf.*

Il se tourne, son regard clair s'assombrit.

— *Kampf* », murmure-t-il, et il semble vouloir me signifier que ce n'est pas notre guerre, même si nous devons y combattre.

Il m'effleure. C'est seulement un contact délicat sur le poignet, auquel je réagis pourtant comme s'il m'avait secouée. Une réaction exagérée, le vrai visage de la peur.

« Excuse-moi », m'empressé-je de souffler, et pourtant j'ai la main sur le cœur, elle l'apaise.

Il désigne cette main.

« *Herz*.

— *Hearza*. Cœur. »

Ma respiration s'est calmée. Une cloche sonne l'heure.

Cette fois, son doigt indique la fenêtre. Il veut continuer notre jeu et je le contente.

« Cloche. *Klouka*. »

La sonorité le fait sourire.

« *Die Glocke*. »

Il indique l'assiette vide, prend la cuiller et la porte à ses lèvres. Les cordelettes autour de ses poignets se tendent.

« *Essen* ?

— *Eisn*. Manger.

— Manger. »

C'est ainsi qu'il me retient, en tissant entre nous une trame de mots éloignés de la guerre, éloignés du défi qu'il devra affronter pour retourner là d'où il est venu, armé et décidé à conquérir.

La carte portant l'itinéraire de sa fuite a glissé sur le sol et elle y reste.

La question qui me tourmente est celle-ci : que m'arrivera-t-il hors de l'enceinte protégée de cette maison ? Ce que je fais a un prix et, en un sens, je devrai le supporter.

Ismar indique la bibliothèque, les volumes que je n'ai plus le temps de lire.

Ma main vient couvrir mes lèvres.

Mon Dieu, j'ai pensé son nom.

Je me cache en lui tournant le dos, effrayée par moi-même.

Calme-toi, Agata. Ce n'est qu'un nom.

Je me concentre sur les livres. Il veut un mot pour les appeler. Il y en a beaucoup, et tous sont douloureux.

« Histoires. Songes. Espérances. »

Je me tourne, je le regarde.

« Brisées. »

36

Je me suis cachée durant des jours. J'ai vécu dans une obscurité qui croît à l'intérieur de moi.

J'ai repoussé ce moment autant que j'ai pu, mais aujourd'hui j'ai dû monter au front. Si je ne l'ai pas fait plus tôt, ce n'était pas en raison d'un obstacle ou d'une nécessité, mais à cause de l'angoisse qui m'envahit à l'idée de revenir en ces lieux.

Je sais que je vais devoir rencontrer le capitaine Colman et ne me dérobe pas. Je préfère l'affronter avant de perdre le peu de courage qu'il me reste, mais je trouve son poste de commandement désert. Les rares papiers rangés, l'absence de son coffret avec son nécessaire d'écriture m'effraient.

Sur le seuil, je tombe nez à nez avec le docteur Janes, qui me salue d'une étreinte.

« Enfin, on se revoit !

— Et lui, que devient-il ?

— Le capitaine est monté en altitude avec les meilleurs hommes de l'unité et il y restera quelques jours. Les ordres lui imposent de tenir un avant-poste. »

Mon cœur ne veut pas se calmer.

« Ils s'attendent à un assaut ?

— Nous ne détenons aucune information sur des mouvements de troupes ennemies, mais les Autrichiens veulent cet éperon rocheux, ils nous le font comprendre par de constantes escarmouches. S'ils l'obtiennent, ils achemineront là-haut des mitrailleuses et des obusiers, et réussiront à atteindre nos tranchées à revers, en profitant du surplomb. Mais ne vous inquiétez pas, ils n'ont jamais rien tenté de sérieux. C'est trop dur, de se battre là-haut.

— En attendant, qui commande ici ?

— L'officier au grade le plus élevé… c'est moi. »

Sa mimique amusée me fait rire.

« Pardonnez-moi, docteur. Non, mon commandant !

— "Docteur", c'est le seul titre auquel je tiens. Pour être sincère, je préfère recoudre que sonner l'assaut à la baïonnette. »

Un silence, qui nous ramène au poids de la réalité.

« Il rentre bientôt ? demandé-je.

— Qui peut dire combien de temps les Autrichiens vont s'entêter ? Mais je le crois, oui. Il s'est beaucoup enquis de vous, ces derniers jours. Il était préoccupé de ne pas vous voir. »

Je ne réussis pas à répondre.

« Ne nous abandonnez pas, Agata. Nous avons besoin de votre… tempérance.

— Je reviendrai demain », le rassuré-je, mais je ne sais pas si c'est la vérité.

Le docteur Janes me prend bras dessus bras dessous. « Venez, buvons un thé ensemble.

— Je dois y aller…

— Accordez-moi le plaisir de votre compagnie encore un moment. Vous êtes à peine arrivée et aujourd'hui la paix semble nous effleurer, comme un rêve éveillé.

— Vous êtes un commandant poète, docteur », dis-je d'un ton léger, mais il est éprouvant de feindre. « Nous prendrons le thé demain, je vous le promets. »

Je le quitte contrarié et presse le pas en direction de la petite chapelle du front, à la recherche de Lucia et Maria.

Cette chapelle du Pal Piccolo est devenue un symbole de résistance et d'espérance qui rassemble les soldats à la moindre occasion. Sur ces sommets, elle offre un réconfort à l'esprit des combattants, comme l'*hospitale* antique. Elle se dresse au milieu des croix et à l'abri d'une paroi abrupte, si parfaite et si inattendue que cela semble un mirage.

D'abondantes chutes de neige l'ont plus d'une fois recouverte jusqu'au crucifix qui pointe en haut du toit, mais elle a résisté, aussi stoïque que ceux qui l'ont conçue. Je n'ai pas oublié que les mains d'Amos ont contribué à polir ses pierres. Je me demande comment va mon cousin, s'il est plus en sécurité sur le Karst qu'ici.

Je ne sais si le front résiste, là-haut. J'ai appris à me méfier des nouvelles beuglées par les journaux. La vision des dessins satiriques m'ennuie, autant que celle des cartes postales de propagande. Tous montrent une guerre que nous n'avons jamais connue, qui n'existe pas, une guerre faite de géants, d'affrontements entre des titans sans même que soit versée une goutte de sang, sans même un membre fracassé ou arraché, sans viscères éparpillés sur un champ de bataille transformé en boucherie. C'est une guerre dont on peine à imaginer l'odeur, que pour ma part je ne pourrai jamais oublier ; la voix lui a été ôtée, cette voix qui continue de hurler dans nos nuits à tous, nous qui, au contraire, la vivons. C'est un récit sinistre, dépourvu du souffle épique des poèmes, parce que sans l'écume du sacrifice, rien n'a de valeur.

Je retrouve les autres, elles sont avec Viola. Elles écoutent la messe sur la pente enneigée. Nous sommes trop nombreux pour entrer tous.

L'aumônier militaire célèbre l'office sous l'arcade du portail ; à côté de lui, tel un totem païen érigé par une tribu brutale et scélérate, pointe un obus gigantesque planté dans la terre. Il est quelquefois salvateur de garder près de soi ce qui nous épouvante le plus.

Je me souviens du jour de l'inauguration de cette chapelle. Le ciel tonnait, l'ennemi avait flairé dans le vent la tenue d'un événement particulier et lancé son artillerie la plus lourde au-dessus de nos têtes. La terre crevait et bouillonnait en millions de cratères, mais pas un projectile ne l'a atteinte. Elle a été construite avec sagesse, cette maison des âmes et des cœurs.

Nous nous recueillons tout près de là. Viola me murmure à l'oreille :

« Tu as vu le tableau ? Le peintre l'a fait apporter aujourd'hui de Venise. Cela ne te rappelle personne ? »

Derrière le prêtre, deux Alpins portent une image de la Vierge Marie. Nous sommes un peu loin, mais je reconnais les traits illuminés d'une lumière spirituelle, l'expression remplie d'amour, son teint couleur de lys. Elle tient dans ses mains une couronne de laurier, comme si elle voulait en ceindre le front de cette Italie blessée, ou de ses fils tombés pour la défendre. Je ne parviens pas à retenir une exclamation.

« Lucia ! »

Viola éclate de rire, tandis que Lucia nous fait signe de nous taire, les joues enflammées. C'est elle, cette Madone.

Je la serre dans mes bras, et à cet instant je me sens heureuse. Qui, mieux qu'elle, peut donner son visage à la Sainte Mère de ces garçons ?

Marie ne se laisse pas gagner par notre accès de joie. Perdue dans ses pensées, elle regarde en direction des lignes ennemies.

Quand elle parle, nous frissonnons toutes.

« *Quand l'Agneau ouvrit le quatrième sceau, j'entendis la voix du quatrième être vivant dire : Viens ! Et je vis venir un cheval blême. Son cavalier s'appelle "la Mort" et il était suivi du séjour des morts. Il leur fut donné le pouvoir sur le quart de la terre de faire périr les hommes par l'épée, la famine, les épidémies et les bêtes féroces.*

– Quelle allégresse, marmonne Viola.

– C'est l'*Apocalypse*, lui répond Lucia. Elle a raison de nous la remettre en mémoire. Que Dieu nous en soit témoin : nous n'avons jamais rien fait pour nous nous attirer cela.

– Vraiment ?

– Tu n'y crois pas ? »

Viola ne croise pas son regard, elle est devenue de plus en plus risque-tout, elle provoque parce qu'elle brûle de donner libre cours à la haine qui couve en elle. Elle se sent perdue, contaminée.

« Quelqu'un aura bien quand même péché, réplique-t-elle, si l'enfer s'est déversé ici. Moi, pour commencer, je voudrais écraser ces Autrichiens infâmes ! Qu'ils meurent tous !

– Viola ! »

Lucia voudrait la serrer dans ses bras, mais elle se soustrait à son étreinte et disparaît au milieu des soldats. C'est à eux maintenant qu'elle dédie ses seules pensées. Des pensées qui virent à l'obsession : les maintenir en vie, les aiguillonner, les pousser à l'assaut. Elle cherche vengeance pour son artilleur mort. La soif de vengeance l'étouffera.

« Agata, pourquoi tu n'essaies pas de lui parler, toi ? »

Lucia place en moi un espoir déjà mort-né. Viola ne m'écoutera pas. À ses yeux, je n'ai pas encore vécu de perte suffisante pour l'atteindre et la rejoindre là où elle est à présent.

Je m'éloigne en m'excusant, sans attendre la bénédiction, et je rentre à la maison en proie à l'intranquillité. Cette sensation se dissipe dès qu'il me semble réussir à la saisir, mais je sais qu'elle est composée des mensonges, de la rancune d'une amie et de la pensée du capitaine Colman, en armes, sur un sommet.

Le soir, je reprends ma place à côté du diable blanc. Il semble content d'avoir enfin à nouveau de la compagnie. Son regard est bienveillant, le corps mollement allongé. L'exubérance de sa jeunesse est celle d'un dieu déchu, ou peut-être d'un faune. Je peux presque lui voir des cornes dans l'ombre qu'il projette, si semblables à celles d'un démon.

Un poison, me dis-je. La haine de Viola m'a contaminée, moi aussi.

Après le repas, nous recommençons notre jeu des mots, mais le sentier que je trace pourtant moi-même s'enfonce assez vite dans le dédale d'une forêt de remords et de fautes.

Je lève les mains, je les joins, je replie les doigts comme pour empoigner un fusil invisible.

« *Jäger ?* » demande-t-il.

Je fais non de la tête. Ce n'est pas « chasseur », le mot que j'avais en tête. Je vise et je presse une détente imaginaire.

« Assassin », martelé-je.

Il change d'expression. Il ferme un instant les yeux, comme si la balle que j'ai feint de tirer était réelle. Quand il les rouvre sur moi, ce n'est pas du repentir que j'y vois, mais une colère silencieuse.

« *Träger* », prononce-t-il.

Il n'a pas besoin d'exprimer par des gestes la signification du mot qu'il a lié à mon accusation. Sa sonorité est similaire à celle du nom qu'on a commencé à nous donner ici aussi, au village.

Dar Trogarinnen.

Les Porteuses.

37

Ismar n'avait pas vu de femme depuis plus d'un an, mais cette jeune fille n'était pas comme les jeunettes qui l'attendaient, fébrilement, à Vienne. Elle ne s'affichait pas en chemisiers multicolores moulant des seins généreux et en jupes flottantes laissant entrevoir des chevilles voluptueuses, et elle ne sentait ni la poudre parfumée ni l'eau de Cologne.

Elle ne ressemblait pas à Lena.

Lena. Lors de sa dernière permission, il avait évité de la rencontrer. Avant la guerre, il lui aurait tendu le bras pour l'emmener au Café prendre un chocolat viennois ou dans une brasserie manger un plat de saucisse blanche à la moutarde et des bretzels. Il aurait donné n'importe quoi pour faire du présent un futur lumineux.

Au cours de sa première semaine passée à survivre sur le front, il la voyait souvent, dans ses rêves : vêtue d'un Dirndl *bleu ciel aussi clair que ses iris, des cheveux très blonds coiffés en vagues éclatantes, la taille serrée dans un corset… Il avait imaginé mille et mille fois en desserrer les nœuds, d'un doigt, alors que tonnaient les obus.*

Peu à peu cette image était devenue floue. Le rêve s'était brisé, révélant un néant angoissant. Le néant de sa vie précédente.

Rentrer chez soi, en sachant qu'il ne pourrait échapper à l'appel de la guerre, c'était un calvaire. Répondre aux questions de son père à propos de la vie sur le front, assurer à sa mère qu'il serait prudent – prudent –, *rire avec ses sœurs, satisfaire la curiosité des passants... Tout ce cirque l'avait exténué.*

Il se sentait incapable de partager leurs centres d'intérêt, leurs joies, et même leurs anxiétés. Tout lui paraissait si misérable, si insignifiant par rapport à ce qu'il s'était habitué à faire, à chaque minute de sa nouvelle vie : rester en vie. Ismar était devenu un autre, il était devenu « autre ». Dépouillé de toute velléité, de tout oripeau ridicule, c'était un roi nu, enfin libre.

Mais la liberté est folie, pour qui lui préfère la sécurité des conventions.

La jeune femme italienne était on ne peut plus éloignée de Lena, du rêve d'Ismar.

Des épaules larges – l'effort.

Des mains rugueuses – le travail.

Des vêtements élimés – la misère.

Des yeux couleur des bois et des cheveux longs et emmêlés, couleur de cannelle. Une bouche grande, affamée de vie. Une bouche qui était capable de l'accuser même quand elle se taisait.

Il y avait en elle quelque chose de sauvage où Ismar pouvait se refléter sans se sentir coupable, et en même temps quelque chose de paisible et de solennel.

Il possédait aussi l'âpreté qu'elle avait en elle – l'âpreté des choses usées par la vie –, mais elle coïncidait miraculeusement avec les indices qu'il avait appris à exploiter pour rester en vie. Il avait appris à se méfier des surfaces lisses et brillantes, dans les ermitages de montagne comme au milieu des hommes.

Elle le maintenait attaché. Il la laissait faire. Il la comprenait.

Mais elle n'était pas très habile avec les nœuds et, dès qu'elle sortait et fermait la porte de la maison, il s'en libérait.

Dans ces moments solitaires, sans être vu, il la connaissait vraiment.

38

Un message arrive du front. Je suis occupée à puiser de l'eau de la fontaine quand la sonnette de la bicyclette de don Nereo annonce l'arrivée des nouvelles. Me voyant, il actionne les freins et fait racler ses semelles sur les graviers. La dépêche est pour moi.

Je la lis et l'appréhension cède vite la place au désarroi. Le capitaine Colman me demande de monter d'urgence, jusqu'à l'éperon rocheux qu'il défend depuis des jours avec sa compagnie, sur une position en hauteur, au-dessus de la ligne de front.

Je la fais lire à notre curé qui, devant la nature de la seconde requête, cligne des yeux.

« Pourquoi ? » s'étonne-t-il.

Je l'ignore.

Je dois apporter la plus belle tenue que je possède et le nécessaire de petit-déjeuner le plus fastueux que je réussirai à trouver. Le message ne fournit pas d'explications.

« Va chercher la tenue, je m'occupe du reste. Retrouvons-nous à la sacristie, dépêche-toi. »

Don Nereo se dresse sur ses pédales et fonce en direction du clocher.

Je n'ai plus qu'à me presser, avec le seau qui se balance et l'eau qui gicle. Finalement, je le pose à terre et mon agitation se mue en une course effrénée.

À la maison, je trouve l'ennemi dans la position où je l'ai laissé. Je l'observe, le souffle court : il garde les yeux fermés, la tête relâchée sur une épaule, les mains posées sur son bandage à l'abdomen encore attachées au lit, mais je sais qu'il simule. La respiration du sommeil est différente de celle de l'état de veille, et j'ai appris à les reconnaître au cours des nuits passées au chevet de mon père.

J'approche le broc d'eau sur la table de nuit et lui pose sur le ventre un mouchoir avec du pain et du fromage.

« Je dois y aller, mais je rentrerai tôt. »

Il ouvre les yeux. Il ne feint pas la confusion de celui que l'on vient d'arracher à ses rêves, il a toujours été conscient de chacun de mes pas. Je lui indique le pot de chambre.

« Si tu veux rester en sécurité, n'essaie pas de te déplacer. »

Une demi-heure après, nous sommes déjà en chemin. Don Nereo, moi et une mule chargée de tout ce que nous avons réussi à récupérer. La besace sur le dos de l'animal tinte et résonne de cuivres précieux.

Nous ne parlons pas, nous poussons sur nos genoux et sur nos talons pour monter le plus vite possible. Toutefois, sur le dernier tronçon, don Nereo trébuche plusieurs fois et je dois le hisser sur le mulet. L'effort gonfle ses veines et rougit son visage. À notre arrivée sur le front, au Pal Piccolo, il est contraint de me laisser continuer seule.

« Que Dieu soit avec toi », me bénit-il, mais je n'ai pas le cœur de répondre. Je doute de Dieu autant que de l'homme.

Le docteur Janes nous a rejoints et m'assigne un Alpin d'escorte. Nous avancerons sur des chemins de ronde en partie à découvert.

« Le capitaine m'a confié le commandement, me précise-t-il, en faisant quelques pas vers nous. Je suis impatient de le voir rentrer, dites-le-lui.

— Je suis certaine que vous serez à la hauteur de votre mission, docteur. »

Il retire ses lunettes et les nettoie avec le bout de sa manche. Il cherche du réconfort. Je lui serre le bras et je le sens trembler.

Sa manière de me regarder m'effraie. Il s'en rend compte.

« Pardonnez-moi, c'est une triste journée. Oui, le capitaine va renforcer l'avant-poste et reviendra nous tourmenter l'esprit avec ses bavardages.

Allez-y, maintenant. Suivez le sentier, c'est une bonne demi-heure de grimpette. »

Un pied devant l'autre, j'avance d'un pas rapide jusqu'à ce que le fortin apparaisse, une série de baraquements en planches étayés au-dessus de l'à-pic. En amont des cheminées fumantes se dressent des échelles de fer qui conduisent aux crêtes. Quelques Alpins accrochés aux parois lèvent la main en signe de salut, tandis que d'autres sont occupés à renforcer les parapets au moyen de pierres et de sacs de sable.

Je m'arrête pour reprendre mon souffle. La sollicitation du capitaine me paraît plus que jamais dénuée de sens.

C'est lui qui m'accueille, en sortant du refuge.

« J'espérais votre arrivée ! »

Il m'aide à me délester de la hotte et en examine le contenu.

« Vous avez apporté ce que je vous ai demandé ?

— Oui, mais vous avez été mystérieux.

— Entrons, je vais vous expliquer.

— Cette baraque ne va pas s'écrouler ?

— C'est plus solide qu'il y paraît. Nous sommes accrochés à la montagne. »

Le conflit a poussé l'être humain vers des altitudes pour lesquelles il n'est pas fait, elle l'a transformé, avec le vertige et les rigueurs du froid, avec l'âpreté de la roche et la pureté des vents ; il a été balayé par les avalanches, et ceux qui ont été épargnés ont appris à s'agriper à des parois verticales.

À l'intérieur du bivouac, un poêle sur lequel gargouille une cafetière tiédit l'atmosphère. Nous ne sommes pas seuls, deux Alpins sont occupés à balayer.

« Nous attendons des invités », m'annonce le capitaine.

Nous nous trouvons dans un désert de rochers, d'étendues verticales qui entraînent le regard jusqu'au ciel.

« Quels invités peuvent bien arriver jusqu'ici ? »

Il se retourne, me dévisage. Son expression se fait grave.

« L'ennemi, Agata. Nous attendons des émissaires du front autrichien. Voilà pourquoi je vous ai priée de venir. J'ai besoin de votre aide.

— En quoi pourrais-je vous aider ?

— Pour les recevoir, cet avant-poste doit changer d'aspect. Ils viennent demander notre reddition, ils sont certains que nous ne possédons plus assez de ressources pour résister.

— Et c'est vrai ?

— Avec votre aide, nous leur démontrerons le contraire. Vous vous en sentez capable ? »

Je hoche la tête, je ne puis rien faire d'autre.

« Bien, commandez et mes hommes exécuteront. Moi, je dois m'occuper de notre dispositif défensif. »

Il va ressortir, mais je l'arrête. Je ne puis m'en empêcher.

« Ils tiendront ? » demandé-je.

Il me gratifie de l'un de ses rares sourires, qui, ces derniers temps, se font plus fréquents.

« Mais certainement », promet-il, et il s'éloigne.

Je regarde autour de moi, je m'accorde quelques instants avant de décider quoi faire.

« Quels sont vos ordres ? » me demande un Alpin.

Je lui désigne la hotte.

« Tout est là-dedans. »

Nous tendons la dentelle très fine de la nappe d'autel sur la table aux arêtes rongées. L'étole de soie que don Nereo endosse pour célébrer la Pâque devient un splendide milieu de table aux broderies d'argent miroitantes. Dieu comprendra, me dis-je, en remplissant le calice de perce-neige cueillis dans la montée.

Un soldat déroule le tapis tandis qu'un de ses camarades brique diligemment les chandeliers prélevés sur l'autel. Les cartes sont déployées sur le pupitre. Quand j'allume les cierges et fais un pas en arrière pour admirer notre œuvre, le résultat me surprend moi-même. Le baraquement a maintenant l'air d'un atelier de l'époque romantique, du refuge d'un grand penseur.

Le soldat préposé à la soupe entre en tenant dans ses mains un plat enveloppé dans un torchon et la salle se remplit d'odeurs suaves, de pain grillé dans le beurre et fleurant bon la dernière ration de poudre de cannelle que j'ai raclée dans le fond d'un bocal. Nous remplissons les bols, nous enfournons encore du bois dans le poêle.

Le capitaine Colman est de retour et la tête qu'il fait nous tire un éclat de rire.

« Exceptionnel ! s'écrie-t-il. Vraiment exceptionnel, il manque juste un détail. »

Il tombe le manteau et dispose quelques volumes sur le bahut. Je m'approche pour les étudier de près.

— Des livres ? m'étonné-je.

— Des romans. Parce que le feu ennemi ne nous inquiète en rien et nous avons tout le temps de lire. »

Je ne peux me retenir de rire, tout en tournant et retournant l'un des volumes entre mes mains.

« *Notre-Dame de Paris*. Il est à vous ? m'enquiers-je.

— Mon préféré. Vous l'avez lu ?

— Non.

— Vous devriez. »

Un edelweiss séché marque une page non loin de la fin.

« *Au-dessus de tout cela, dans le ciel, un vol perpétuel de corbeaux...* » Je regarde le capitaine, dubitative. Je parcours quelques lignes et je continue. *« ... la nuit surtout, quand il y avait un peu de lune sur ces crânes blancs, ou quand la bise du soir froissait chaînes et squelettes et remuait tout cela dans l'ombre. Il suffisait de ce gibet présent là pour faire de tous les environs des lieux sinistres.* » Je referme le livre et le lui rends. « Une lecture que le commandement suprême encourage pour remonter le moral des troupes, j'en suis sûre. Cela vous aide à les préparer à la cour martiale ?

— En réalité, c'est aussi une grande histoire d'amour, mais je vois que vous ne me croyez pas. Et cela me fait mal d'en avoir conscience.

— Le docteur Janes saura soulager votre douleur en vous prescrivant de la grappa.

— Le docteur Janes est le meilleur médecin du monde.

— Il vous fait dire de vous dépêcher de rentrer. Le commandement n'est pas fait pour lui. »

Le capitaine consulte sa montre.

« Il est temps d'aller vous changer, maintenant. »

Il m'indique une petite pièce attenante à la salle d'intendance, qui sert aussi de guérite. Je prends le ballot apporté de chez moi et je ferme la porte. Je me déshabille, mal à l'aise, étant la seule femme dans un milieu masculin.

La plus belle tenue que je possède, m'a recommandé le capitaine dans son message. La seule que je possède est aussi la seule maintenant que je préférerais ne pas mettre. Je dénoue la ficelle qui ferme le ballot et j'en dispose avec soin le contenu sur le lit de camp. Le chemisier de coton très fin a l'odeur des capitules de camomille. Quand je l'enfile, je sens l'été sur ma peau. Les socquettes sont les plus fines que j'aie jamais enfilées et la jupe de velours aussi noire que les *scarpetz* couvre mes chevilles d'une broderie colorée de gentiane, d'épis et de boutons-d'or. Lorsque je retire les peluches du gilet pervenche, il chatoie sous la lumière, et je place autour de mes épaules le châle de la même couleur.

Il y eut un temps où les fuseaux et les rouets de la vallée, guidés par d'habiles mains de femmes, produisaient des fils très précieux et très fins. Le chanvre et le lin de nos champs se transformaient en étoffes à la trame souple, que les fleurs et les plantes teignaient de leurs couleurs exubérantes de vie. Ce temps-là s'en est allé et je me sens triste.

J'enfile la tenue de mariée de ma mère.

Devant un miroir portatif, entourée d'objets masculins qui me rappellent où je suis, je tresse mes cheveux et les rassemble dans la nuque. Je ne me suis jamais vue ainsi, et peut-être cela ne m'arrivera-t-il plus jamais. Je prends seulement le temps d'une profonde respiration, avant de retourner à la réalité.

Quand je le rejoins, le capitaine Colman demeure silencieux, et je finis par en ressentir de la gêne. Il s'imaginait peut-être une tenue différente, mais la mode des villes n'est jamais arrivée jusqu'ici.

« Si cela ne… commencé-je à dire.

— Il manque juste une chose », m'interrompt-il, en quittant la pièce. Quand il réapparaît, il me fait enfiler le brassard rouge portant le numéro de l'unité. « Vous avez oublié ceci. Vous n'êtes pas ici pour servir à table, et je ne veux pas non plus que votre présence soit mal interprétée. »

J'effleure le bandeau.

« Quel est mon rôle, de quel nom puis-je le désigner ? Parfois, je me le demande, mais ne trouve pas de réponse.

– Si la question vous inquiétait, vous pouviez me la poser, à moi ou à n'importe lequel de mes hommes. Le doute ne nous a pas effleurés un instant. »

Je souris afin de dissimuler mon embarras, mais je commence à trouver rassurante sa présomption débonnaire. Quand je me sens perdue, ses paroles me trouvent et me ramènent sur mon chemin.

« Bien, alors qu'est-ce que je suis, moi, dans cette guerre, capitaine ?

– Non pas dans cette guerre, mais dans ces tranchées, qui sont faites d'êtres humains et pas seulement de pierres. Vous êtes le socle de notre résistance, Agata, et vous vous trouvez ici, maintenant, parce que vous êtes, de fait, un soldat. »

Il fait un signe et on lui tend une plume. Elle est lustrée, brune, effilée comme la volonté qui nous amène à être ici.

« Nous n'avons rien trouvé de mieux qu'une épingle pour la fixer, mais je suis sûr que vous saurez songer à une solution plus adaptée. »

Lorsqu'il me la pique sur la poitrine, je tremble, mais ses doigts ne sont pas si fermes non plus.

« Pardonnez-moi. Je n'ai pas l'habitude.

– Je ne la mérite pas… murmuré-je, trop émue pour ajouter quoi que ce soit. Je n'ose même pas la toucher.

— Je ne vous permets pas de dire cela. » Le capitaine semble satisfait. « Maintenant, nos invités sauront comment vous regarder.

— Parce qu'ils viennent offrir la paix ?

— Ils n'offrent pas la paix, ils demandent la reddition de l'avant-poste. »

Ses yeux évitent les miens.

« Quel motif ont-ils, si le fort est solide... » Ma voix se brise. Je dois marquer un temps de silence. « Vous êtes en situation difficile, n'est-ce pas ?

— Depuis que cette guerre a débuté, Agata, pas une journée n'a été facile, et nous sommes encore là. Nous n'avons pas cédé un seul mètre de terre, et lorsque par malheur c'est arrivé, nous l'avons repris.

— Je peux descendre porter un message au docteur Janes, il vous enverra certainement des hommes et... » Je m'aperçois qu'au contraire, c'est à moi que le message a été adressé. « Vous avez déjà fait vos comptes, murmuré-je, personne ne viendra à votre secours. »

Le capitaine me pose les deux mains sur les épaules. Si, en cet instant, il ne me tenait pas, je ne serais pas loin de tomber.

« Je ne peux soustraire des hommes et de l'artillerie au front du Pal, et je ne peux donner à l'ennemi ce qu'il ne m'échoit pas de concéder : ou l'on vainc, ou l'on perd, mais se rendre, jamais.

— Commandant, ils arrivent », annoncent les hommes, dehors.

Les mains du capitaine Colman resserrent leur emprise, mais son geste ne se transforme pas pour autant en étreinte. Il s'écarte.

« Ne craignez rien, vous êtes en lieu sûr. Ils ne sont pas venus pour engager un affrontement armé.

— Qu'est-ce que je dois faire ?

— Soyez à mes côtés. »

39

Nous les accueillons côte à côte, sur le seuil du bivouac. La neige, ici, est encore profonde et durcie, les émissaires arrivent donc en empruntant une galerie creusée par les deux parties. Souvent, c'est ainsi qu'ils attaquent, en surgissant à l'improviste derrière les lignes italiennes.

Quand je les vois émerger de la blancheur, mes pensées vont à Ismar. Ces garçons enveloppés dans des manteaux de camouflage sont ses camarades, et l'officier qui les suit et que ses hommes laissent passer en s'alignant de part et d'autre est peut-être justement le commandant qui se demande ce qui est arrivé à l'un de ses hommes.

Le capitaine Colman se présente en prononçant quelques mots en allemand, mais son homologue l'interrompt avec amabilité.

« Commandant Krauss, de la 10e armée. Je connais votre langue, j'ai étudié le violon à Mantoue.

L'officier autrichien est un homme longiligne d'âge mûr. Les yeux aussi gris que l'uniforme semblent circonspects, mais le regard est cordial. La poitrine est décorée d'une multitude de médailles qui brillent.

« Entrez, prenez place. »

La délégation investit la salle à pas prudents. Leurs gros souliers frappent le sol d'un pas hésitant et je considère que c'est une bonne chose : ils respectent ces hommes et le territoire que les Italiens ont réussi à défendre jusqu'à cet instant.

Le *Kommandant* et ses soldats impériaux scrutent la nourriture, la vaisselle incrustée, les étoffes précieuses… et moi.

« Café ? demande le capitaine Colman, en les invitant à s'asseoir.

— *Ja, danke*. Mille mercis. »

Une ordonnance passe en silence et remplit les tasses. Je le reconnais : il y a peu, il graissait des canons.

« Un cigare ? Je vous en prie. »

Kraus se penche et accepte. Le commandant lui donne du feu pour l'allumer et, avec de longues bouffées, l'arôme du tabac se mélange à celle du pain doux.

Qui sait où le capitaine est parvenu à trouver un tel trésor. Il pourrait s'agir d'une dotation d'urgence, destinée à résoudre des situations compliquées. Il est si étrange pour moi d'assister à tout ceci, de voir des Alpins et des *Kaiserjäger* partager la même pièce, et la même nourriture.

Je baisse les yeux. Et pourtant, c'est ce qui nous arrive, à Ismar et moi. Il y a de l'espoir, peut-être, si ces hommes conversent pacifiquement. Si un jeune homme autrichien et moi cherchons à survivre sans nous détruire l'un l'autre.

Je relève les yeux et je croise ceux du *Kommandant*.

« Vous êtes l'une des femmes qui portent vers le front italien leur précieuse... *Hilfe*, dit-il. Leur aide, n'est-ce pas ? »

Son regard est si intense que je le sens presque me frôler. Sur le moment, je me souviens d'avoir prononcé le même mot devant Ismar et je crains d'avoir été découverte, mais l'expression de l'officier impérial s'adoucit et je me rends compte que sa curiosité est sincère.

« Oui, réponds-je.

— Les *Trägerin*. Mes hommes m'en parlent souvent dans leurs rapports. Il faut beaucoup de courage.

— Le courage a toujours été l'engrais de cette terre. Parfois, il n'y a que cela pour nous remplir l'estomac. »

Il hoche la tête.

« C'est ce que nous sommes en train de découvrir. »

Il se tourne vers le capitaine Colman.

« Nous savons dans quelle situation de manque d'hommes et d'armes se trouve cette partie du front », commence-t-il par dire, en posant les coudes sur la table richement dressée, mais il ne semble pas si sûr de ses propos. Le feu crépite, il y a là une femme à l'air déterminé qui l'observe, un capitaine des Alpins avec deux de ses officiers derrière lui. Les très redoutées plumes noires. Quand il reprend la parole, il le fait avec moins de fougue.

« Nous sommes ici pour demander votre reddition, capitaine Colman. Rendez-vous et épargnez à vos hommes, et à ces femmes, un affrontement dans lequel vous ne pourrez avoir le dessus.

— Vous me réclamez une chose que je ne peux pas vous donner.

— Vous vous exposez à un massacre, vous en rendez-vous compte ? »

Je ne peux m'empêcher d'observer le capitaine, mais son expression demeure impassible.

« Votre bulletin d'information militaire ne me rend pas si certain que l'issue des combats soit telle que vous la dépeignez, rétorque-t-il. Nous avons intercepté ce dernier bulletin. Les pertes que vous avez subies ne sont pas moins lourdes que les nôtres. »

Le *Kommandant* recrache un nuage de fumée.

« C'est ce que vous désirez pour vos troupes, qu'elles montent à l'assaut jusqu'à ce que tout soit perdu ? » s'enquiert-il.

Le capitaine Colman me regarde un instant.

« Non, je ne le désire pas.

— Et donc ?

— Vous pourriez vous rendre, *Exzellenz Kommandant Krauss.* »

L'Autrichien éclate de rire.

« Je crains que ce ne soit une solution inenvisageable pour nous aussi. Eh bien, c'est votre dernier mot ? » demande-t-il.

Le capitaine Colman sourit.

« Non. J'ai reçu des ordres précis, commandant. Je consignerai la réponse de l'Italie dans une lettre qui vous parviendra par l'entremise du premier poste de commandement accessible de l'armée impériale. »

Il se fait apporter du papier et un encrier. Avec la lenteur soignée d'un copiste, il couche ses mots en trempant plusieurs fois sa plume, en marquant une pause pour réfléchir et en prenant beaucoup de temps pour faire sécher à la flamme de la bougie la seule ligne apparue sur la feuille. Enfin, il la plie avec soin et la glisse dans une enveloppe qu'il scelle et remet à l'ennemi.

« À l'attention de votre général », ordonne-t-il.

Le commandant autrichien la soupèse.

« Vous ne voulez pas me livrer un aperçu de la réponse ? demande-t-il.

— Je crains que cela ne soit pas possible. »

L'officier scrute le capitaine Colman comme s'il percevait en lui quelque chose qui, pour nous autres, reste un mystère.

« Je comprends. En ce cas, je vous salue et je vous rends votre cigare. Il est précieux.

— Gardez-le, je vous en prie.

— Ah, eh bien, je vous remercie. »

Krauss se lève et tend sa main gantée. Colman n'hésite pas à la serrer.

« Fortune et gloire au combat.

— Fortune et gloire au combat. »

C'est terminé. Nous les raccompagnons dehors.

Le commandant Krauss me prend la main et me salue en s'inclinant brièvement.

« Ne restez pas, murmure-t-il. Dites-le aussi à vos amies : rentrez dans vos maisons, auprès de vos fils. La guerre détruit tout, et ce serait un tel gâchis si… »

Il s'interrompt sans achever sa phrase. Je dégage mes doigts des siens.

« La guerre, *Kommandant*, sur cette partie du front, est menée par ceux qui ont quelque chose de cher à défendre, répliqué-je. Pouvez-vous en dire autant ? »

Il ne répond pas. Il me salue d'un signe de tête et la délégation se retire. Un à un, les *Kaiserjäger* disparaissent dans la galerie qui les a conduits jusqu'ici. Peu après, les artilleurs font s'ébouler l'accès.

Le capitaine Colman rassemble ses hommes.

« Vous savez ce que l'on attend de vous. Agissez sans hésitation. »

Les soldats ne demandent rien d'autre et, un instant après, ils s'activent le long de leurs positions défensives.

« Que va-t-il se passer, maintenant ? » demandé-je.

Il prend une cigarette dans sa poche-gousset, puis il change d'idée.

« Nous nous préparons à repousser un assaut. Partez, Agata. Maintenant, laissez-nous agir.

— Non, je reste.

— Je ne vous le permettrai pas, vous le savez. »

Il me fait endosser la hotte et, d'un signe de tête, appelle l'un de ses hommes.

« Il vous escortera jusqu'au poste de commandement du Pal. »

Il se rend compte de ma tristesse, parce qu'il s'efforce de plaisanter.

« Attendez-moi à côté du poêle et veillez à ce que le docteur Janes me garde un godet de grappa. La dernière fois, je n'ai même pas pu en dénicher une goutte. Et souriez, s'il vous plaît. »

Je ne réussis pas à le contenter, le poids que je sens peser abaisse les commissures de mes lèvres.

« Vous en avez pris du temps, pour écrire ce message et demander qu'il soit remis au général, lui dis-je.

— Ce ne sera pas grand-chose, mais nous sommes prêts.

— Revenez, insisté-je. C'est tout ce qu'il vous reste à faire. »

Il lève la main, mais semble se raviser et la laisse retomber.

Une sensation de vide me noue le ventre. Un présage, pensé-je sottement, parce que le capitaine est serein, dans l'attente de l'irruption de l'ennemi, parce qu'aujourd'hui il sourit trop et ma grand-mère répétait toujours qu'après tant de rires viennent les pleurs.

Je l'agrippe par sa pèlerine.

« Rentrez, ou je viens vous chercher ! »

La plume de son chapeau penche en un petit salut.

« J'obéis. »

Je desserre les doigts et m'éloigne à contrecœur. Je me retourne plusieurs fois pour le regarder, et il est toujours là, comme s'il avait tout le temps du monde à sa disposition. Alors qu'autour de lui l'activité est vive et que l'on traîne les canons au bord du précipice, il demeure immobile.

40

À peine descendue, je cherche le docteur Janes, mais à l'infirmerie il n'y a que les deux auxiliaires. Ils ne savent pas où il est, le front du Pal Piccolo est en effervescence. Ils m'affirment que les nouvelles sont préoccupantes, mais ils sont incapables de me fournir des informations précises. C'est une attitude que j'ai appris à connaître au cours de ces derniers mois : même le soldat qui a combattu peut être la proie de l'angoisse et de l'épouvante, dès lors les faits s'entremêlent avec les craintes et il est impossible de distinguer ce qui est vrai de ce qui n'est qu'un mauvais rêve partagé avec les autres.

J'attends à l'intendance quand un vacarme me fait sortir en courant. J'ai à peine le temps de lever les yeux pour voir une bouche de feu se fracasser dans un ravin. Après tant d'efforts pour la porter en altitude, me dis-je, après tant de sacrifices de la part de femmes, d'hommes et de bêtes.

Les canons dégringolent, les flammes s'élèvent. L'air est secoué par des déflagrations de poudre incendiaire.

L'artillerie du fort ne doit pas tomber entre des mains ennemies, sans quoi, ici, en bas, ce sera l'enfer. Les nôtres battent en retraite, ils recourent à la stratégie de la terre brûlée avant que n'arrivent les troupes du Kaiser.

Il faut que je trouve Janes. Je me précipite vers les tranchées, mais je me retrouve vite remontant à contre-courant d'une cohorte de soldats sales et en sueur, quelques-uns blessés. Ils ne semblent pas me voir, ils ont les yeux hagards.

Je les reconnais, ils viennent du fort. J'arrête un Alpin, c'est le gars qui nous a servi le café.

« Pourquoi descendez-vous ? lui demandé-je.

— Ce sont les ordres !

— Et le capitaine ?

— Il est là-haut, il nous couvre. »

Il veut continuer, mais je ne le lui permets pas.

« À lui seul ?

— Avec peu d'hommes. »

Je me fraye un passage au milieu des soldats, à l'entrée de la première tranchée. Je trouve enfin le docteur Janes, occupé à distribuer des consignes.

« Il est resté là-haut ! lui dis-je.

— Je sais. »

Il ne me regarde pas.

« Vous avez été averti et vous ne faites rien ? »

Enfin, il m'accorde son attention. Il me prend à part.

« Je l'ai toujours su, Agata. C'étaient les ordres.

— Les ordres de qui ?
— Du général Cadorna, arrivés d'Udine. Ce fort doit résister, ou sauter.
— Vous n'enverrez pas de renforts ?
— Agata, l'avant-poste est voué au sacrifice. Le capitane Colman a consacré du temps à la délégation autrichienne pour permettre à ses hommes de se replier, mais quelqu'un doit rester, ou ce serait considéré comme de la désertion.
— Qu'est-ce que vous racontez ? »
Un caporal se présente au nouveau commandant en lui faisant le salut militaire. Il est blessé à un bras.
« J'apporte des nouvelles de l'avant-poste.
— Je vous écoute.
— Le capitaine Colman a été touché plusieurs fois au ventre par le feu d'une mitrailleuse ennemie. Pendant tout l'assaut, il a été présent aux endroits les plus exposés et, bien que blessé, il a dirigé ses hommes, accroché à son piolet. » Sa voix se brise, c'est la première fois que je vois un Alpin pleurer. « Il a ordonné le repli pour sauver les survivants, mais il n'a pas voulu être porté en lieu sûr. Il a ordonné qu'on le laisse là-haut, parce qu'il nous aurait ralentis.
— C'était un adieu, murmuré-je, sous le choc, au point de me sentir paralysée. Il a fait appel à moi pour me dire adieu. »
Le docteur Janes renvoie le soldat.
« Excusez-moi, Agata, j'avais juré de ne pas vous le dire. »

C'était un adieu et je ne l'ai pas compris.

« Comment avez-vous pu le laisser seul ? Comment avez-vous pu ? »

Finalement, je réussis à hurler et à frapper ses bras qui tentent de me retenir. Sa poigne est d'une force que je n'aurais jamais soupçonnée. Ce sont des mains robustes, pensé-je, celles du boucher qu'il a dû devenir. Je me dégage et le saisis par le col de l'uniforme.

« Mais quel homme êtes-vous ? Quel homme êtes-vous ! hurlé-je.

— J'obéis aux ordres d'un général !

— Qui ne connaît pas ces montagnes, qui ne sait pas que, si ce fort tombe, les tranchées du Pal Piccolo seront exposées à la pluie des projectiles ennemis. Il ne connaît pas le capitaine Colman, et ne sait pas de quoi sont capables ces hommes ! Vous êtes le nouveau commandant. Je vous en conjure, montrez-le. »

Je le sens trembler sous mes doigts qui s'agrippent encore à son uniforme.

« Si je ne respectais pas les ordres, dit-il, si je prenais l'initiative de contre-attaquer et de conduire d'autres hommes à la défaite, je devrais en répondre devant la cour martiale. »

Je le lâche, dégoûtée.

« Et alors allez-y, soyez vainqueur, et devenez un héros. Lui, il l'aurait fait pour vous. »

Le docteur Janes secoue la tête, ses yeux sont désormais un maillage de vaisseaux rougeâtres.

« Moi, je ne suis pas lui, Agata.
— Non, vous ne l'êtes pas. À l'évidence. Mais j'espérais que vous auriez pu et voulu le devenir. »

Je fais volte-face, puis me ravise.

« Parce qu'il y est allé lui-même et n'a pas ordonné à un autre de le faire à sa place ? » lui demandé-je.

Il ne répond pas. C'est moi qui prête voix à sa conscience.

« Parce qu'il ne vous aurait jamais sacrifié. »

Autour de nous, un cercle de soldats s'est formé. Ils ont tout entendu et j'en ai honte. Je n'ai aucune autorité pour appeler ces garçons au combat, ni pour dénoncer celui qui ne se sent pas d'aller mourir.

« Pardonnez-moi. » Je recule d'un pas, je me sèche les yeux. « C'est seulement que… Cela ne peut finir ainsi. C'est impossible. »

Le docteur Janes regarde vers les montagnes.

« Vous avez raison. C'est impossible. »

J'entends le coup de sifflet de l'assaut. Le commandant Janes est à la tête des siens. Je tremble avec lui, de peur et de rage, en proie à un sentiment de débâcle qui m'érode comme le lit d'un fleuve à sec. Je ne suis que poussière, désormais, mais la poussière peut se soulever, si elle est soufflée par la tramontane.

Maintenant, tout est entre leurs mains. Personne n'est resté en arrière. Ils le font pour leur capitaine.

J'ai promis d'attendre, assise à côté du poêle qui a réchauffé nos rencontres, sur le siège qui a reçu nos corps, jamais assez fatigués pour ne pas vouloir se perdre dans des récits, dans les mots qui nous procuraient un soulagement. Au fond de la hotte, je trouve son livre. C'est un don que le capitaine a voulu me laisser, et qui me fait mal. Je feuillette les pages. Je passe un doigt sur des annotations inscrites à la mine. Quelques-unes sont en français. J'en sais si peu sur lui.

Il a souligné un passage. Quand je le lis, quelque chose s'affaisse à l'intérieur de moi. C'est la fin de l'histoire.

L'edelweiss tombe à mes pieds. Je le ramasse, il s'effrite entre mes doigts, exactement comme l'étreinte finale de deux personnages se dissout en poussière.

Ne t'en va pas, pensé-je, reste avec moi, mais je suis déjà en pleurs.

Des heures plus tard, lorsque la porte du refuge s'ouvre, je me lève d'un bond. Le docteur Janes n'attend pas que ce soit moi qui pose la question.

« Nous avons repoussé l'ennemi et repris le fortin, m'annonce-t-il.

— Lui, où est-il ?

— Nous ne l'avons pas trouvé. »

Je cherche mon châle, le livre glisse de mes mains. Je le ramasse, je trébuche.

« Je monte le chercher.

— Arrêtez.

— La nuit va tomber, lui dis-je, et il ne peut rester dehors dans le froid. »

Le docteur Janes m'étreint.

« Vous avez entendu vous-même les récits de ces hommes, Agata. Ce ne sont pas des blessures auxquelles on peut survivre longtemps. »

Je ferme les yeux, je m'accroche à un espoir qui est seulement un masque de l'illusion.

« Et alors pourquoi n'est-il pas là-haut ? murmuré-je.

— Avant de venir vous voir, j'ai interrogé de nouveau tous les hommes présents lors de l'assaut. Selon un témoin, le capitaine a été capturé encore vivant par les soldats autrichiens.

— Par conséquent…

— Si vous voulez espérer, faites-le, mais en ma qualité de médecin, j'ai le devoir de vous le dire : ce que vous demandez, c'est un miracle.

— Alors, que Dieu m'écoute, parce que c'est le moment d'en faire un. »

Je ne réussis pas à me mettre en colère contre le docteur Janes, je ne réussis pas à lui arracher la peau du visage face à la dureté de ses paroles, contre lesquelles je me fracasse. Je n'y arrive pas, parce qu'il pleure.

« Mais vous saignez. Excusez-moi, je ne m'en étais même pas rendu compte. »

Je regarde ma main. La paume est traversée d'une entaille profonde. Le docteur Janes prend sa trousse de secours et, en peu de gestes, nettoie et bande la blessure. C'est seulement maintenant que je la sens me brûler. Je ne m'en étais pas aperçue.

« J'ai glissé, en descendant.

— Vous avez d'autres blessures ? Vous vous êtes cogné la tête ?

— Non. »

Quelque chose entre nous s'est éteint. Ce qui nous sépare, c'est la place vide d'un homme dont l'absence ne peut être comblée.

Je repense au vide laissé par la boîte rouge dans la bibliothèque de mon père : c'est aussi un no man's land, impossible à remplir. Il semble que mon destin soit de conserver un refuge pour ceux qui ne pourront jamais revenir.

« Maintenant, que pouvons-nous faire ? demandé-je.

— Rien. Depuis des semaines, nous n'échangeons plus les blessés, ni les cadavres de ceux qui sont tombés.

— Pourquoi ?

— Il y a eu un épisode de fraternisation entre lignes ennemies, en altitude, sur le pic Chapot. Un sous-lieutenant italien a traversé les barbelés en défiant les tireurs d'élite, pour aller offrir du vin à un sous-officier autrichien.

— Ils l'ont touché ?

— Mais enfin... Les soldats des deux camps et leurs camarades se sont rencontrés sur le no man's land et, pendant un court moment, ils ont partagé ce qu'ils avaient. Cela n'a pas duré longtemps, mais la nouvelle a transpiré.

— Je n'ai pas eu d'informations au sujet de procédures expéditives.

— Le commandement suprême a préféré rappeler les soldats italiens et les remplacer par d'autres unités ; celui de l'ennemi, en revanche, a durement puni les responsables. Depuis cet incident, les tranchées sont des mondes séparés. On ne hisse plus de drapeaux blancs pour permettre de récupérer les morts. Rentrez chez vous, Agata. Retournez à votre vie. C'est ce qu'il aurait voulu. »

Les mots peuvent tuer, et ceux-ci tuent, mais ils disent vrai. Je rassemble mes affaires.

« Agata ?

— Dites-moi. »

Le docteur Janes me redresse le menton et me sèche les joues.

« Merci. Si vous ne m'aviez pas poussé à le faire, le remords m'aurait tourmenté toute ma vie. »

Je hoche la tête, mais ensuite je me ravise.

« Ce n'était pas moi. C'est lui qui nous a toujours encouragés à nous montrer meilleurs. »

Je sors, mes pas mus par le désespoir. Le soir descend. Les premières étoiles tremblotent entre les lambeaux de nuages. Je me rends compte que je serre contre ma poitrine le livre du capitaine Colman. Je l'ai taché de sang. Tout à coup, je me souviens des mots notés dans la marge. L'une de ses pensées subites, peut-être. Qui sait. Elles ont la beauté d'une poésie. Je les fais miens, pour ne pas m'effondrer, pour transformer l'illusion en une prière.

Nuit, va-t'en.
L'aube chante.

41

Ismar attendait depuis des heures, le temps dilué par l'inactivité et la solitude. Le désir d'avoir de nouveau de la compagnie s'était transmué en nervosité au crépuscule, et en inquiétude quand la nuit était tombée sans que la jeune femme soit rentrée.

Il ne pensait pas à elle en l'appelant par son nom. Ce n'était pas une amie. Ce n'était pas non plus une ennemie. C'était quelqu'un dont il aurait bientôt dû se séparer.

Il avait dénoué les nœuds à ses poignets et les avait renoués une infinité de fois. Il avait observé le village par toutes les ouvertures, en interprétant des bruits et des lueurs sans réussir à comprendre s'il s'était produit un événement important dans les parages, qui par ces temps-ci ne pouvait être qu'un événement sanglant.

Finalement, il s'était résigné à observer le plafond à caissons, en comptant les battements de son cœur.

Quand il entendit enfin la porte s'ouvrir, le soulagement se mêla à la peur : si ce n'était pas elle qui se présentait à l'entrée de la chambre, il finirait sans doute devant le peloton d'exécution.

Il ne découvrit pas aussitôt le destin qui l'attendait, car de la cuisine lui parvenait un tintement résigné, des mains qui opéraient lentement. Quelques sanglots retenus.

Les pas résonnèrent dans le couloir. Ismar se redressa sur un coude.

La jeune femme entra en tenant une assiette et un bol d'eau fumante qu'elle posa sur la petite commode. Sans le regarder, elle lui remit un linge propre et une cuiller.

Elle avait pleuré. Son visage était décomposé.

« Warten ! » Il lui demanda de rester, sur le ton le plus conciliant qu'il réussit à prendre. Il aurait voulu lui parler dans sa langue, mais il ne se remémorait que des mots inutiles.

La jeune femme s'assit à côté de lui. Quand elle décida de le regarder, Ismar se sentit transpercé d'une colère désespérée. Le vert forêt de ses yeux était devenu d'un noir opaque, d'une vie qui s'était pliée à l'inconfort, et qui voulait mordre, tant la souffrance était forte.

« Was ist passiert ? » ne put-il s'empêcher de lui demander.

Ce fut comme rompre une digue. La jeune femme le frappa et il se défendit comme il le pouvait. Les liens tiraient, les mains cherchaient à endiguer la pluie de gifles.

Et ses pleurs reprirent. Les coups n'étaient rien, si ce n'était du désespoir. Ismar réussit à lui attraper les mains, à les serrer dans les siennes et à la faire retomber sur lui. De façon inattendue, elle ne se rebella pas, et alors Ismar comprit : elle avait perdu quelqu'un, un être cher.

Il la retint ainsi, en restant immobile, lui laissant le temps.

Elle occupait une place qui n'avait jamais été occupée par d'autres. Ismar n'avait jamais accueilli une femme ainsi, véritablement sous son menton, entre le creux de l'épaule et le cœur. Son souffle lui donnait la chair de poule, lui rappelant combien lui manquait le contact avec un autre être humain.

Il se risqua à caresser sa tête. À l'effleurer, pour commencer. Sa mère le calmait ainsi, quand il était enfant. Les doigts dans les cheveux, des respirations proches. L'affliction s'en allait, repoussée par des mains remplies d'amour.

Elle ne le mit pas en pièces, et alors Ismar décida qu'il était bienvenu de continuer. Il regarda ses mains et n'y vit plus seulement des griffes promptes à déchiqueter, mais aussi à défendre, à maintenir en sécurité. La guerre l'avait transformé en un barbare sans pitié, maintenant le retour à la vie le guérissait.

Il ouvrit sa chemise, lui fit voir les pansements de gaze teintés de rouge. Elle était blessée elle aussi, du sang suintait de sa main bandée.

« Blut ist für alle gleich. Es ist das Gleiche, *lui murmura-t-il à l'oreille, quand ses pleurs se furent calmés.*

— Blut… Pluat ? » *l'entendit-il murmurer.*

La jeune femme laissa résonner ce mot et le renvoya aux sonorités de son dialecte et peut-être à des souvenirs, jusqu'à ce que son instinct l'aide à en trouver la signification.

« Sangue ?, *lui demanda-t-elle.*

— Ja, sangue.

— Pluat is glaich… vir ola. »

Le sang est le même pour tous.

Ce soir-là, Ismar eut la nette sensation qu'ils s'étaient soignés l'un l'autre. Ils s'étaient reconnus l'un dans l'autre, et pardonnés.

42

Des files de cercueils. Ils sont prêts, à Timau. Je les ai vus sur le départ, rangés le long de l'enceinte du cimetière.

Ils attendent que les cadavres arrivent du front.

Je suis montée pleine d'appréhension et maintenant, sur les lignes arrière, j'attends de recevoir des nouvelles. Je ne retournerai pas dans la vallée tant que je ne saurai pas quel a été le sort du capitaine Colman.

Quelques soldats cherchent à me faire revenir sur ma décision, une attaque est en cours sur les premières lignes et la terre tremble, mais le commandant Janes, je le sais, respectera ma volonté, quel que soit le risque.

Sous les sifflements des obus monte une charrette tirée par un mulet. Je connais l'ancien qui la conduit, il est de Cleulis. Indifférent aux déflagrations, il descend et décharge non sans difficulté la bière.

Deux Alpins cherchent à le faire reculer, mais il ne veut rien savoir. Il est en larmes.

Alors je m'approche.

« Que cherchez-vous ? demandé-je.

— Mon fils. Je le ramène à la maison. »

Ces derniers temps, beaucoup de morts ont été ensevelis là-haut, on manquait de temps et de moyens pour les transporter tous dans la vallée.

Les soldats tentent de nouveau de charger le cercueil sur la charrette, mais le vieux arrête leurs mains avec des petits gestes délicats, et laisse couler des larmes qui ne peuvent être ignorées. Enfin, ils l'écoutent.

« J'ai l'autorisation du commandement, je l'ai », jure-t-il. Et c'est vrai, il la montre, alors les Alpins, apitoyés, le laissent passer. Je le suis jusqu'au cimetière, devant la petite chapelle.

Je ne devrais pas rester, la douleur est contagieuse, mais je ne parviens pas à faire demi-tour.

Le vieux prend une pelle sur la charrette et se met à creuser là où on le lui a indiqué.

Il le trouve, sous la croix qui porte le nom de son enfant.

Je baisse les yeux, quand il soulève le corps de la terre et le prend dans ses bras. Non pas de dégoût, mais par pudeur devant un amour si grand qu'il ne craint rien, ni les bombes, ni la putréfaction de la chair. C'est un Christ retiré de la croix, celui que j'ai maintenant devant moi, mais je ne réussis pas à prier.

Je relève les yeux seulement quand la charrette reprend le chemin de la maison.

Alors j'aperçois le docteur Janes. Il vient vers moi d'un pas qui voudrait aller à reculons, tant il est hésitant. Lorsqu'il me rejoint, il me tend une lettre, les mains tremblantes. Il a les yeux gonflés.

« Elle a été transmise du front ennemi par l'intermédiaire de la Croix-Rouge. Prenez-la. »

Je ne l'effleure pas. Au fond de moi, j'ai déjà compris.

« Elle est pour vous, Agata. Ne lui faites pas l'affront de ne pas la lire. »

Je prends le feuillet et le déplie lentement. Il est mort, pensé-je, pourquoi en parlez-vous comme s'il était encore en vie ?

Désormais, son absence en ce monde m'apparaît clairement. Le capitaine Colman a cessé de respirer et le vent est devenu un peu moins fort. Je suis moins forte.

À Agata Primus

Très chère madame,

Celui qui vous écrit est le docteur Johann Müller, officier médecin de l'Armée impériale, pour porter à votre connaissance la mort du capitaine Andrea Colman, que j'ai assisté personnellement jusqu'à la fin. Le capitaine est tombé à la suite d'un combat tragique dont vous avez désormais sans aucun doute eu connaissance et il a été amené à mon poste de secours grièvement blessé au ventre, quoique encore conscient. Toute tentative de le secourir a été vaine.

Les dernières paroles du capitaine Colman ont été pour vous et j'accède comme à une dette d'honneur à sa demande de vous faire parvenir ses pensées affectueuses avec cette lettre.

Il s'est éteint en brave et sa dépouille a été confiée à sa dernière demeure avec les honneurs militaires. À l'office divin célébré par le prêtre étaient présents tous les officiers et soldats autrichiens qui avaient pris part à la bataille.

Je vous envoie quelques photographies du lieu où il a été inhumé qui, bien que tristes, vous réconforteront, en vous assurant du fait que sa dépouille a trouvé la paix dans une terre consacrée par un prêtre.

Acceptez pour ce cruel malheur les condoléances des soldats autrichiens qui n'entendent pas refuser les honneurs à leur valeureux ennemi tombé au combat.

Fidèlement, J.M.

« Agata ? »

Le docteur Janes doit me secouer à plusieurs reprises pour obtenir une réaction de ma part. Les photographies glissent de mes doigts et se salissent de boue.

« Agata, rassurez-moi. Dites quelque chose. »

Si je pouvais parler, je hurlerais ma douleur.

Si maintenant j'avais une voix, je jetterais une malédiction sur le monde, qui ne peut continuer d'exister alors que lui, il est sous terre. Des anathèmes contre la guerre et des hymnes à la révolte. Brisez vos fusils, rentrez chez vous. Que les lames servent à retourner la terre et que les mains des hommes caressent les joues des enfants et des femmes amoureuses, si fatiguées de tenir sur leurs épaules le poids d'un conflit.

Mais cela ne servirait à rien. Lui, il est mort.

Nous avons partagé le pain et le front, la peur de la mort, et pourtant je me rends compte seulement maintenant que je ne connaissais pas son prénom.

Le docteur Janes veut des paroles de moi. Je vais lui donner beaucoup plus.

Je lève la tête, je le regarde d'une manière telle qu'il ne puisse fuir la responsabilité qui nous incombe à tous.

« Allons le chercher. »

43

Après des mois de vie vagabonde, vivre enfermé était une sensation déconcertante, comme flotter sans rien peser dans ce lieu qui n'était pas un foyer et pas non plus un champ de bataille.

Ismar récupérait des forces, il se préparait à redevenir soldat, et en attendant il explorait le royaume qui avait été celui de l'homme dont il portait les vêtements, un royaume qui appartenait maintenant à une jeune femme seule.

La jeune femme ne portait pas d'alliance. Lui, c'était son père, il en était sûr.

La maison était robuste et propre. Les odeurs étaient celles des étés de son enfance passés à la campagne.

Un air innocent. Un air qui ne savait rien de la mort.

De temps en temps, une chèvre bêlait et l'écoulement des heures était annoncé par les tintements d'une cloche. Pour le reste, le silence était une ruse presque parfaite : une oreille inattentive n'aurait pas saisi le martèlement du front, ou l'aurait confondu avec un orage lointain.

Une langueur persistante poussa Ismar hors du lit. Il avait rêvé d'une marmite bouillante de haricots cuits dans le lard. Il s'était réveillé les lèvres humides et la gorge enflée.

Elle le nourrissait avec grande parcimonie, au point de lui donner l'envie, presque à chaque fois, de mordre sa main.

Rassasie-moi, aurait-il voulu lui dire, quand elle comptait les bouchées de fromage en les découpant en petits morceaux et tournait la cuiller dans la soupe jusqu'à l'épuiser. Rassasie-moi et n'aie pas peur, je n'userai pas de la force contre toi.

Mais elle ne le regardait jamais. Non par crainte, ou par humilité, mais parce qu'elle était la souveraine absolue de ce monde.

Elle ne le regardait pas, pour lui faire comprendre quelle était sa place, qu'il était sous son regard, là où elle baissait les cils. Pas un millimètre au-dessus. Sauveteuse singulière, ou bourreau extravagant.

Ismar défit les nœuds à ses poignets, avec les dents, et se leva non sans mal. Il avait vérifié le pansement et, à la vision de cette tache sombre, sa bouche s'était tordue en un rictus. Cela saignait encore, même si ce n'était plus que quelques gouttes à la fois. À cause de sa manie de se remettre debout.

Par les volets entrebâillés, le soleil fendait la pénombre en une lame aveuglante qui se brisait contre la bibliothèque. Les dos dorés des volumes étaient incendiés de reflets : pas même un grain de poussière n'en contaminait la beauté. Ils semblaient animés d'une vie trépidante. Il les avait déjà observés, en parcourant les pages écrites dans la langue de l'ennemi. C'était une collection de valeur : des éditions reliées avec soin, étoffes et peaux précieuses, papier au grain très fin et encres brillantes. Il se demandait qui et pourquoi, dans cette famille, avait éprouvé le besoin, dans la simplicité qui régnait ici, de la posséder. Peut-être s'agissait-il d'un héritage fortuit, peut-être cette jeune fille était-elle l'héritière d'une famille tombée en disgrâce.

Parmi les livres, sur une étagère à portée de main, un espace vide subsistait. Tout autour, ce n'étaient que couvertures et pages comprimées afin que chaque volume trouve sa place, et puis cette interruption. Cette place vide semblait attendre un retour.

Ismar se traîna jusqu'à la salle de séjour en s'aidant d'une canne qui avait probablement soutenu plus d'un vieillard.

Le feu brûlait avec nonchalance, les flammes mordaient les bûches sans trop de conviction. Du bois humide, qui sentait le fumé et le ramena en pensée à de lointains souvenirs de chasse, à la ferme dans le bois où se rendait son père.

Il ne croyait plus être jamais capable de tirer pour le plaisir.

Quand la cloche sonna midi, il avait déjà inspecté le cellier, les deux bahuts – voilà, c'était là qu'étaient entassées ses affaires –, la huche, plus grande, et le garde-manger, plus petit.

Ils ne contenaient presque rien.

Il resta un long moment devant les portes grandes ouvertes. Ensuite, il ravala toute honte et regarda autour de lui, pour prendre la vérité à bras-le-corps.

Dans la marmite fumante ne bouillait que de l'eau. Dans le cellier, les pichets de vin étaient secs, les paniers étaient vides. Le métier à tisser était nu. Il n'y avait pas de photographies, ni cadres ni faïences dans les crédences. Les murs n'accueillaient que des outils de travail. Le dallage élimé peut-être par des siècles de pas n'avait sans doute jamais vu de tapis, et les rideaux aux fenêtres étaient de simples rectangles brodés.

Chaque objet, ou son absence, racontait une histoire de générations de misère.

La jeune femme ne voulait pas le tourmenter en rationnant les aliments. C'était le seul moyen qu'elle connaissait pour tromper la faim.

La langueur était passée, vite remplacée par un autre besoin.

Au fond de sa besace, il avait caché quelques carrés de chocolat. Ils devaient encore y être, conservés dans un emballage de papier journal, au-dessous de tout le reste : les lettres qu'il n'avait plus envoyées à la famille, les cartes postales qu'il avait reçues, les cartes topographiques et la trousse de médicaments. Qui sait si elle avait jamais goûté à du chocolat.

Et puis il y avait la chèvre, qui bêlait toujours dans les parages. Un peu de lait bien gras, s'il avait de la chance. Ce n'était pas de la crème, mais cela aurait pu la lui rappeler.

S'aventurer jusqu'à l'étable, ce n'était pas courir un trop grand risque : elle communiquait avec la maison. Il était arrivé par là, en traversant le bois et le potager, mais ne se souvenait de presque rien.

La petite porte qui donnait sur la bergerie imposait de se plier douloureusement, sans compter un temps infini à rester accroupi avant de décider s'il était bien sûr de l'ouvrir.

C'était sûr.

Les chèvres étaient au nombre de deux. Ce devait être des femelles, en temps de guerre et de disette personne n'affourageait des mâles improductifs, mais leurs mamelles ne semblaient pas du tout nourricières.

Les bêtes le fixaient avec ces yeux diaboliques aux pupilles horizontales. Elles s'étaient arrêtées de ruminer et se tenaient droit sur leurs pattes. Ismar pouvait sentir leur peur. Il n'avait pas envisagé une éventuelle résistance.

Il fallait qu'il réfléchisse, et sa blessure au côté commençait à le lancer. Il n'était pas prêt à un corps à corps pour un bol de lait. Il aurait préféré laisser le temps aux chevrettes de s'habituer à sa présence. Il grimpa prudemment aux barreaux de la petite échelle qui menait au fenil. Il n'y avait pas de bottes de foin à sécher au grenier, rien que quelques maigres touffes çà et là.

Il voulait regarder les montagnes, il voulait chercher à comprendre quelle serait l'ampleur de l'entreprise qui lui permettrait de retourner au-delà des lignes ennemies.

Quand la porte de l'étable s'ouvrit avec un grincement et que la lumière du soleil entra un court instant, Ismar pensa que la jeune femme avait pris peur, en le voyant se jeter au sol à l'improviste, mais la porte se referma et une voix masculine se fit entendre.

44

La réponse du commandant Krauss au message que je lui ai envoyé par l'intermédiaire du commandement du Pal Piccolo m'est parvenue sans atermoiement. L'ennemi attend la délégation qui rapportera le capitaine Colman en Italie.

Nous irons à sept, sans nulle autre arme que du courage et un drapeau, et nous ne reviendrons pas sans lui.

Les quatre Alpins d'escorte attendent déjà, en manteau, leurs plumes noires se découpant sur leur profil immobile. Nombre d'entre eux ont demandé à venir, et les hommes choisis sont ceux qui ont partagé le plus de batailles avec le capitaine. Don Nereo a insisté pour occuper le poste d'aumônier militaire. Ce sera lui qui nous accompagnera.

Le commandant Janes a déjà confié la tenue du front à un lieutenant qui lui succédera, au titre de l'ancienneté, au cas où il ne devrait pas rentrer.

« C'est possible ? » demandé-je.

Il a répondu que l'humeur de l'ennemi change du jour au lendemain ; comme une girouette, il suit le cours de la guerre sur le front occidental.

Je repense à la lettre du médecin militaire autrichien et m'efforce de croire que le sentiment de respect et d'honneur suscité par les actes du capitaine Colman ne peut être effacé par la lumière de l'aube.

Il est encore là, je le sens. Il bat dans ces cœurs et, si impensable que cela puisse paraître, sa grandeur résonne aussi dans la poitrine de l'ennemi, en y semant de l'effroi.

Les torches s'allument. La brume permanente où vivent ces cimes accueille les flammes en s'ouvrant comme une cavité opalescente, le ventre d'une créature lointaine. Sa respiration m'agite, me pousse à avancer. Ce sera peut-être la montagne qui décidera à qui reviendra cette terre, et non l'homme.

Je me couvre la tête de mon châle, je me teins l'âme du noir du deuil.

Je viens te chercher, pensé-je, le cœur déjà lancé au-delà des lignes ennemies.

Les soldats s'arrêtent pour regarder passer ces pèlerins combattants. La guerre se tait. Les drapeaux blancs ont été hissés par les deux armées.

Nous cheminons le long de la grande tranchée et, comme des créatures de brume, peu après, nous franchissons la limite du no man's land. Sur ces territoires de silences immenses, faits pour les esprits et nul autre, la vie a été suspendue.

Un pas après l'autre, le front autrichien se dessine dans le brouillard, comme une tache d'encre dans du lait. Il prend la forme de tranchées et de baraquements, et d'hommes debout, en attente. Les chevaux de frise ont été déplacés pour créer un passage. Des centaines d'yeux étrangers nous observent, pas un soupir ne s'élève. Les Autrichiens aussi sont accompagnés d'un prêtre.

Ce serait si facile, après tout, de choisir de tendre la main, mais ce n'est pas pour cela que je suis là aujourd'hui, et mon silence obstiné, le menton levé, le regard fier doivent peser comme les pierres qu'ils font rouler sur les nôtres.

Vous l'avez tué. Cela, je ne peux l'oublier.

Le commandant Krauss se détache du groupe et échange quelques mots avec Janes et don Nereo. Devant moi, il esquisse un sourire, mais il semble sincèrement attristé.

«Je vous avais dit de ne pas rester, *Fräulein*.

— Il y a des choses auxquelles on ne peut échapper, *Herr Kommandant*.

— Vous avez plus que jamais raison. Je vous prie de me croire, je suis peiné.»

Il me désigne la tente.

Le capitaine Colman est à l'intérieur et je suis incapable d'avancer d'un pas.

«Après vous.»

Il veut que je sois la première. C'est peut-être juste.

Le cercueil est posé sur un lit de planche.

Et le voilà.

Je ne puis retenir mes pleurs, mais je m'astreins à les garder muets.

Ils l'ont retiré de la terre. Ils ont eu pitié de son corps, au moins cela. Et le gel a été clément. Le capitaine semble endormi.

Les cheveux et le visage sont mouillés par la neige dans laquelle ils l'ont déposé, pour nous. Une goutte d'eau brille comme une larme en coulant des cils à la joue. Je veux penser qu'il est heureux de nous revoir. Je la sèche d'une caresse.

J'effleure les mains jointes sur la poitrine, à côté de son chapeau d'Alpin. Le froid de la peau ne m'effraie pas.

Je viens tout juste de te retrouver et je dois déjà te laisser partir, mon ami.

Krauss s'approche de moi.

« Tous mes hommes ont été frappés de sa bravoure. Il a défendu ses garçons jusqu'au sacrifice ulitime. »

Je dois un instant fermer les yeux pour accueillir en moi la vague d'émotion qui me submerge.

Personne n'ose me presser. Ils attendent un mot de moi.

Je serre plus fort ses mains dans la mienne.

Rien de tout ce que tu as réalisé ne sera perdu, je le promets.

Et alors je me sens prête.

Je lève les yeux sur l'ennemi et croise ces yeux bleus que j'ai appris à connaître.

Je n'éprouve aucune peur.

« Ramenons-le à la maison », dis-je aux miens.

Le drapeau italien est déployé, d'un geste du bras de l'Alpin qui, jusqu'à cet instant, l'avait présenté sur ses deux mains tendues, et la flamme tricolore remplit les âmes et la pénombre. Dans un bruissement, elle se pose sur le corps du héros et moi, je deviens Antigone la rebelle.

Don Nereo trace le signe de croix dans les airs et le palanquin est hissé sur les épaules.

J'allume ma torche en la plongeant dans la flamme du brasero et m'apprête au retour. Ce feu est aussi le mien, il brûle en moi.

À notre passage, la garde autrichienne se met au garde-à-vous.

Rien qu'une seule fois, alors que je suis déjà loin, je m'arrête pour regarder l'ennemi, qui me rend la pareille avec sa troupe de *Kaiserjäger* alignés. Le vent s'est levé, et il hurle.

Demain sera un autre jour et nous retournerons au combat, mais aujourd'hui le silence a pris la place des aboiements du canon. Cette mort compte et le capitaine Colman vivra aussi dans leurs pensées.

En effet, à travers lui, ils ont vu qui nous sommes.

Ils ont compris de quelle bravoure sont capables ces hommes, et que les tuer ne sera plus si facile.

S'ils veulent nous arracher cette terre, ils devront d'abord en piétiner l'âme.

45

Par réflexe, la main d'Ismar se porta à son côté, à la recherche du couteau, mais elle se referma sur le vide.

Au-dessous de lui, l'homme bloquait l'unique sortie. Il réprima un juron.

Il compta ses pas, tout en comprimant lentement son bandage, presque au point d'en avoir le souffle coupé. Il devrait lutter pour sortir de là, et affronter une fuite à travers bois. Une pensée dérangeante le surprit : s'il avait de la chance, beaucoup de chance, il s'en sortirait libre et sur ses deux jambes, mais qu'en serait-il de la jeune femme qui l'avait secouru ?

Il leva les mains en l'air, prêt à se rendre, pour arriver vivant en bas, puis songea à ce qu'il faudrait faire pour les sauver, elle et lui.

Le ton de voix de l'homme trahissait l'excitation. À présent, Ismar l'entrapercevait entre les planches : bien habillé, jeune. Il parlait aux chèvres.

Ismar baissa les mains, rampa vers le pieu qui servait de rampe.

L'homme était au-dessous de lui, penché, les bras grands ouverts, il avait repoussé les bêtes dans un angle. Il chantonnait un air qu'Ismar reconnut : il l'avait entendu un jour où la jeune femme était rentrée comme une furie en refermant les battants et la porte et en brandissant la fourche comme une arme. C'était le même homme qui chantait dans la rue, un homme qu'elle craignait et qui voulait être craint.

Les chèvres bêlaient, effrayées, elles frappaient nerveusement de leurs sabots, se cherchant, se serrant de plus en plus l'une contre l'autre. Dans la main de l'homme, une lame luisait.

Ismar ferma les yeux. Ce que l'homme était venu faire devenait clair. Il avait appris à flairer le mal, il avait appris à le sentir arriver, de même que les projectiles sifflant au-dessus de sa tête. Il en reconnaissait le calibre rien qu'au bruit, et les plus dangereux étaient aussi les plus petits.

Encore du sang, encore des pleurs d'innocents. Peu importait qu'ils appartiennent à des animaux. Il en était engorgé, ils avaient fait de son âme un cloaque.

Il pria pour les bêtes, afin que l'agonie soit brève, en gardant les yeux fermés, la tête enfoncée dans les épaules pour ne pas entendre. Mais les bêlements crurent encore, et la voix de l'homme les accompagna de cette joyeuse chansonnette, si discordante en pareil instant.

Quelque chose grimpa sur la tête d'Ismar et redescendit sur sa figure. Il ouvrit grand les yeux.

Pelage tiède, pattes nerveuses. Le rat était si fier ou si inexpérimenté qu'il semblait ne pas le craindre. Gras et placide, il se tenait sous son nez, moustaches tremblantes, la queue courant de son poignet jusqu'à son coude.

Entretemps, les chèvres n'avaient aucune intention de se rendre sans lutter et la plus grande tenta de charger l'homme pour défendre sa congénère.

Il y avait de l'espoir, pensa Ismar. Il y avait toujours *de l'espoir.*

Il prit dans sa besace un morceau de chocolat et l'offrit au rat. Il l'attrapa par la queue, la bestiole se tourna en engloutissant le chocolat et chercha de nouveau la main. Ismar lui en offrit un autre bout.

Maintenant, fais ton devoir, pria-t-il.

Il était en position parfaite. Il tendit le bras, juste au-dessus de la nuque bien rasée de l'homme, visa et lâcha la queue du rat.

Les hurlements ne se firent pas attendre. Ce fut un tohu-bohu. Des seaux qui roulaient, des chèvres qui bondissaient et bottaient, des colombes effarouchées qui battaient des ailes dans des tourbillons de plumes sur les travées de la toiture en poussant des cris stridents.

L'homme lâcha un juron et s'enfuit en flanquant un dernier coup de pied dans un baquet.

Ismar descendit et rampa le long des murs jusqu'à la porte. Il vit l'intrus disparaître au bout de la ruelle. Du pied, Ismar ferma lentement la porte.

Le gros rat était encore au centre de l'arène, le plus déconcerté de tous.

Les colombes s'étaient tues.

Les chèvres étaient sauves.

Ismar était sauf. Pas vraiment en homme d'honneur, mais en homme vivant.

À son retour, il ne lui offrit pas de lait trait de frais, mais il restait quatre petits carrés de chocolat. Quand elle les vit, disposés sur le drap, elle ouvrit de grands yeux devant une telle merveille, mais ne lui donna pas toute satisfaction. Elle ne le questionna pas sur leur origine.

Imaginer d'où ils étaient venus n'était pas bien compliqué – son regard fila vers les nœuds qui lui ligotaient les poignets, et revint sur ses mains à elles.

C'était le « pourquoi » qui resta en suspens entre eux. Comme un coucher de soleil qui ne s'éteint pas dans l'âme de celui qui le contemple. Comme l'air d'une symphonie qui continue de résonner dans la tête.

« Ist es gut ? *lui demanda-t-il, en la regardant manger.*

— On dit: "C'est bon ?"

— C'est bon ? »

Une ébauche de sourire, peut-être, et le dernier carré qu'elle glissa entre ses lèvres.

— C'est bon, oui. Merci. »

Il la vit hésiter, se toucher les cheveux d'un geste nerveux, comme si elle ne savait pas comment occuper autrement ses mains.

Et puis, les yeux dans les yeux, la jeune femme lui prit les poignets et défit les nœuds.

Ismar eut conscience qu'à partir de maintenant, il serait libre, et en même temps prisonnier.

Il n'est pas d'acte d'amour ou de haine qui ne rende esclave – c'était une maxime de son père.

Il ne lui dit rien de la visite de l'homme. Il n'y avait pas de raison de l'inquiéter. Au cas où ce lâche reviendrait, maintenant il était là, prêt à le recevoir.

46

Rien n'est comme avant et ne le sera plus jamais. La mort du capitaine Colman a tracé pour nombre d'entre nous une limite invisible, et je n'y fais pas exception. Le front est un rappel constant de sa mémoire. Le docteur Janes me cherche pour perpétuer nos habitudes de conversation, mais c'est un effort pour lui comme pour moi. Cela fait mal.

Il n'est plus là, il est mort. J'ai découvert trop tard que j'avais un ami.

Viola est revenue vers moi, mais avec un cœur de ténèbres.

Son étreinte était froide. Dans ses yeux, le vide.

Sœur, m'a-t-elle appelée. Maintenant que je souffre, je suis digne de rester à ses côtés, mais je ne suis pas comme elle. J'ai effacé en moi tout ressentiment, tout désir de revanche. Je ne souhaite pas de sacrifices, je ne demande pas d'assauts qui de toute façon ne pourront jamais nous le ramener. Quand elle l'a compris, elle m'a de nouveau tourné le dos, cette fois pour toujours.

J'ai franchi le seuil qui mène à une mélancolie permanente, mais en même temps quelqu'un m'entretient dans une vague euphorie.

Je m'interroge sur la substance du sentiment humain, de cet amalgame de chaleur, de besoin, de réconfort et de sollicitude qui rapproche deux existences jusqu'à les faire se sentir si voisines qu'elles peuvent s'effleurer, entrer l'une dans l'autre avec autant de transparence que l'âme, sans douleur, sans frayeur. Je me demande si ce pourrait être un germe de la guerre, une fleur blanche sur une tige noire. La nécessité pourrait l'entretenir au lieu de le tuer, comme la faim nourrit l'esprit de colère et permet au corps de survivre avec rien.

J'ai faim, et dans la descente du front j'arrache des racines. Je mâche de l'amertume, la bouche remplie de salive.

J'ai faim d'affection – ces crampes sont des morsures – et l'ennemi m'apparaît comme un homme et rien d'autre.

Je mâche l'amertume de son nom et, à la fin, il me semble presque sucré.

Ismar.

C'est un secret, c'est la solitude qui se retire, la jeunesse qui m'est tout à coup restituée.

« Agata, arrête-toi. Faisons une pause, un moment. »

Lucia me fait revenir sur mes pas. Nous traversons la cuvette d'un pâturage, avec nous il y a Maria.

De vastes îlots d'herbe ponctuent le manteau neigeux, l'eau coule librement dans l'abreuvoir d'une laiterie d'alpage. Les cimes et le front sont enveloppés de brumes légères, mais ici le soleil chauffe.

Nous déposons nos hottes et nous couchons dans le pré, pour étendre le dos et les jambes, jupes levées. Nous partageons le pain et le fromage, en échangeant quelques mots, les yeux clos.

La guerre ne veut pas cesser, regrette Maria, et bientôt ce sera de nouveau le printemps, et il faudra labourer les champs, les ensemencer, ou sinon ce sera encore la faim. Tous ces chefs de guerre ne le comprennent-ils pas ? Non, parce que leur assiette sera de toute façon remplie. Les femmes devraient se rebeller. Au moins elles.

« Dans les journaux on prétend que ce conflit a fait beaucoup pour l'émancipation des femmes, lui dis-je.

— Tu continues à collectionner ces feuilles de chou pouilleuses ?

— Ce serait du gâchis de les jeter.

— Mais qu'est-ce que ça veut dire, "émancipation" ?

— Que les femmes sont devenues plus indépendantes, qu'elles ont pu faire des choses qu'avant elles ne faisaient pas. Nombre d'entre elles ont été obligées de prendre la place des hommes dans les usines, les commerces et même dans les bureaux. Les préjugés selon lesquels elles n'en étaient pas capables ou n'auraient pas dû ont été mis à bas. »

Maria ne semble pas convaincue.

« Nous l'avons toujours fait, nous, le travail des hommes, depuis qu'ils ont émigré, jusqu'à maintenant où ils sont sur le front. »

Notre capacité à nous suffire à nous-mêmes ne nous a pas été reconnue, ni concédée. Nous l'avons tissée par l'effort et le sacrifice, dans le silence et la douleur, de mère en fille. Elle repose sur ces corps merveilleusement résistants et elle est à la disposition de quiconque en a besoin. Elle se nourrit d'un esprit ardent et d'une audace entreprenante, elle vit de courage. Elle vit d'autres femmes. Nous sommes une trame de fils intriqués les uns avec les autres, forts parce que proches.

Lucia se lève, époussette sa jupe d'une main et sourit. Elle est si belle, avec la lumière de ce début d'après-midi qui dore les traits de son visage.

« Tu as raison, Maria. À notre manière, nous avons toujours été des femmes indépendantes. »

Quand elle se rassied, en silence, je pense qu'elle ramasse le foulard que le vent a entraîné au loin. Je ne me rends pas tout de suite compte du sifflement, avant qu'il ne passe au-dessus de nos têtes.

Je me jette au sol, je tends la main, je la referme sur la sienne, et Maria a fait de même.

Ils ont tiré. Les tireurs d'élite.

Lucia lève le visage. Il est blanc comme de l'os et souillé de terre. Dans ses yeux brille la peur.

« Mes enfants… »

C'est un murmure qui se perd dans le vent. Et moi, sotte que je suis, je réussis juste à penser que Lucia ressemble à une fleur, avec cette jupe. Une campanule bleue dans les prés qui se rempliront vite du rose vif des rhododendrons. Il faut qu'elle puisse les voir, il faut qu'elle voie le printemps.

Maria hurle. De la laiterie d'alpage nous arrive le cri des Alpins de garde. Ils ont entendu les coups de feu, ils ont compris.

« Ils arrivent », dis-je.

Lucia tente de toucher son dos. Elle tremble.

« Il faut que je rentre à la maison. Je dois... »

Je soulève son châle. Le trou est tout petit, à la hauteur de l'omoplate.

Il y a si peu de sang. Où est le sang ? Cette absence ne me rassure pas.

Les Alpins arrivent, ils nous font un bouclier. À leur expression, je vois qu'ils ont reconnu Lucia. Ils savent qui elle est, ils savent ce qu'ils lui doivent parce que tout a commencé avec elle.

Lucia me saisit la main, sa force me surprend.

« Amène-moi jusqu'à mes enfants. Promets-le-moi. »

Je lui réponds oui, alors que les premiers pétales tombent. La fleur a été coupée.

47

La balle est entrée dans le dos et, côté gauche, a touché l'intestin. L'abdomen est plein de sang. Parmi les médecins et les infirmières s'est abattu un silence douloureux.

Du petit hôpital de campagne de Paluzza, nous avons ramené Lucia à la maison, afin qu'elle soit veillée par sa mère, entourée de l'amour de ses enfants.

Je lui ai tenu la main, je l'ai sentie devenir un peu plus froide et moite. Elle traverse déjà le grand fleuve, elle contemple l'autre rive, quand c'est le visage de ses enfants qu'elle a devant elle.

Je ne suis pas restée, je n'ai pas assez de courage. Je l'ai embrassée et encouragée avec des mots si vides que j'en ai éprouvé de la honte. Je me suis emplie encore une fois de son sourire, un peu plus tendu, un peu moins affirmé. Je voudrais lui dire que ses petits ne resteront pas seuls, mais ce serait comme admettre ce que chacun de nous cherche à tenir loin des yeux et des lèvres.

Je sors, et sous un ciel de violents contrastes, sous des nuages orageux et des rayons de soleil, je traverse le village en tremblant. J'ai échappé à la mort et une sœur a pris ma place.

C'est le dessein grandiose de Dieu. Nous naissons et nous mourons par le jeu des coïncidences. Et, entre les deux, nous souffrons et nous aimons.

Je suis en train de perdre un autre morceau de mon cœur.

Des montagnes monte la tempête. De noirs tourbillons tournoient vers la vallée, ils couvriront bientôt le soleil. Je sens que les événements sont sur le point de s'accélérer. C'est un gouffre qui s'ouvre dans mon ventre et qui m'aspire. Quelque chose d'horrible va arriver.

Les pas se font plus rapides, jusqu'à se muer en une course désespérée.

« Tu dois t'en aller, dis-je, à peine ai-je fermé la porte de la maison.

— Tu as l'air bien pressée. »

Francesco est assis dans le siège de mon père. Les pieds croisés sur la table.

D'instinct, je cherche une présence dans son dos, un signe de ce qui a pu se produire en mon absence, mais tout est comme je l'ai laissé et il n'y a pas trace d'Ismar. Mon inquiétude est mal interprétée.

« Ne t'inquiète pas pour les chèvres, je les ai épargnées. Elles vaudront bien quelque chose, les gens ont faim. »

Son effronterie me met en rage. Je le frappe, mes coups de pied se heurtent à ses bottes.

« Que fais-tu ici ? »

Il se lève sans hâte. Il esquisse une caresse, mais je me retire et son bras retombe.

« J'en ai assez de mendier ton attention avec des jeux idiots, Agata. »

Il ne mentionne pas l'ennemi, il ne nomme pas la trahison, et je me demande ce qu'Ismar est devenu. J'espère qu'il n'est pas resté pris au piège de cette maison désormais violée et qu'il a eu l'occasion de s'enfuir.

Francesco s'avance d'un pas vers moi.

« Je ne veux pas te faire de mal.

— Tu es malade », murmuré-je.

Son regard se fait liquide.

« Oui, l'amour que tu continues de me refuser m'a empoisonné.

— Ton amour n'est pas de l'amour. »

Il se tient face à moi.

« Qui te donne le droit d'en juger ? Je ne t'ai jamais suffi, à toi qui n'es rien. Tu es bien comme ton père, aussi méprisante que lui. Je n'ai jamais oublié ce qu'il m'a fait.

— De quoi parles-tu ?

— Je n'étais qu'un petit garçon. Et toi, une fillette. Il avait remarqué que je te regardais et cela ne lui avait pas plu. Ce crevard m'a prié de me tenir loin de toi. C'est à ce moment-là que je me suis juré de t'avoir, et je t'aurai. »

Je recule d'un pas.

« Mon père t'avait vu tel que tu es. Va-t'en, Francesco. »

La gifle s'abat d'un coup et me fait presque tomber. Et puis la main qui empoigne mes cheveux, le baiser, humide, répugnant.

Je réussis à le mordre.

« Maudite ! Je parie que sur le front, tu ne fais pas la difficile, pour quatre sous.

— Sors d'ici ! »

Il me plaque sur la table. Le coup à la nuque est si fort qu'il me rend confuse.

Il est sur moi, j'en éprouve de la nausée.

« C'est toi qui me contrains à user de la force ! Je ne le voulais pas. »

Ses doigts remontent et fouillent sous ma jupe. Le poids m'écrase, il m'ouvre les jambes.

Je tente de hurler, mais ses mains m'étouffent.

« Je ne voulais pas te faire mal, c'est ta faute, je ne voulais pas... »

Il me serre, de plus en plus fort. Ma vue se trouble, ma gorge se serre, mais d'un coup l'air arrive de nouveau, en une vague douloureuse qui me fait tousser. Il n'y a plus de poigne. Libre, je glisse à terre.

Ismar a soulevé Francesco et le cloue au mur en le tenant par les poignets, le visage déformé de fureur.

Je n'ai aucun doute quant à celui qui est le plus fort des deux, malgré la blessure.

L'expression de Francesco change, il ouvre de grands yeux sur le médaillon d'identification pendu à la poitrine d'Ismar.

« L'un des leurs ! » hurle-t-il.

Une tache sombre s'agrandit à l'entrejambe de son pantalon.

« Ismar, regarde-moi… »

Je ne réussis à rien dire d'autre, mais je sais que mes yeux lui parlent.

Plus de mort. Que la violence reste loin de nous.

Ismar le repousse très loin avec un cri de colère. Francesco s'agrippe tant bien que mal à l'armoire et réussit à se relever.

Son visage s'éclaire d'un mélange de dégoût et d'euphorie. Il est sur le point d'avoir sa revanche et cette fois personne ne pourra l'éviter. Il sort en courant et je sais que je n'ai pas beaucoup de temps.

Je regarde Ismar. Il aurait pu rester caché.

« Merci », murmuré-je, mais je ne me permets aucune faiblesse. Je m'agite autour de lui, avec mille pensées, sans réussir à rien faire. Je dois récupérer ses affaires, l'aider à sortir sans être vu, me rappeler où j'ai mis le fusil, décider si je lui rends ou pas… »

Ismar m'observe, jusqu'à ce que sa main m'arrête, serre la mienne et en accueille le tremblement dans sa paume. Il la pose contre sa poitrine.

« *Herz*. Cœur, dit-il. Il sourit, alors que je fonds en larmes.

— N'aie pas peur.

— *Keine Angst.* »

Nous échangeons les premiers mots que je l'ai entendu prononcer. Quelle ironie du sort. Ce seront aussi les derniers, mais je ne réussis pas à songer à plus grande tendresse. Nous nous les sommes dits chacun notre tour, en intervertissant les langues.

« Tu peux encore t'en aller, dis-je. Par l'étable, en traversant… »

Ismar fait non de la tête. Il me prend l'uniforme des mains.

« Aide-moi. »

Je sais ce qu'il veut faire, je découvre enfin son courage.

C'est maintenant ou jamais, me dis-je. Je regarde en face le sentiment qui m'embrase. Aime ton péché et tu seras innocente, a écrit quelqu'un.

Je suis tombée amoureuse de la nuit.

Je parle à Ismar avec la douceur des gestes. Je l'aide à enfiler son uniforme. C'est un soldat, il affrontera son destin de soldat.

Mais moi, à la fin, qui suis-je ?

Quand ils viennent nous chercher, nous les attendons devant la maison, l'un à côté de l'autre.

Ils sont tous là, mais je ne vois pas de soldats. Viola, Maria, les autres femmes avec lesquelles nous avons partagé tant de montées… elles me regardent comme si je n'étais plus moi-même. Je voudrais pouvoir expliquer, mais je sais que c'est difficile à comprendre. Dans les yeux des hommes, je vois de l'indignation et du doute.

Je suis Ève devant le jugement divin. Un Dieu aux mille yeux me regarde. J'ai cueilli la pomme, mais pour ces gens l'homme à côté de moi n'est pas un Adam innocent. Pour eux, Ismar est le serpent.

Mais moi, Dieu, je ne sais plus qui c'est. Si c'est le roi, qui a le pouvoir d'immoler ses enfants, ou qui, comme nous, les réassemble infatigablement quand ils sont réduits en miettes par ces montagnes. Peut-être Dieu est-il dans les mains du père qui a déterré son propre fils sur le Pal, et qui l'a lavé avec des linges et des larmes.

Dieu est peut-être dans tout ceci, ou peut-être n'existe-t-il pas.

Don Nereo se fraie un passage au milieu de ces gens et accourt vers moi, le regard affolé de frayeur braqué sur Ismar. Il s'arrête à quelques pas.

« Qu'as-tu fait, Agata ? »

Ce qu'en réalité je vois écrit sur son visage, c'est la certitude tragique de ne pas pouvoir m'aider.

Le moment est venu de répondre, mais pas à lui. À moi-même.

Les pages de mon histoire défilent devant mes yeux, tournées par le vent de l'adieu. L'enfant que j'ai été me sourit avec des marguerites et des violettes dans les cheveux, la jeune fille en laquelle elle s'est transformée sanglote sa douleur et la femme d'aujourd'hui se retourne pour me lancer un regard. Je suis si sérieuse, face à moi-même, que je voudrais me faire une caresse.

Cela ne s'est pas si mal passé, Agata. Tu as fait ton possible. Parfois, beaucoup plus.

Je suis si fatiguée.

Et alors cesse d'avoir peur.

Bientôt, quelqu'un inscrira sur une feuille ma condamnation à mort et ordonnera à un jeune homme de mon âge de me transpercer le cœur avec l'un des projectiles dont j'ai porté le poids ces derniers mois.

J'ai toujours su que tout a un prix.

Je m'approche de don Nereo et lui donne la réponse, à lui et à moi-même.

« J'ai choisi d'être libre. »

Libre de cette guerre, que d'autres ont décidée pour nous. Libre de la cage d'une frontière, que je n'ai pas tracée. Libre d'une haine qui ne m'appartient pas et du marécage du soupçon. Quand tout autour de moi était mort, j'ai choisi l'espérance.

Le ciel tonne et cette fois ce n'est pas le front : l'orage va éclater. Je me tourne vers Ismar. Il n'y a aucune crainte sur son visage. Il descend l'escalier de la maison.

Il est prêt et je le suis aussi.

Je n'ai jamais été courtisée. Je n'ai pas connu l'amour. Lui, ne fût-ce qu'un peu, m'a donné l'illusion d'être chère à quelqu'un.

Fais semblant de m'aimer, voudrais-je lui demander, alors que je sens couler les premières larmes. Faisons semblant, pour ces quelques instants, d'avoir un avenir devant nous, ensemble. Prends-moi la main et dis-moi que tu me trouveras belle, même quand la jeunesse ne sera qu'un souvenir et quand je n'aurai plus qu'une vieille âme douloureuse. Je ne veux pas mourir en me sentant seule.

« Je le savais ! »

Le cercle autour de nous s'ouvre pour rechercher la voix qui vient de parler.

Lucia avance soutenue par sa mère, les enfants serrés contre sa chemise. Sa peau a perdu sa couleur, ses lèvres sont bleuâtres. Elle marche pieds nus et la première pensée qui m'assaille est qu'elle ne sent plus rien de la terre. Comme disent ses Alpins, elle est déjà « passée devant », seule sa respiration s'est attardée en ce monde.

Personne n'ose faire un pas ou un geste pour la soutenir. Elle ne le voudrait pas, elle a le regard fier d'une reine blessée, d'une souveraine aux pieds nus de commandants et de soldats qui, devant elle, ont appris à incliner la tête.

« Je le savais, répète-t-elle, et l'effort est évident, au point de la faire s'effondrer. Portez-moi aussi devant le tribunal militaire de guerre. »

Tous l'entourent et le silence éclate en mots que je n'entends pas. Quel que soit mon destin, ils ne m'intéressent pas.

Je contemple cette mère, qui consacre le temps précieux qui lui reste à tenter de nous sauver, au lieu de rester avec ses enfants, et je vois Dieu, enfin.

Dieu est ici, et c'est une femme.

Il se met à pleuvoir. Une pluie délicate qui me lave et réveille à chaque goutte l'odeur de la terre. J'offre le visage au ciel et ferme les yeux. Je veux me désaltérer de paix et d'émerveillement.

Une main prend la mienne et la serre.

Je la reconnais. Et je ne suis plus seule.

Mai 1976

J'en ai traversé des océans, depuis lors. Le temps s'est écoulé comme de l'eau, parfois dormante, d'autres fois tumultueuse. Il m'a conduite aux quatre coins des continents et m'a ramenée en arrière avec le ressac de l'appartenance.

« L'Américaine », c'est ainsi qu'on m'appelle maintenant que je suis rentrée, mais il y a tant de pays qui m'ont accueillie et tant de langues que j'ai parlées.

J'ai été témoin des flux et des reflux de l'Histoire. Je les porte inscrits en moi, dans les plis de ma peau.

J'ai retrouvé Tina, la photographe, et j'ai voyagé avec elle jusqu'à atteindre des horizons lointains. J'ai pris des milliers de photographies. J'ai réussi à récupérer la plaque avec l'image de ma mère et j'ai enfin revu son visage dans le portrait que je porte autour du cou.

J'ai vu éclater une guerre plus sanguinaire que la précédente. J'ai survécu.

De nouvelles frontières sont nées et elles ont eu le temps de se transformer comme les lits des fleuves, car elles sont faites pour se reconnaître, et non pour diviser. J'ai vu s'ériger des murs pour séparer l'Est de l'Ouest, les Blancs des Noirs : je suis convaincue qu'ils s'écrouleront bientôt.

J'ai voté, une première fois et bien d'autres ensuite. J'ai défilé pour appeler à la paix et à l'égalité et pour revendiquer avec de nouvelles sœurs ce qui aurait dû nous être reconnu naturellement.

J'ai vu l'homme effectuer le premier pas sur la Lune. Une Lune qui est telle que je l'imaginais depuis ici-bas, mais personne n'a encore découvert quelle est son odeur.

Je suis partie de ma terre et n'y suis jamais revenue jusqu'à ce jour, parce que ma présence aurait alimenté la douleur de ceux qui sont restés, mais quand le Frioul a tremblé, j'ai senti dans ma poitrine le frémissement d'un appel.

J'y suis retournée, le cheveu blanc et le corps desséché, ramasser des gravats comme je le fis en ce jour, soixante ans plus tôt, avec ma vie, ici même, sur cette place.

Je n'ai jamais su si ce qu'avait dit Lucia était la vérité, ou si elle avait menti pour épargner deux misérables existences. Le secret s'en est allé avec elle, mais je ne peux m'ôter de l'idée que, même à l'agonie, Lucia aurait voulu nous sauver.

Je suis allée la voir là où elle repose, seule femme au milieu des Alpins et des fantassins. Elle continue de veiller sur eux et ces garçons, j'en suis sûre, veillent sur elle avec une gratitude d'une infinie douceur.

J'ai déposé une fleur sur la pierre tombale du capitaine Colman. Un edelweiss, une étoile alpine, sa fleur de roche. Je suis restée un long moment à caresser son nom.

Je ne t'ai jamais oublié, mon ami, toi, l'homme qui as été le premier à me considérer comme ton égale, qui m'a appris à prendre la place qui me revenait dans la vie. Tu m'as sauvée de moi-même. Je conserve jalousement ton livre et la plume dont tu m'as fait don. Un jour, je le sais, nous continuerons nos conversations.

Je n'ai plus revu mes frères, ni Viola. Elle n'a jamais répondu à mes lettres, mais j'ai pu de nouveau étreindre nombre de mes compagnes d'ascension, en ces heures. À l'époque, elles n'étaient que des gamines, et maintenant la majorité d'entre elles sont grand-mères. Elles m'ont raconté que, tant qu'elle en a été capable, Viola a continué de monter jusqu'aux tranchées, après la fin de la guerre, pour y allumer un cierge. Maria, au contraire, n'a plus voulu y aller, même pas pour la fenaison. Elle disait qu'elle ne cessait de voir les fantômes de ces garçons dans les prés. Peut-être quelque chose d'eux-mêmes est-il vraiment resté là. Le docteur Janes en est convaincu. Aujourd'hui encore, quand je lui téléphone, nous parlons de ces journées où de jeunes hommes apeurés ont gonflé leur torse du courage des titans.

C'est grâce à lui que j'ai pu rejoindre la Suisse, avec l'intervention de la Croix-Rouge. Le village ne s'y est pas opposé, et à part le médecin, aucun militaire n'en a été informé. L'œuvre de Lucia a revêtu la perfection d'un miracle.

Je contemple les cimes qui ont assisté à ma naissance.

Le tremblement de terre n'a pas épargné Timau, mais il a été clément, et n'a prélevé aucune vie humaine. Cette vallée en a peut-être vu tomber un bien trop grand nombre, pour en réclamer encore.

L'*Orcolat*, c'est ainsi qu'on l'appelle déjà, comme l'ogre de la légende qui vit dans ces montagnes. Ils ne sont pas capables de haïr cette terre, pas même quand elle s'ouvre et s'écroule, et, exactement comme dans un conte, ils dépeignent sous les traits familiers de la tradition la grande adversité qui mène à la renaissance.

Il en sera ainsi : ce n'est pas la fin, cela ne l'a jamais été. C'est un nouveau commencement, et je suis ici pour échanger le don d'une seconde vie qui m'a été fait.

Dans mon dos, une canne cliquette. Un son que je reconnaîtrais entre mille autres, tant il m'est cher.

Ismar me rejoint, il s'appuie sur moi, et en silence il pointe un doigt devant nous. Il n'a pas perdu l'habitude de communiquer de cette manière qui n'appartient qu'à nous.

Je sais ce qu'il me demande : un mot, rien qu'un, pour décrire ce qui se passe sous nos yeux vieillissants, brillants d'émerveillement. L'armée autrichienne a violé divers traités pour venir ici secourir le Frioul à genoux. C'est un envahisseur pacifique, qui aide à soulever des décombres et à reconstruire, au lieu de détruire. Je revois le jeune Ismar dans ces garçons. Ils ont son teint, qui est aussi celui de nos fils, mais qui, chez nos petits-enfants, s'est magnifiquement mélangé à d'autres, faisant d'eux des fils du monde.

Ismar n'est pourtant jamais retourné dans cette armée. Il n'a plus voulu empoigner un fusil pour soumettre un autre être humain. Ismar est encore « mon diable pacifiste ».

L'homme est une créature si bizarre, il aime et détruit, il reconstruit et il survit. L'amour est vie, la vie est un vent qui ne comprend ni fil de fer barbelé, ni fossés aussi profonds que des mers. Sa nature est de s'étendre.

La main d'Ismar serre la mienne, comme en ce jour tant d'années auparavant.

Il attend de connaître le mot que j'ai choisi. Je n'ai pas dû me donner trop de peine pour le trouver : c'est lui qui m'a trouvée.

« Humanité. »

Un mot de l'autrice

Je désirais écrire ce roman depuis longtemps, pour apporter ma modeste contribution en couchant sur le papier le souvenir d'une entreprise épique, qui a joué un rôle essentiel dans l'Histoire, et qui, malheureusement, a été occultée par cette même Histoire. Les Porteuses de la Carnie demeurent dans le cœur des Frioulans, mais au-delà des terres qui les ont vues naître et devenir les protagonistes d'événements parfois plus grands que l'être humain même, rares sont ceux qui les connaissent.

Je me trouvais à Milan quand j'en ai parlé pour la première fois à Fabrizio Cocco et Giuseppe Strazzeri, éditeur et directeur éditorial de Longanesi. Nous marchions dans la ville, mon deuxième roman n'était pas encore sorti et je portais déjà cette histoire dans mon cœur. À cet instant, en quelques mots échangés, je suis certaine qu'elle est entrée aussi dans le leur.

Ce n'est pas un hasard si je les mentionne, parce que les hommes ont joué un rôle fondamental dans le destin des Porteuses, en permettant à l'entreprise épique de ces femmes d'exception de voir le jour : princes, généraux, officiers, chefs d'État ont, chacun pour leur part, honoré et préservé un petit morceau du souvenir de ce que ces femmes ont fait pour la Patrie et pour l'avènement de l'Italie.

Je les ai trouvées dans des photos d'archives, dans des lectures qu'en grande curieuse j'avais entamées, et dans les témoignages de gens que j'ai rencontrés au cours de mes repérages sur place. L'un d'eux surtout a été essentiel pour l'écriture de *Fleur de roche* : Luca Piacquadio, qui par une journée glaciale aux cimes enneigées – les cimes du livre – m'a ouvert la porte du musée de la Grande Guerre à Timau, m'a fait don de souvenirs précieux de lieux et de gens et m'a donné à lire des textes fondamentaux dans lesquels j'ai trouvé les descriptions d'événements si passionnants et si émouvants que j'en ai été bouleversée. Il fallait qu'ils soient racontés.

Je me souviens qu'il me mit en garde : ces femmes avaient été bien trop maltraitées par l'Histoire et par ceux qui, en des temps plus récents, en avaient proposé un portrait trop misérabiliste à ses yeux.

« Fais attention à ta manière d'écrire », me dit-il, sur un ton un peu brusque dans lequel affleuraient pourtant l'affection et la sollicitude d'un fils. Il les protégeait.

À cet égard, dans le besoin d'en préserver la mémoire j'ai entrevu chez tous ces hommes, y compris Fabrizio, Giuseppe et Stefano Mauri, mon éditeur, une volonté tenace de donner vie aux actes des Porteuses, qui m'a inspiré une certaine tendresse.

Comme l'a écrit Donato Carrisi dans son roman *La Femme aux fleurs de papier* : « Combien de femmes auraient mérité une place dans l'histoire de l'humanité et ont disparu parce qu'un monde d'hommes a décidé de ne pas leur accorder la même dignité ? Un véritable génocide, si l'on y réfléchit. »

Par chance, il existe aussi des hommes de valeur qui offrent un remède à cette décimation.

Des faits que j'ai lus et des anecdotes que j'ai recueillies, *Fleur de roche* est né.

Pour des raisons liées au récit, j'ai condensé les événements survenus sur le cours de deux années en un laps de temps de quelques mois et j'ai simplifié le plus possible les opérations militaires. Les dates de ces événements ne coïncident donc pas avec celles des faits réels, mais elles en reprennent le cours dans leur déroulement.

L'histoire d'Agata et Ismar est inventée, mais ce qui s'est passé tout autour est véridique.

Le curé du village qui, avec une détermination stoïque, accompagna les Porteuses dans cette entreprise dramatique s'appelait en réalité Floreano Dorotea. Ce fut lui qui, en chaire, lança un tragique appel au secours, lors d'une homélie.

Sur le mont Freikofel, en juin 1915, une unité d'Alpins du bataillon Tolmezzo conquit le sommet chaussés de *scarpetz*, pour ne pas se faire entendre des soldats autrichiens qui tenaient cette crête.

Le personnage du capitaine Colman est inspiré de deux officiers qui ont réellement existé : le capitaine Mario Musso, commandant de la 21e compagnie du bataillon Saluzzo, et le capitaine Riccardo Noël Winderling, commandant du fort situé sur le mont Festa, respectivement médaille d'or et médaille d'argent de la Valeur militaire. Sur le mont Lodin, le capitaine Musso, grièvement blessé, continua de mener ses hommes agrippé à un piolet. Il leur ordonna de se replier, en refusant de se faire transporter. Il fut recueilli par des Autrichiens et conduit à une infirmerie de campagne, où il mourut. La lettre que je cite dans le roman reprend mot pour mot celle qu'écrivit l'officier médecin autrichien et que l'on peut lire dans son intégralité dans le livre *Guerra sulle Alpi Carniche e Giulie (La Zona Carnia nella Grande Guerra)*, d'Adriano Gransinigh (Andrea Moro Editore).

Sur le mont Festa, le fort commandé par le capitaine Winderling était voué au sacrifice. Le 6 novembre 1917, après plusieurs assauts qui avaient rendu la situation de l'avant-poste très précaire, une délégation ennemie se présenta devant les Italiens pour leur demander leur reddition. Le capitaine Winderling fit servir aux Autrichiens un copieux petit-déjeuner avec les vivres qui leur restaient et consigna sa réponse dans une lettre qu'il cacheta et fit remettre au commandement ennemi. Tout cela pour donner le temps à la plus grande partie de ses hommes de se replier et d'avoir la vie sauve.

Les diables blancs, les tireurs d'élite autrichiens tant redoutés, étaient partout dans les boyaux et les anfractuosités. L'un d'eux, en particulier, tenait les Italiens en échec entre le Pal Piccolo et le Pal Grande, empêchant tout mouvement dans la journée. Après la mort d'un énième Alpin, le capitaine Pizzarello, commandant de la 6e compagnie du bataillon Tolmezzo, décida d'intervenir. Avec quelques-uns de ses hommes, il s'arma de grenades à main et lui donna la chasse. Le tireur d'élite ne frappa plus. Il périt peut-être, ou quelqu'un le sauva…

Et maintenant, venons-en à elle.

Maria Plozner Mentil est le symbole des Porteuses, la seule femme qui ait été affectée à une caserne. C'est d'elle qu'est la formule *« Anin, senò chei biadaz ai murin encje di fan »* : allons, sans quoi ces pauvres garçons mourront aussi de faim.

Jeune mère, elle fut touchée par un tireur d'élite le 15 février 1916, lors d'une halte non loin de Casera Malpasso, une laiterie d'alpage, et mourut dans la nuit. Ce jour-là, Maria était montée en retard pour livrer des ravitaillements : elle avait allaité ses enfants et les avait couchés dans leurs berceaux ; le plus petit avait six mois. Elle fut enterrée avec les honneurs militaires sous les tirs des obus, en présence de toutes ses compagnonnes et d'une garde militaire. Elle repose aujourd'hui au Tempio Ossario de Timau, au milieu de 1626 Alpins, fantassins et bersagliers, les héros du Pal Piccolo. À l'entrée, une inscription reprend une maxime qui résonnera au cours des siècles : « Souviens-toi que ceux qui reposent ici se sont sacrifiés aussi pour toi. »

Se souvenir fait partie de notre devoir et de notre responsabilité. En des temps où l'on se remplit souvent la bouche de façon opportune avec des mots comme « Italie », « Patrie » et « frontières », gardons présent à l'esprit ce que ces mots-là ont signifié pour des millions de jeunes gens, des deux côtés, et tentons de retrouver un sentiment de pudeur face au sacrifice.

Les Porteuses étaient des femmes simples mais d'une force morale extraordinaire, habituées depuis des siècles à soutenir leur famille dans les situations les plus défavorables. Le fait qu'elles n'aient pas été mobilisées poussa l'Italie à longtemps les oublier, en leur refusant aussi le soutien économique qui fut en revanche accordé de plein droit aux soldats ayant combattu dans le conflit. À partir des années 1972-1973, les survivants furent faits chevaliers, et se virent décerner la croix de l'Ordre de Vittorio Veneto. Les médailles furent fondues avec le bronze des canons ennemis.

Le 29 avril 1997, le président de la République italienne Oscar Luigi Scalfaro décora de sa propre initiative Maria Plozner Mentil de la médaille d'or de la Valeur militaire. Cette reconnaissance fut célébrée quelques mois plus tard lors d'une cérémonie à Timau, devant un monument, édifié avec le métal récupéré sur le front, qui remémore le sacrifice suprême. Elle a été la première femme italienne à recevoir cette distinction.

Les histoires du père qui, sous les tirs des canons, monta au front pour récupérer le corps de son fils, de la porteuse qui tomba amoureuse d'un artilleur, s'épuisant à porter des projectiles extrêmement lourds afin d'attirer son attention (à la fin, ils se marièrent), de la femme qui continua de monter jusqu'aux tranchées en portant un cierge à la mémoire de l'Alpin tombé qu'elle ne parvenait pas à effacer de son cœur, et de celle qui, sur le *pal*, continuait de voir les esprits des jeunes gens et ne voulait plus y monter, sont autant d'histoires vraies.

Depuis des dizaines d'années, sur les cimes de la Carnie, de nombreux volontaires montent vers les anciennes lignes de front pour restaurer des boyaux, des abris et des tranchées. Parmi ceux-ci, il y a aussi des jeunes gens originaires des diverses nations qui avaient pris part au conflit, enfin réunis dans la paix. Au cours de ces fouilles, il n'est pas rare que ressurgissent encore des débris de projectiles, des munitions, des casques, et de pauvres dépouilles de combattants. De nombreux soldats, on ne retrouva jamais le corps, réduit en miettes par les tirs d'artillerie. Dans le sanctuaire de Redipuglia reposent 101 000 soldats et une femme, membre de la Croix-Rouge – une fois encore, une seule, qui parle pour toutes les autres. À plus de la moitié de ces dépouilles, on n'a jamais pu donner de nom. La furie de la guerre.

Grâce aussi à l'abnégation des Porteuses, le front italien de la zone Carnie ne céda jamais. Ce fut seulement après la percée de Caporetto que fut donné l'ordre du repli sur le Piave. Les soldats durent abandonner les positions si durement conquises et conservées, incendier les magasins, jeter leurs affûts dans les précipices, abandonner la population qui ne pouvait les suivre. Ils le firent les larmes aux yeux.

Dans la mesure du possible, avec ce roman, je voudrais rendre hommage aux Porteuses et aux hommes qui sur ces cimes, côte à côte, ont défendu une frontière sacrée, et leur restituer la place qu'ils méritent dans notre cœur.

Pour celles et ceux d'entre vous qui voudraient approfondir l'histoire des Porteuses et des gens du front de la Carnie au cours de la Première Guerre mondiale, en retrouvant les traces des faits racontés dans *Fleur de roche*, j'indique ici les textes de références que j'ai lus et relus avec un sentiment de profonde gratitude.

Collectif, *Le Portatrici Carniche*, Éditions C. Cortolezzis, Paluzza, 2018.

Ardito S., *Alpi di guerra Alpi di pace*, Corbaccio, Milan, 2014.

Casadio L., Dorissa I., Moser G., *L'anno della grande fame. Fielis e la Carnia durante l'occupazione austro-ungarica del 1917-1918 nel diario di don Emilio Candoni*, Associazione culturale Nuova Latteria Fielis, Tolmezzo, 2018.

Forcella E., Monticone A., *Plotone di esecuzione. I processi della Prima Guerra Mondiale*, Laterza, Rome-Bari, 2019.

Fornari A., *Le donne e la Prima Guerra Mondiale. Esili come brezza tra venti di guerra*, DBS Danilo Zanetti Editore, Montebelluna, 2014.

Gransinigh A., *Guerra sulle Alpi Carniche e Giulie (La Zona Carnia nella Grande Guerra)*, Andrea Moro Editore, Tolmezzo, 2003.

Meliadò E., Rossini R., *Le donne nella grande guerra 1915-1918. Le Portatrici Carniche e Venete, gli Angeli delle trincee*, Editoriale Sometti, Mantoue, 2017.

Sartori S., *Lettere della Portatrice carnica Lucia Puntel*, Associazione Amici delle Alpi Carniche, Timau, 2006.

Le site du musée :
www.museograndeguerratimau.com

« Il est facile de raconter des affrontements,
l'héroïsme sur les champs de bataille,
les hauts faits des héros.
Il est moins facile de se souvenir et de raconter
ceux qui ont soufflé doucement sur les braises
ardentes pour les transformer en feu de joie.
Il est moins facile de se souvenir des exilés,
fortes présences. »

Antonella Fornari

Remerciements

Merci de tout cœur à la fantastique équipe chez Longanesi, qui m'a suivie et encouragée dans ce changement de direction improvisé. Elle l'a fait tout de suite avec enthousiasme, me laissant libre de mes choix, mais jamais seule. Ce n'était pas évident, et je ne l'oublierai pas.

À Stefano Mauri, un pilier, une présence prévenante.

À Fabrizio et Giuseppe. Tout est parti de vous. Merci de votre confiance.

Aux femmes, fortes, passionnées et combattives du 10, via Gherardini : Cristina, Viviana, Graziella, Raffaella, Diana, Elena, Giulia, Patrizia, Lucia…

À Antonio Moro, pour son aide précieuse.

À Giuseppe Somenzi et à tous les professionnels qui travaillent avec passion pour que les livres puissent arriver entre les mains des lecteurs.

Aux libraires, plus que jamais.

Un remerciement particulier à Luca Piacquadio pour son aide fondamentale dans la collecte de documents et d'informations sur les Porteuses, à Lindo Unfer et à l'Associazione Amici delle Alpi Carniche de m'avoir transmis la valeur de la mémoire et pour l'important travail d'information qu'ils portent aussi à travers le splendide musée historique « La Zona Carnia nella Grande Guerra », à Timau.

Merci à Daniela et Alessandra Primus pour leurs précieux conseils sur le dialecte de Timau, et à Francesca Toson pour m'avoir guidée vers les bonnes personnes.

Merci de tout cœur aux amis de toujours, d'avoir rendu certaines présentations plus attrayantes et pour s'être toujours montrés prêts à m'aider : Michela et Stefano, Massimo et Francesca, Alessandra, Roberta, Andrea, Marta, Michele et Camilla, Elena et Cristian.

Merci à Michele, qui, à huit cents kilomètres de distance, réussit toujours à rester proche.

Un remerciement plein d'affection à ma famille, pour son appui émotionnel et logistique !

À Jasmine et Paolo, d'être là. J'ai beaucoup de chance.

Enfin, merci de tout cœur à toi, cher lecteur.

Cet ouvrage a été composé
par Belle Page
et achevé d'imprimer
par Rotativas de Estella
pour le compte des Éditions Stock
21, rue du Montparnasse, 75006 Paris
en mars 2023

Stock s'engage pour l'environnement en réduisant l'empreinte carbone de ses livres. Celle de cet exemplaire est de :
1,2 kg éq. CO_2
Rendez-vous sur www.editions-stock-durable.fr

PAPIER À BASE DE FIBRES CERTIFIÉES

Imprimé en Espagne

Dépôt légal : avril 2023
N° d'édition : 01
29-08-1373/0